LA PUISSANCE NOURRICIÈRE

MAUVAIS SANG
TOME 3

PENELOPE BARSETTI

HARTWICK PUBLISHING

Hartwick Publishing

La puissance nourricière

© 2023 Penelope Barsetti

Tous droits réservés.

Aucune partie de ce livre ne peut être reproduite sous quelque forme ou par quelque moyen électronique ou mécanique que ce soit, y compris le stockage et la récupération de l'information, sans la permission écrite de l'éditeur ou de l'auteur, à l'exception de l'utilisation de brèves citations dans le contexte d'une critique de livre.

TABLE DES MATIÈRES

1. Kingsnake — 1
2. Larisa — 5
3. Kingsnake — 13
4. Clara — 33
5. Larisa — 57
6. Kingsnake — 67
7. Clara — 73
8. Larisa — 99
9. Kingsnake — 119
10. Clara — 145
11. Larisa — 155
12. Kingsnake — 177
13. Larisa — 191
14. Kingsnake — 199
15. Larisa — 209
16. Kingsnake — 219
17. Larisa — 235
18. Kingsnake — 249
19. Larisa — 255
20. Kingsnake — 275
21. Larisa — 279
22. Kingsnake — 291
23. Clara — 317
24. Larisa — 335
25. Cobra — 343
26. Clara — 347
27. Kingsnake — 351
28. Clara — 361
29. Kingsnake — 369
30. Kingsnake — 385
31. Larisa — 399

32. Kingsnake 407
33. Larisa 419

1

KINGSNAKE

Larisa était allongée dans le lit, son corps bandé dissimulé sous les couvertures. Le souffle court, elle était blanche comme un linge. J'avais des devoirs envers mon peuple, et notamment celui de reconnaître mon incapacité à régner. Je ne pouvais pas gouverner. Je ne pouvais pas protéger. Pas quand la personne que j'aimais le plus se trouvait entre la vie et la mort.

Je ne détachais pas les yeux de son visage.

Croc se trouvait de l'autre côté du lit près d'elle, assis là comme un chien fidèle. Ses écailles brisées avaient aussi été bandées, et une gaze hideuse enveloppait son corps épais.

Je sssuis désolé...

C'est bon, Croc.

Tu croyais que je la protégerais, mais j'ai échoué lamentablement.

La motivation d'Ellasara dépassait la guerre entre nos peuples.

Il tourna les yeux vers moi.

Elle savait que j'aimais Larisa — et elle était furieuse.

Croc l'interrogea du regard.

Elle ne voulait pas de moi, mais elle ne voulait pas que quelqu'un d'autre m'ait.

La motivation la plus tordue qui soit.

Alors c'est bien qu'elle sssoit morte.

Oui.

Je n'éprouvais aucun chagrin. Aucun remords. Le monde était meilleur sans elle.

Larisa va se transsssformer. Elle ressspire encore.

Je redoute sa réaction quand elle le fera.

Tu n'avais pas le choix.

Si. J'avais deux choix très différents. Tout comme on m'a privé de choisir à l'époque, je lui ai enlevé la possibilité de décider.

Il reporta son regard sur Larisa.

Le contexte est différent.

Je craignais néanmoins sa réaction.

Tout ira bien, Kingsnake.

J'espère, Croc.

La porte s'ouvrit et Vipère passa la tête.

– Viens avec moi.

J'étais enfoncé dans le fauteuil, accablé par le chagrin et l'angoisse.

– Je ne peux pas partir, Vipère. Je t'ai transmis la couronne pour cette raison.

Il entra dans la chambre, suivi par Cobra.

– Comment va-t-elle ?

– Elle respire.

Cobra observa Larisa pendant un long moment avant de me regarder.

– Elle va devenir une Originelle.

– Oui.

Comme j'avais aussi versé dans sa bouche un peu du venin du Serpent d'or que nous avions recueilli, nous ne partagerions pas le même venin, ce qui me décevait.

– On a gagné la guerre ?

Je le devinais à leur façon décontractée d'entrer dans la pièce.

– Oui, confirma Vipère. Les Éthéréens se sont enfuis après que le roi Elrohir ait été tué.

– Qui l'a tué ?

Mes yeux se tournèrent vers Cobra. Mon frère avait le regard vide et opaque.

– Père.

Je poussai un gros soupir.

– J'aurais dû m'en douter.

– J'ai essayé de l'arrêter, dit Cobra. Mais je n'ai fait que l'aider...

– Que vas-tu dire à Clara ? demanda Vipère.

– Je n'en ai aucune idée.

– Et maintenant ? demandai-je.

– On a perdu de braves gens, dit Vipère. Il va falloir incinérer nos morts. Nous remettre de la bataille. Ensuite, on voyagera jusqu'à Evanguard pour obtenir la trêve promise par la nouvelle reine. On doit la signer rapidement avant que notre père décide de lancer une nouvelle offensive. Le fait qu'Aurelias lui a été enlevé alimente encore plus sa haine.

– C'est un bon plan, dis-je. Bonne chance.

Cobra fronça les sourcils.

– Tu nous accompagnes.

– Je n'irai nulle part tant que Larisa sera souffrante.

– On attendra, convint Vipère. Elle est l'une des nôtres.

Je regardai un frère, puis l'autre.

– Littéralement, dit Cobra avec un petit sourire.

2

LARISA

Je rêvais de nuages noirs et de flammes sombres. De fumée et de suie. Un rictus horrifiant. Mon estomac se noua, j'avais envie de vomir. Je ressentais une douleur atroce, mais pas assez pour me tirer du sommeil profond.

Je n'avais aucune notion du temps, seulement des ténèbres. La sueur recouvrait tout mon corps. J'avais conscience de la façon dont les draps adhéraient à ma peau comme le sable colle aux pieds mouillés.

Mes yeux s'ouvrirent sur le plafond.

Il faisait sombre, et il me fallut plusieurs secondes pour comprendre où je me trouvais. À ma gauche, Croc dormait, enroulé à l'extrémité du lit pour ne pas me déranger. Ma tête bascula de l'autre côté — et se fixa sur des yeux vert foncé. Je me figeai devant l'intensité de ce regard. Je ressentis l'immense soulagement d'un homme qui avait failli tout perdre. Je plongeai les yeux dans les siens et tout me revint en mémoire.

Ellasara m'avait battue au combat et sa lame avait transpercé mon armure. Je ne me souvenais pas de ce qui s'était passé ensuite. J'étais tombée sur le dos contre la pierre, et ensuite, le trou noir. Ma main se porta immédiatement à ma blessure et toucha la gaze humide qui la protégeait.

Kingsnake s'avança jusqu'au bord du lit pour se rapprocher de moi.

– Ma chérie.

Pour la première fois, je n'avais pas besoin de ressentir ses émotions pour saisir les pensées qui traversaient son esprit. Je le lisais sur son visage. Ses yeux débordaient d'émotion, embués de larmes contenues, remplis d'un amour qu'il avait auparavant tenté de cacher.

Je me redressai dans le lit, anticipant une douleur dans l'abdomen, mais je ne sentis rien du tout.

Ses mains encadrèrent mon visage, et il m'embrassa sur le front, ses lèvres s'attardant sur ma peau froide. Nous restâmes ainsi un instant avant qu'il ne s'écarte pour me regarder droit dans les yeux.

– Comment tu te sens ?

– Bien mieux que je m'y attendais...

Ses mains lâchèrent mon visage.

– Et Ellasara ?

– Je l'ai tuée.

Il n'y avait aucune hésitation dans ses mots. Ils jaillirent comme un boulet de canon. Il n'éprouvait aucune émotion à les dire. Il ne ressentait rien. Rien du tout.

– Je lui ai tranché la tête — comme une sale blatte.

Je me souvins de son air suffisant, des horreurs qu'elle m'avait dites. Elle l'avait joué à la déloyale pour me faire baisser ma garde. Je l'avais combattue au maximum de mes possibilités, mais sa dextérité surpassait la mienne.

– Croc, tu vas bien ?

Ma main se posa sur le dos de sa tête.

Je sssuis désolé de ne pas avoir été à la hauteur.

– Tu l'as été, je suis toujours en vie.

Croc regarda Kingsnake avant de poser le menton sur ma cuisse.

Je caressai du dos des doigts ses écailles dures, semblables à du verre.

– Je suis heureuse que tu sois indemne...

Ma blessssure guérira. Mes cicatrices se détacheront avec ma peau.

Je regardai Kingsnake à nouveau.

– Qu'est-ce qui s'est passé depuis ?

– On a gagné la guerre... comme tu l'as sûrement deviné.

– Tes frères vont bien ?

Il hocha la tête.

– Qu'est-ce qui va se passer maintenant ?

– On va se rendre à Evanguard pour négocier une trêve avec la reine Clara.

– C'est une excellente nouvelle, dis-je. Ainsi, on va pouvoir distribuer le remède aux royaumes humains.

– Oui. Ce sera le début d'une nouvelle ère de paix entre toutes les espèces.

Cela marquerait la naissance d'un Nouveau Monde.

– On partira dès que tu seras rétablie.

– Vous n'êtes pas obligés de m'attendre. Personne ne cherche plus à me tuer, alors...

Il baissa les yeux et retira sa main de la mienne.

– Mes frères et moi ne voulons pas partir sans toi, parce que tu es l'une des nôtres.

Un sourire m'étira les lèvres.

– Vous êtes adorables.

Toute ma vie, j'avais été exclue, en marge des groupes sociaux, abandonnée au profit de quelque chose de mieux. Mais avec Kingsnake, j'avais l'impression d'être sa préférence. Sa priorité.

– Je me sens plutôt bien, en fait. Je pense pouvoir partir demain.

D'ordinaire, il me dirait de prendre mon temps, de me reposer plusieurs jours avant de bouger un muscle, mais il ne le fit pas cette fois-ci. Il se contenta de m'observer, ses émotions tourbillonnant dans un nuage.

– Quelque chose ne va pas ?

Ses yeux se détournèrent momentanément.

Comme il ne disait rien, je sentis la tension revenir dans mon corps, me nouer l'estomac.

– Kingsnake ?

Je distinguais chaque émotion séparément, comme un enchaînement de notes sur une partition de musique. Culpabilité. Douleur. Crainte.

– Il faut que je te dise quelque chose.

Mes doigts s'immobilisèrent sur le cou de Croc. Tout mon soulagement d'être en vie disparut.

– Je ne suis pas arrivé à temps.

Il détourna la tête comme si mon regard était trop douloureux.

– Tu gisais dans une mare de sang quand je suis arrivé. Tu respirais à peine. J'ai tué Ellasara pendant que Croc allait chercher Vipère et le médecin.

Il ne me regardait toujours pas.

– Le médecin t'a recousue, mais il a assuré que tu ne survivrais pas à ta blessure.

Des moments comme ceux-ci faisaient battre mon cœur à tout rompre... mais c'est alors que je réalisai que je n'avais plus de battement de cœur. Pas de bruit contre ma poitrine. Juste... le silence.

Kingsnake se tut.

À présent, c'était moi qui détournais le regard.

Il dut voir que j'avais compris l'horreur de la situation, car il n'ajouta rien.

Choc. Chagrin. Terreur. Tout cela me frappa en même temps. Je levai la main pour examiner ma peau. Elle était plus pâle que dans mes souvenirs. Les marques de bronzage avaient disparu. Adieu, les baisers du soleil. Je ne pourrais plus jamais m'exposer au soleil... sans me tuer à petit feu. Mon âme avait été sacrifiée pour créer cette coquille vide d'existence.

– Ma chérie...

Il lisait sûrement le désespoir sur mon visage. J'avais envie de pleurer, mais je cachai mes larmes jusqu'à ce qu'il soit parti.

– La décision n'a pas été facile à prendre.

Je ne regardai pas non plus Croc, évitant leurs regards à tous les deux.

– Je ne pouvais pas te laisser mourir.

La chaleur me brûlait la gorge. Le désespoir inondait mes poumons. Mon esprit, mon corps et mon âme avaient été irréversiblement transformés, et je ne pouvais pas revenir en arrière. Je n'étais plus qu'un animal à sang froid, semblable à un serpent.

– Je vois que j'ai pris la mauvaise décision, dit Kingsnake, la voix lourde comme une pluie battante.

Si je parlais, je pleurerais. Je gardai le silence comme si ma vie en dépendait... même si je ne possédais plus la vie. Je ne pouvais pas non plus créer la vie.

Kingsnake se leva et sortit.

Quand la porte se referma, ma poitrine se souleva et j'éclatai en sanglots.

Je pleurais pour mon âme.

Je pleurais pour les enfants que je n'aurais jamais.

Je pleurais pour la décision qu'un autre avait prise à ma place.

3

KINGSNAKE

J'étais vautré sur le canapé dans mon cabinet de travail, mes pieds nus appuyés sur l'accoudoir. Le feu commençait à faiblir dans la cheminée, mais j'étais à court de bûches. La table basse croulait sous les bouteilles de gin et de scotch à moitié vides. L'alcool ne m'enivrait plus comme lorsque j'étais humain. Maintenant, il me fallait des quantités astronomiques pour me griser.

Encore une chose que Larisa allait découvrir.

La porte s'ouvrit et quelqu'un entra. On ne me voyait pas, car j'étais masqué par le dossier du canapé. Vipère se dirigea vers le bureau et fouilla dans ma pile de parchemins et de cartes jusqu'à ce qu'il trouve ce qu'il cherchait. Lorsqu'il se retourna, il sursauta en me voyant.

– Tu es le général des armées, dis-je d'une voix blasée. Et tu n'avais aucune idée que j'étais là ? Le feu ne t'a pas mis la puce à l'oreille ?

Vipère reposa la carte sur le bureau.

— Pourquoi t'as une gueule de déterré ?

— Probablement à cause de la migraine.

Mon frère jeta un coup d'œil à toutes les bouteilles vides.

— Tu serais mort à l'heure qu'il est si tu n'étais pas déjà mort.

Il se dirigea vers le canapé opposé et s'assit.

— Je suppose que Larisa désapprouve ta décision ?

Je me redressai, saisis une des bouteilles, et bus une grande gorgée.

— Bien vu.

Je lançai la bouteille dans le feu, attisant les flammes.

— Pour sa défense, dit Vipère, elle vient de se réveiller et ça fait beaucoup d'informations à encaisser.

Je m'affalai sur le côté, appuyant ma tête sur mon poing.

— Qu'est-ce qui ne va pas chez moi ?

Vipère m'interrogea du regard.

— Je pourrais avoir n'importe quelle femme, mais je choisis toujours celles qui ne me veulent pas.

— Larisa t'a dit ça ?

— Tu aurais dû voir sa tronche...

— Donne-lui du temps. Souviens-toi de ce que tu ressentais quand père t'a transformé en vampire. Ça a pris du temps, mais tu t'es adapté à ta condition. Tu as fini par comprendre qu'il avait raison depuis le début. C'est ce qui arrivera à Larisa.

Je fixai le feu.

– Ce n'est pas parce qu'elle est bouleversée que ses sentiments pour toi ont changé.

– Je suis sûr qu'ils ont changé.

Il me lança un regard dur.

– C'est la femme qui a voyagé jusqu'à l'autre bout du monde pour être à tes côtés. La femme qui a refusé de fuir la bataille parce qu'elle préférait risquer sa vie pour être avec toi. La femme qui a sauvé Aurelias — le plus grand enfoiré de la planète. (Il essayait de me faire rire, mais ça ne fonctionnait pas.) Ses sentiments ne changeront pas, Kingsnake.

Je ne détournai pas mon regard du feu.

Après un long silence, Vipère changea de sujet.

– On doit partir demain. Père est retourné aux Chutes du Croissant pour rassembler ses troupes. On doit profiter de son absence. Une fois qu'on aura assuré la paix dans le monde, il sera forcé d'abandonner son idée de vengeance.

– Alors pars.

– On ne peut pas partir sans toi, Kingsnake.

– Tu gouvernes notre peuple maintenant, Vipère.

Je saisis une autre bouteille par le goulot et la lançai dans le feu.

– Je ne suis qu'un foutu ivrogne.

Il ne broncha pas lorsque le verre se brisa avec fracas.

– On ne part pas sans toi, Kingsnake. S'il faut te ligoter à l'arrière d'un cheval pour te traîner avec nous, on le fera.

– Larisa ne viendra pas.

– Elle est en sécurité ici. Elle a besoin de réfléchir de toute façon.

Je me sentais mal de la laisser sans protection, puis je me souvins qu'elle n'avait plus besoin de ma protection... Elle était une Originelle maintenant, un vampire plus puissant que moi. Et elle n'avait plus d'ennemis.

– Je ne suis pas le roi de Grayson, c'est toi qui l'es, dit Vipère.

Mes yeux se déplacèrent vers les siens.

– Tu as cru à la victoire du bien sur le mal depuis le début. C'est à toi qu'il revient de l'assurer.

Le lendemain matin, j'entrai dans nos appartements pour récupérer mes effets personnels. Revêtir mon armure si peu de temps après la bataille me laissait un goût amer, mais je n'allais pas me présenter à Evanguard en leur offrant ma tête sur un plateau.

Larisa était assise sur le canapé de l'autre pièce, proche de Croc suspendu aux branches de son arbre. Elle ne leva pas les yeux à mon entrée.

Je n'attendais pas qu'elle le fasse. Mais ça faisait mal quand même.

Je me changeai dans le dressing avant de ramasser mon sac.

Ce geste attira son attention.

– Où vas-tu ?

Je déposai le sac sur le lit et j'y rangeai quelques affaires.

– À Evanguard. Je dois parler à la reine Clara.

Je le lui avais dit la veille. Impossible qu'elle l'ait oublié. Ou peut-être l'avait-elle fait... dans son désespoir.

Elle se leva du canapé et s'approcha de moi. Si elle était toujours la femme que j'aimais, son apparence avait subtilement changé. Sa peau avait pâli, comme si elle n'avait jamais été exposée au soleil. Ses yeux étaient plus sombres et aussi plus vifs, comme ceux d'un oiseau de proie. Son odeur était totalement différente. Mais elle demeurait la plus belle créature que j'aie jamais vue. Savoir que sa durée de vie avait atteint l'éternité me plaisait... même si je ne le montrais pas.

– Tu pars combien de temps ?

Une autre gifle de déception.

– Une semaine. Peut-être plus.

Peut-être que je ne reviendrais jamais si elle ne voulait pas de moi. Je continuai à faire mon sac, dissimulant la douleur terrible qu'elle venait d'infliger.

– Tu seras en sécurité ici. Je laisse Croc avec toi.

– Tu es en colère. Vraiment en colère.

Je me figeai à sa remarque.

– Comment tu veux que je me sente ?

– Essaie d'être patient.

Je me tournai en soupirant pour la regarder en face.

– On a l'éternité pour être ensemble... et tu es déçue. Tu as l'opportunité de devenir le plus puissant des vampires et ça ne te fait rien. La plupart des humains donneraient tout pour être à ta place maintenant.

– Mais ça a un prix. Un prix que je devrai payer plus tard.

– Ou peut-être jamais.

Elle me fixa, distante et froide.

Mon sang coulait encore dans ses veines, faisant d'elle une partie de moi pour toujours. Je trouvais cela beau, elle trouvait cela répugnant.

– C'était mon rêve d'avoir une famille. Et maintenant, je ne l'aurai jamais.

– Si je t'avais laissé mourir, tu n'en aurais pas eu non plus, répliquai-je sèchement. Je t'avais dit de t'éloigner de Grayson avec Croc jusqu'à la fin de la guerre, mais tu as insisté pour rester. Alors, ne fais pas comme si c'était de ma faute.

Ses yeux se plissèrent devant ma cruauté.

– J'ai pris la meilleure décision possible étant donné les circonstances, et malgré ta déception, je ne la regrette pas. Ton destin n'est pas de mourir jeune. Ton destin est de devenir la reine des Vampires, la Dame des Ténèbres.

Je me tournai vers mon sac et le fermai avant de le jeter sur mon épaule.

– Accepte-le, dis-je en me dirigeant vers la porte pour sortir.

J'observais les palefreniers préparer les chevaux pour le long voyage. La couverture nuageuse formait un couvercle au-dessus de notre royaume côtier, sur lequel les rayons du soleil se cassaient le nez. Je levai les yeux au ciel et je me souvins de l'après-midi où Larisa et moi avions grimpé au sommet de la montagne et avions profité du soleil. Elle était assise là, les yeux fermés, savourant la chaleur sur sa peau.

Elle ne connaîtrait plus jamais ce plaisir.

Cobra arriva à mes côtés.

– Prêt ?

Il me fallut une seconde pour sortir de ce souvenir.

– Oui.

Il me fixa, perplexe.

– Elle ne se joint pas à nous ?

– Non.

Je lançai à mon frère un regard dur, l'avertissant de ne pas insister sur le sujet.

Cobra détourna le regard.

– Alors mettons-nous en route.

Il s'approcha de son grand étalon et se mit en selle.

Je m'apprêtais à monter sur mon cheval quand une voix mentale brisa mon élan.

Attends.

Qu'est-ce qu'il y a ?

On vient.

Je m'éloignai du cheval et je regardai vers la porte.

Une seconde plus tard, Larisa apparut dans son armure et son épée, époustouflante de beauté avec sa force vampirique. Au lieu de la suivre en rampant, Croc était drapé sur ses épaules, car les nouveaux pouvoirs de Larisa lui permettaient de supporter son poids.

Il était difficile de ne pas l'admirer.

Elle s'approcha du palefrenier.

– Va me chercher un cheval, s'il te plaît.

Ses yeux finirent par croiser les miens, mais elle ne s'attarda pas. Elle évita mon regard, toujours amère de la décision que j'avais prise en son nom.

Mais elle était venue.

On lui amena une belle jument blanche et, avec Croc sur ses épaules, elle monta dessus.

L'expression de mes frères était indescriptible. Les yeux écarquillés, la bouche ouverte, ils regardaient Larisa comme s'ils ne l'avaient jamais vraiment vue auparavant. Cobra siffla doucement en la détaillant de haut en bas.

– Être vampire te va bien, ma belle, dit-il d'un air amusé.

J'étais trop heureux qu'elle fasse partie de la meute pour le gronder pour son propos.

– Allons-y.

Nous empruntâmes la même route que Larisa et moi avions suivie ensemble jusqu'à Grayson. Nous chevauchâmes à travers la vallée entre les montagnes et par le sentier sombre sous la montagne pour atteindre la forêt de l'autre côté. Mais nous n'étions même pas à mi-chemin quand nous nous arrêtâmes pour nous reposer.

Nous installâmes le camp dans la forêt une fois le soleil trop haut dans le ciel. Maintenant que nous n'avions plus de couverture nuageuse pour nous protéger, nous devions nous déplacer dans l'obscurité. C'était jouable, car Larisa pouvait voir sans lumière.

Nous attachâmes nos chevaux à l'arbre et je dressai le camp avec l'aide de mes deux frères, Croc et Larisa.

Elle connaissait la marche à suivre pour avoir voyagé avec moi, et elle prépara le feu avant d'installer sa natte — ce qui signifiait qu'elle avait l'intention de dormir seule. Elle aurait pu se joindre à moi pour ce voyage, mais la distance qui nous séparait était encore énorme.

Mes frères prirent leur gourde et burent devant le feu, choisissant de passer leur temps libre à boire.

Larisa resta à l'écart, couchée seule sur sa natte.

Croc s'installa à côté de moi devant le feu, sa tête reposant sur son corps enroulé.

Cobra but à sa gourde, puis jeta un coup d'œil à Larisa au loin.

– Elle changera d'avis, dit Vipère. Elle ne serait pas là, sinon.

Comment va-t-elle ?

Croc avait les yeux fermés comme s'il allait dormir là jusqu'à la fin de l'après-midi.

Elle m'a fait des confidenssses.

Ce n'est pas bon signe.

Il est difficile de renoncer aux croyances de toute une vie. Elle croit vraiment que ssson âme est perdue et elle pleure cette mort. Elle est en deuil de sssa maternité. Elle doit dire adieu à la vie qu'elle imaginait, entourée de petits. Tu le prends persssonnellement, alors que ça n'a rien à voir avec toi.

Je lui ai donné tellement plus.

Elle finira par le voir — quand elle sssera prête.

Nous levâmes le camp au crépuscule et reprîmes la route. Le soleil était bas dans le ciel, masqué par les montagnes derrière nous. Les monstres de la forêt ne gênèrent pas le passage et nous parvînmes au territoire des Royaumes.

Nous passâmes Latour-Corbeau, visible aux torches qui brillaient dans la nuit, mais nous continuâmes notre chemin.

Larisa et moi n'avions pas parlé de tout le voyage. Je me demandais à quoi elle songeait en passant devant son ancienne maison, si elle aurait préféré épouser ce roi de pacotille et avoir ses mioches. Cette pensée me donnait envie d'enfoncer les portes de la cité et d'aller décapiter ce poltron.

Nous nous éloignâmes vers l'ouest, près de la frontière où les loups-garous vivaient dans la forêt. Il n'était pas prudent de s'arrêter là et de baisser notre garde. Nous continuâmes donc jusqu'aux terres stériles, zone aride qui ressemblait à un désert. La terre avait été maudite il y a longtemps, et rien ne poussait, sauf les mauvaises herbes.

Nous nous arrêtâmes sous les arbres juste avant la traversée, nous abritant du soleil de plomb sous le feuillage épais. Nous n'allumâmes pas de feu, car il faisait chaud à l'ouest.

Larisa était de nouveau seule, sur sa natte, loin de nous tous. Cobra s'adossa contre un arbre, les chevilles croisées devant lui.

– Tu veux que je lui parle ?

– Pour lui dire quoi ? rétorquai-je.

– Tu me connais, dit-il en remuant les sourcils. Beau gosse, charismatique...

– Je ne pense pas que draguer ma femme soit très utile en ce moment.

Cobra but une gorgée d'alcool, souriant toujours.

– Pourquoi tu ne draguerais pas la reine Clara plutôt ? demandai-je.

La remarque effaça le sourire de son visage.

– Je pense que j'aurais plus de chance avec Larisa.

– Pourquoi ? demanda Vipère, s'appuyant contre un autre arbre.

– Eh bien...

Cobra s'arrêta pour réfléchir à ce qu'il allait dire.

– Je n'ai pas tenu ma parole, soupira-t-il.

– Tu n'es pas fautif des actes de notre père, dis-je.

– Mais je n'ai rien fait pour l'arrêter. Son peuple a dû lui annoncer la nouvelle une fois qu'ils se sont repliés dans leur royaume. Donc je doute qu'elle soit ravie de me voir.

Il but une autre gorgée de sa gourde.

– C'est ironique, n'est-ce pas ? Une seule femme m'intéresse un tant soit peu… mais c'est mon ennemie de toujours, et j'ai tué son père.

– *Tu* n'as rien fait, confirma Vipère. C'est la conséquence d'une bataille.

– Une bataille qu'on a gagnée grâce aux informations qu'elle nous a données, dit Cobra. Son père serait encore en vie à l'heure qu'il est…

– Son père est maléfique, tu te souviens ? dis-je. J'ai hâte de savoir ce qu'elle a découvert sur l'immortalité des Éthéréens.

Cobra reboucha sa gourde.

– Je pense que père est tout aussi maléfique.

Je ne pouvais qu'être d'accord avec lui.

Vipère jeta un coup d'œil à Larisa.

– Tu devrais essayer de lui parler.

Ça ne servirait à rien.

– Confie-lui un secret qu'elle ne sait pas sur toi.

Je lui avais raconté toute ma vie.

– Raconte-lui un truc intéressant pour qu'elle écoute.

– Je ne suis pas si intéressant.

– T'as mille cinq cents ans, grogna Vipère. Je suis sûr que tu peux trouver quelque chose.

– Vas-y, s'agaça Cobra.

Je lâchai un soupir irrité et me levai.

Parle-lui de nous. Elle ne sssait pas.

Je réfléchis à l'idée un moment avant de me diriger vers l'endroit où elle était allongée sur sa natte, à l'autre bout du camp, dos à nous.

Je devinai à sa respiration qu'elle était réveillée, mais qu'elle m'ignorait.

Je m'assis à côté d'elle, les bras sur les genoux, regardant entre les troncs la forêt au-delà.

Elle continua de m'ignorer.

– C'est le venin de Croc qui m'a transformé. Mon père l'a capturé et a extrait de force le venin de ses crochets. Maintenant que tu sais qui est mon père, tu imagines à quel point il peut être barbare. Et tu connais bien Croc... tu sais qu'il n'est pas du genre obéissant. Mon père l'a réduit en esclavage et, quand Croc a refusé, mon père l'a blessé...

C'était dur d'évoquer cette histoire, de penser à la façon dont mon compagnon avait été maltraité. C'était il y a si longtemps, Croc m'avait pardonné depuis, mais cela avait tout de même laissé une cicatrice invisible.

– Alors je l'ai libéré. Je l'ai laissé partir en plein jour pour que personne ne le poursuive.

Elle semblait intriguée par cette histoire, car elle s'assit à côté de moi. Elle posa les bras sur ses genoux, imitant inconsciemment ma position. Autrefois, elle sentait les fleurs et le printemps, mais maintenant, elle sentait la forêt brumeuse.

Avant la bataille, nous étions si profondément unis. Même aujourd'hui, dans nos pires jours, je l'aimais plus que j'avais aimé Ellasara dans nos meilleurs jours. Mais désormais, il y avait une barrière entre nous. Et je ne savais pas comment y remédier.

– Il a été touché par mon geste... et il est revenu. Depuis, on est inséparables.

– Croc appelle ton père le tueur de serpents...

– C'est ce qu'il est.

Mon père et moi étions à des années-lumière l'un de l'autre. Chaque fois que je lui désobéissais, je m'éloignais de lui, mais je ne prendrais pas une décision injuste pour rester dans ses bonnes grâces.

Ma relation avec Croc comptait beaucoup plus pour moi.

– Croc a transformé quelqu'un d'autre ?

– Oui. Mais par choix, pas par servitude. Les serpents sont des créatures très fières. Ils ne reconnaissent aucune couronne, aucun pouvoir.

– Pourquoi il reste avec toi ?

Je commençais à retrouver le climat de nos anciennes discussions dans l'intimité.

– Son venin m'a octroyé l'immortalité. Et mon sang lui accorde la même chose. Mais je pense que c'est plus que ça... plus profond.

– Donc... Croc est aussi immortel ?

– Tant qu'il continuera à se nourrir de moi.

– Je ne l'ai jamais vu faire.

– Ce n'est pas une affaire publique. Il mord mon poignet et aspire mon sang.

Je desserrai mon bracelet et exposai la peau de mon poignet, lui montrant la marque de morsure de serpent dans la chair. Elle était subtile, imperceptible si on ignorait qu'elle était là.

Elle la fixa, puis passa son doigt sur le léger relief. Ce simple contact me fit chaud au cœur. Je remis le bracelet à mon poignet et le verrouillai.

– Il n'a pas de famille ?

– Il a eu plusieurs couvées, mais une fois nés, les serpents sont tout de suite indépendants.

– Les serpents... tombent amoureux ?

– Il ne m'a jamais donné cette impression.

– Tant mieux, je ne le perdrai jamais.

C'était sa première réaction positive face à sa récente immortalité. J'espérais que cette attitude se développerait avec le temps.

– Merci de me l'avoir dit.

– Je veux tout partager avec toi.

J'espérais partager l'immortalité avec elle, si elle voulait bien me pardonner.

Elle resta silencieuse.

Ce n'était pas un refus catégorique, mais je l'interprétais ainsi dans mon insécurité.

– Je suis désolée pour ma froideur. C'est juste que... je traverse une période difficile.

– Tu peux me parler. J'ai eu exactement les mêmes interrogations que toi au début.

– Tu as sans doute raison.

Elle fixait les arbres, sans jamais me regarder.

– Tu voulais une famille ?

– Oui.

J'imaginais ma propre maison sur la ferme, une femme à mes côtés, les cris excités des enfants dans la maison.

– Je voulais avoir cinq enfants. Pour qu'ils s'occupent de leur mère quand je serais parti. Pour prendre soin de la ferme quand je serais trop vieux et faible pour le faire moi-même.

Elle tourna légèrement la tête et me regarda.

– Je comprends ce que tu ressens, ma chérie. Mais j'ai fait la paix avec ça.

Elle ne disait rien.

– Ça deviendra plus facile avec le temps.

– Si seulement on s'était rencontrés à une autre époque... Comme nos vies auraient pu être différentes.

Je me tournai vers elle et, pour la première fois, ses yeux verts croisèrent les miens.

– Même si ça aurait été agréable, je préfère t'avoir pour toujours. Une seule vie ne suffit pas.

Après avoir traversé le désert aride, nous approchâmes du périmètre d'Evanguard. Leurs forêts étaient exceptionnellement denses, avec des arbres si proches les uns des autres qu'il était difficile de se frayer un chemin à cheval. Et la végétation était différente des pins verts des montagnes ou des séquoias des environs de Grayson. Tous les types d'arbre existaient ici, déployant tous les verts qui existaient dans la nature, du plus foncé au plus pâle. Les cris de la faune sauvage étaient audibles, même en périphérie. Les oiseaux gazouillaient, les animaux glapissaient.

– Ta petite amie t'a dit comment entrer ? demanda Vipère qui chevauchait à côté de Cobra.

– Non.

Ils avançaient le long du périmètre, observant les arbres alors que le soleil se couchait.

– Entrons dans la forêt et explorons, suggéra Vipère.

– On se perdra, dit Cobra. Personne n'est jamais ressorti vivant de la forêt.

– Pourquoi ? Larisa me demanda.

– Des créatures dangereuses y vivent, dis-je.

– Mettons la forêt en feu, dit Vipère. Ça attirera leur attention.

– Et tu es le général de Grayson ? s'esclaffa Cobra. C'est la pire façon de faire.

– T'as une meilleure idée ? s'emporta Vipère. Tu ne pouvais pas envoyer un message ?

– Aucun de nos oiseaux ne connaît le chemin, dit Cobra.

– Alors, qu'allons-nous faire ? demanda Vipère. Continuer à tourner en rond ? On doit trouver un abri avant l'aube, donc retraverser le désert dans le sens inverse.

Je me lassai de leurs chamailleries.

– Ils ont des éclaireurs partout dans cette forêt. On doit juste leur faire savoir qu'on est ici.

– Alors, on met le feu ? demanda Vipère.

Cobra roula des yeux.

– En quelque sorte, dis-je en descendant de mon cheval pour le laisser paître.

Je pris une hache dans la sacoche de la selle et j'entrepris de scier l'arbre le plus proche.

– On va faire un grand feu de joie — un truc qu'ils ne manqueront pas.

– Ils pourraient nous tirer dessus dans l'obscurité, dit Cobra.

– La reine Clara nous attend, alors j'en doute, dis-je. Maintenant, taisez-vous et aidez-moi.

Ils m'aidèrent à abattre l'arbre et les branches et à y mettre le feu. Il avait assez de combustible pour projeter des flammes haut dans le ciel. Quelqu'un les remarquerait forcément et accourrait. Il ne restait plus qu'à attendre.

4

CLARA

Il était tard.

D'habitude, je dormais à cette heure-ci. Ou du moins j'étais au lit, à souhaiter être endormie.

Mais mes éclaireurs avaient repéré des vampires à nos frontières — et je savais exactement qui c'était.

J'étais donc dans la salle du trône, où les meubles étaient parsemés de bougies pour illuminer la pièce. Les feux n'étaient pas permis à Evanguard, mais je devais faire une exception pour pouvoir recevoir des invités à cette heure tardive.

Assise sur le trône, je sentais mon cœur battre à tout rompre dans ma poitrine. Une sensation douloureuse et inconfortable. Des fleurs blanches avaient été tressées dans mes cheveux pour indiquer mon statut de reine d'Evanguard — car mon père avait été tué au combat.

Personne ne soupçonnait ma trahison. Personne ne savait que j'avais donné la victoire à l'ennemi sur un plateau d'argent.

J'allais devoir porter ce secret pour le restant de mes jours.

Mes mains étaient à jamais tachées du sang de mon père.

Les vampires avaient accordé la miséricorde à mon peuple en les laissant fuir, mais ils n'avaient pas laissé mon roi partir avec eux. Étais-je idiote de croire que Cobra honorerait cette requête ? Ou est-ce que mon père avait raison ? Avais-je besoin d'un mari pour être une bonne souveraine ?

La porte s'ouvrit, et Toman entra.

– Kingsnake, roi de Grayson, son général, Vipère, et Cobra, roi de la Montagne, se sont aventurés dans notre forêt pour s'entretenir avec toi. Je les laisse entrer ? Ou devrais-je plutôt les tuer ?

Il se tenait droit, les mains derrière le dos, les yeux sans vie maintenant qu'il me servait au lieu de régner à mes côtés.

– Amène-les-moi.

Il hésita, la désapprobation sur le visage.

– Il y a un problème, Toman ?

– Ils ont occis notre roi.

– Et ils nous ont laissé fuir. Si on ne forge pas la paix avec nos ennemis, on sera tués nous aussi.

Sa désapprobation se sentait toujours.

– Tu trahirais ton peuple pour un vampire doué au pieu ?

Mon expression demeura stoïque, mais mon sang se mit à bouillir.

— Je suis au courant de choses que tu ne sais pas, Toman. Mon père m'a transmis des informations tellement horribles qu'elles te glaceraient le sang. Je vais pardonner ton comportement cette fois-ci, mais provoque-moi encore une fois et je ne serai pas aussi clémente.

Je le renvoyai d'un geste de la main.

Il hésita, le feu brûlant dans ses yeux.

Je soutins son regard depuis mon trône, le mettant au défi de s'opposer à moi.

Il finit par laisser tomber et sortir.

Mon cœur se remit à battre la chamade quand j'imaginai les yeux sombres et la mâchoire ombragée de Cobra. Il me regardait avec une possessivité qu'aucun autre homme ne pourrait imiter. Son talent d'épéiste surpassait le mien, malgré mes années d'expérience de plus que lui, ce qui lui avait valu mon respect. Il avait mérité d'autres choses aussi, comme le contrôle de mon corps... et le battement de mon cœur. J'étais à la fois terrifiée et désireuse de le revoir.

La porte s'ouvrit de nouveau, et cette fois, un groupe de vampires séduisants entra. J'avais vu Vipère durant mon séjour à Grayson. L'homme à ses côtés m'était inconnu, et je devinai qu'il s'agissait de Kingsnake, le roi de Grayson. Une femme se tenait à côté de lui, vêtue d'une armure semblable à la sienne. Je présumai qu'elle était sa proie, la femme qui pouvait accorder l'immortalité aux Royaumes, mais elle n'était manifestement pas humaine.

Puis je le vis.

Il entra le dernier, vêtu de l'armure noire et or de son peuple, son corps puissant le paraissant encore plus sous les plates de métal, sa cape pendant derrière lui. Je connaissais si bien son corps que je pouvais imaginer ce qui se trouvait en dessous. Il était grand comme ses frères, avec la même assurance intrinsèque et les yeux d'une profondeur infinie.

Je ne pus que le fixer.

Il soutint mon regard.

– Content de te revoir... Son Altesse.

Des papillons de la taille de dragons s'envolèrent dans mon ventre. Des éclairs fusèrent en moi et me brûlèrent les veines.

– Oui... et pas sur un champ de bataille.

Le coin de sa bouche se retroussa en sourire, si subtil que personne d'autre ne le remarqua.

Je pourrais l'admirer pendant des heures, mais je dus porter mon attention sur Kingsnake.

– J'ai accordé l'entrée à tes frères et toi seulement. La femme devra attendre la fin de notre conversation à l'extérieur avec les gardes.

– Elle reste, intervint Cobra. Tu parles à nous tous ou tu ne parles à personne.

Je le fixai, surprise par sa réaction si vive.

– Elle s'appelle Larisa, dit Kingsnake.

Je le regardai de nouveau.

– Ma future épouse et la future reine de Grayson, ajouta-t-il. Elle va là où je vais. C'est non négociable.

Larisa se tourna vers Kingsnake, qui soutenait mon regard durement.

Cette femme devait être celle que je croyais.

– Vous l'avez transformée en noctambule.

Kingsnake mit un moment à répondre.

– Oui.

– Pourquoi ? demandai-je. Je croyais qu'elle était le salut de l'humanité.

Une lourdeur palpable pesait dans l'air. Du poids d'une montagne.

– Ellasara l'a frappée de son épée, la laissant à l'article de la mort, dit Kingsnake. Je n'avais pas d'autre choix.

Larisa regarda par terre.

Si elle était morte, son âme aurait voyagé jusqu'ici... aspirée dans la Montagne des Âmes pour alimenter notre immortalité.

– Je suis désolée que ça te soit arrivé. Mais tu as pris la bonne décision.

Larisa releva la tête et me regarda de nouveau.

– Toman, laisse-nous.

Il resta près de la porte.

– Je ne vais pas te laisser seule avec ces monstres...

– Je peux me débrouiller. Maintenant, pars.

Il resta encore un moment, regardant Cobra.

Cobra le regarda en retour.

Les deux hommes semblaient savoir exactement qui l'autre était sans poser de questions.

Toman finit par sortir et refermer la porte derrière lui.

Je me levai de mon trône et me dirigeai vers la grande table couverte des affaires et des parchemins de mon défunt père.

– Asseyez-vous.

Je m'installai en bout de table, les bras sur les accoudoirs du fauteuil, la cire des bougies dégouttant sur les bougeoirs en argent.

Ils se rassemblèrent autour de la table, et Kingsnake et Cobra prirent les chaises les plus proches de moi.

C'était étrange d'être assise là où mon père s'asseyait durant nos conversations, de prendre sa place en tant que souveraine d'Evanguard.

Maintenant que Cobra était près de moi, je sentais mon pouls dans mon cou, le rythme régulier du sang. J'étais consciente de sa présence comme je l'avais été dans la chambre, son corps nu à côté du mien dans la nuit. Si peu de temps s'était écoulé depuis notre séparation qu'il n'avait peut-être couché avec personne d'autre, mais il semblait avoir un appétit sexuel vorace.

J'essayai de garder les yeux sur Kingsnake, car c'était plus facile que de regarder son frère.

– Vous avez reçu mon message.

– En effet, répondit-il. Et ça nous a permis de gagner la guerre — alors, merci.

La tristesse me serra l'estomac.

– Je suis désolé pour ton père.

Ce n'est pas Kingsnake qui parla, mais Cobra, d'une voix douce.

Je ne le regardai pas.

– Moi aussi, ajouta Kingsnake. Ce n'était pas notre intention...

Je ne pouvais pas les écouter.

– Mon père était ma chair et mon sang. Apprendre sa mort a été profondément douloureux. Mais compliqué aussi... car ce n'était pas un homme bien. Sa haine envers votre espèce était alimentée par une avarice incessante.

Kingsnake me fixait, les coudes sur la table et les mains jointes.

– Dis-en plus.

Je baissai les yeux vers la table, incapable de croiser leur regard.

– Je veux forger une trêve éternelle avec votre peuple. Une paix irrévocable qui résistera à l'épreuve du temps. Il n'y aura plus de morts. Plus de désespoir.

– Parle-nous de l'avarice incessante à laquelle tu as fait allusion, dit Cobra.

Je levai les yeux et regardai Vipère et Larisa.

– La trêve d'abord.

Je sentis l'énergie changer autour de la table, l'inconfort les traverser.

– Je te l'avais dit, dit Vipère en regardant son frère à côté de lui. Le secret qu'elle cache est si horrible qu'on voudra la tuer sur-le-champ.

Cobra se tourna vers moi.

Je soutins son regard.

Il n'y avait ni jugement ni colère dans ses yeux, contrairement à ses frères.

– Ce sont mes conditions, dis-je. Acceptez la trêve entre nos peuples, et je vous donnerai accès à cette information.

Les frères échangèrent des regards en silence, comme s'ils communiquaient par la pensée. Ils semblèrent trouver une entente, car Kingsnake se tourna vers moi.

– On veut que nos espèces immortelles coexistent en harmonie, peu importe vos crimes, alors on va signer cette trêve et entamer une nouvelle ère de paix.

Vipère lâcha un soupir agacé.

Cobra me lança un regard si sulfureux que j'eus l'impression de bouillir.

Je déroulai le parchemin avec ma signature déjà apposée au bas et je le passai à Kingsnake. Il prit la plume dans l'encrier et il signa son nom au bas de la page. Puis il les passa à Cobra, qui ajouta sa signature à son tour.

Le parchemin me fut retourné.

– Merci.

Kingsnake me fixa, l'air plus intense que jamais.

– Parle.

Je combattis ma peur et repris la parole.

– Avant que je partage cette information avec vous, je veux que vous sachiez que je l'ignorais avant la semaine dernière. Et la grande majorité des Éthéréens n'est pas au courant...

– *Parle,* me coupa Kingsnake, le regard venimeux.

J'avais le dos droit et la tête haute, mais je me sentais affaiblie par la honte.

– La raison pour laquelle les Éthéréens ont mené cette croisade éternelle contre votre peuple est que nous rivalisons pour les mêmes ressources.

– Quelles ressources ? demanda Kingsnake.

– Les royaumes des hommes.

Perplexe, il fronça les sourcils.

– Vous avez besoin de leur sang pour votre immortalité... et nous avons besoin de leur âme.

Aucun mouvement. Aucune réaction. Mais une tension embrasa la pièce comme un feu de forêt.

Kingsnake baissa les yeux un moment, le visage crispé de consternation. Puis il releva la tête vers moi.

– Explique-toi.

– Je ne peux pas expliquer le mécanisme. Je ne sais pas si mon père aurait pu le faire non plus, car cela fonctionne ainsi depuis longtemps avant notre naissance. Mais quand un humain rend l'âme... celle-ci est capturée ici. Elle voyage dans la rivière qui descend la montagne jusqu'à notre ville, irrigue nos récoltes et remplit nos gourdes. Les Éthéréens croient véritablement que les dieux nous ont fait don de la vie éternelle et confié la mission d'éliminer les noctambules de ce monde, mais ils ne réalisent pas qu'ils s'abreuvent et se nourrissent des âmes des mortels.

J'avais enfin craché le morceau, mais au lieu de me sentir allégée, je me sentais pire que jamais. Dire la vérité n'avait fait que la rendre encore plus inéluctable.

Une fois mon histoire terminée, Kingsnake se tourna vers Larisa.

Elle était blême, même pour un vampire.

Cobra et Vipère firent de même, regardant la femme qu'ils considéraient comme une sœur.

Larisa ne regarda pas Kingsnake. Elle avait les yeux posés sur la table, les doigts sur ses lèvres entrouvertes, stupéfiée.

– Je suis désolée...

Il n'y avait aucune justification pour les agissements de mon peuple. Présenter des excuses était vain.

Kingsnake regarda Cobra un moment.

Cobra se cala dans son fauteuil, les mains à plat sur la table.

Le fait qu'ils ne dégainaient pas leurs lames et ne menaçaient pas de me tuer était un miracle. Ils semblaient trop choqués pour faire autre chose que rester assis à digérer mes paroles.

Kingsnake finit par parler.

– Mon père avait raison — sur toute la ligne.

– Merde, dit Cobra.

– Les Royaumes croient qu'on est l'ennemi, dit Kingsnake. Mais ce sont les gens qu'ils vénèrent comme des dieux...

Avant, j'étais fière de mon peuple. Mais aujourd'hui, j'avais tellement honte.

Vipère me regarda, le visage tendu par la haine.

– Tu me dégoûtes.

Cobra ne me regarda pas, mais il vola à ma défense.

– Vipère.

– Ne me dis pas que tu veux toujours baiser cette salope...

– *Vipère,* répéta Cobra sans hausser le ton, mais sa voix était plus puissante que jamais. Elle vient de dire qu'elle et les habitants d'Evanguard n'étaient pas au courant. Ils sont autant victimes de cette tromperie que nous.

– Tu réalises que notre mère n'est pas dans l'au-delà ? insista Vipère. Ces salauds ont *mangé* et *bu* son âme...

– Arrêtez, dit Kingsnake. La reine Clara aurait pu garder cette information pour elle, mais elle ne l'a pas fait. Elle n'est pas comme le roi Elrohir et les souverains qui sont venus avant elle. On a tous les droits d'être en colère — mais pas contre elle.

– Est-ce que je suis le seul ici qui n'est pas idiot ? demanda Vipère. Vous croyez vraiment que la reine Clara ou les Éthéréens vont mettre fin à la pratique qui les garde en vie ? Dès qu'ils arrêtent de manger des âmes, leur espèce entière disparaît. Vous y avez pensé ?

Cobra baissa les yeux et resta silencieux.

Kingsnake n'avait rien à dire non plus.

Vipère me regarda.

– Tu ne vas pas y mettre fin, n'est-ce pas ?

– Ce... ce n'est pas si simple.

L'air victorieux, il se cala dans son fauteuil.

– D'un côté, je suis tellement dégoûtée que je ne peux pas dormir la nuit. Savoir que ma vie est alimentée par les âmes des innocents est traumatisant. D'un autre côté, si j'y mets fin... je meurs. Comme tous ceux que je connais.

– Si tu mettais fin à la pratique, combien de temps il te resterait à vivre ? s'enquit Cobra.

– Je ne suis pas sûre, répondis-je. Peut-être qu'on vieillit et qu'on vit le reste de notre vie comme des humains. Ou peut-être qu'on périt immédiatement...

– Je crois que les âmes ont ralenti le processus de vieillissement, dit Kingsnake. Et que si vous arrêtiez, vous continueriez une vie de mortel normale. Certes, vos jours seraient comptés. Et certes, vous vous rapprocheriez de la mort. Mais vous auriez vos âmes — et les humains aussi.

Je hochai la tête. J'existais depuis près de deux mille ans — amplement de temps pour savourer les fruits de la vie, or l'idée de la perdre me terrifiait. Avoir des enfants ne m'avait jamais traversé l'esprit, car je n'avais pas trouvé le bon partenaire, mais savoir que mes jours étaient limités rendait l'idée soudainement urgente.

– En vérité, la façon dont on maintient notre immortalité nous regarde, comme la façon dont vous maintenez la vôtre vous regarde. Qu'on détruise l'obélisque sur la Montagne des Âmes et choisisse une vie mortelle ou qu'on continue d'aspirer les âmes des humains, c'est notre décision. Mais nos espèces n'ont pas besoin d'être en guerre constante.

Je sentais la haine profonde de Vipère à sa façon de me regarder.

– On boit le sang des humains, et la plupart s'offrent volontairement à nous. On ne les tue pas. Et même si on le fait, on ne prend pas leur âme. Ce n'est pas comparable.

– Et répandre une maladie parmi eux n'a bénéficié qu'à vous, ajouta Kingsnake. Parce que plus les humains meurent, plus vous vous renforcez.

Je n'avais pas avoué que l'acte était intentionnel, mais la vérité sautait aux yeux.

– J'ai été troublée quand mon père me l'a dit.

– Vous avez un antidote ? demanda Kingsnake.

Je secouai la tête.

– On croyait que la maladie aurait fait son temps à l'heure qu'il est, mais elle ne semble qu'empirer. C'était censé être une solution temporaire, qui nous permettrait de vous combattre en vous fragilisant.

– On a un remède, dit Kingsnake. On va s'en occuper.

– Parce qu'on n'est pas des monstres, ajouta Vipère. C'est *vous,* les monstres.

Cette fois, Cobra n'intervint pas pour me défendre.

Kingsnake reprit la parole.

– Tu dois mettre fin à cette pratique.

Je le regardai.

– Tu sais que c'est la bonne chose à faire.

Je soupirai.

– Et si c'était toi ? Est-ce que tu sacrifierais ton immortalité ?

Kingsnake soutint mon regard, et comme il ne répondit pas immédiatement, je sus qu'il avait la maturité de comprendre des points de vue différents, même ceux qui s'opposaient aux siens.

– Si vous arrêtez, on vous accordera l'immortalité — en tant que vampires.

Je ne m'attendais pas à cette offre, pas après mille ans de guerre.

– Mais on perdrait notre âme.

– Ce qui est juste si tu veux mon avis, intervint Vipère, en me regardant comme si nous étions des ennemis sur le champ de bataille. Tu devrais être reconnaissante qu'on daigne te faire cette offre.

Je regardai Kingsnake à nouveau.

– Pourquoi nous offrir ce cadeau ?

– Parce que l'âme est sacrée. Chaque être mérite de décider quoi en faire. Bien que je préférerais ne pas transformer votre espèce en la nôtre à cause de notre passé sanglant, la solution est préférable à votre pratique barbare. On a beau être vampires et vous avez beau être éthéréens, on a tous déjà été humains.

Je pouvais vivre à jamais en vampire — ou accepter que mon heure soit venue.

– Alors, qu'est-ce que tu décides ? insista Kingsnake.

– Je dois encore dire la vérité à mon peuple. Et alors, j'aurai la réponse.

Nous étions une espèce pacifique, qui respections les cadeaux de la terre. Nous choisissions de ne pas manger de viande, nous honorions les créatures avec qui nous partagions le monde. J'espérais qu'ils choisiraient tous d'abolir cette pratique abjecte et d'accepter leur mort.

Vipère semblait furieux.

– Si tu crois qu'on va vous laisser continuer...

– Vipère, le coupa Kingsnake cette fois.

Vipère écrasa son poing sur la table avant de se caler dans son fauteuil, abattu.

Kingsnake poursuivit.

– Comment vas-tu expliquer la trêve sans dire la vérité à ton peuple ?

– Je ne peux pas, répondis-je simplement. Je vais devoir leur avouer tout ce que mon père m'a confié.

– Pourquoi il te l'a dit ? demanda Cobra.

Je l'avais dupé.

– J'ai fait semblant d'être intriguée plutôt que dégoûtée. Il croyait préparer une nouvelle souveraine, alors que je complotais sa destruction. Pour tout dire, je suis profondément blessée que vous ne l'ayez pas épargné...

Je fis une pause, retrouvant ma contenance pour ne pas éclater en larmes.

– Mais son cœur était maléfique. Je ne crois pas que notre conflit pourrait être résolu de façon pacifique s'il était encore en vie.

– J'ai essayé, dit Cobra. Vraiment.

Je ne le regardai pas. Je m'étais attendue à plus de loyauté de sa part.

Kingsnake parla.

– Est-ce que tu nous donnes l'hospitalité sur tes terres pendant que tu annonces la nouvelle à ton peuple ?

Je levai le menton et croisai son regard.

– Cette méfiance est déplacée après le sacrifice que j'ai fait, après tout ce que j'ai partagé avec vous.

– Ce n'est pas de la méfiance. Mais on aimerait connaître ta décision. On aimerait être présents pour marquer le début de la nouvelle ère de paix. Parce qu'ils auront du mal à le croire s'ils ne peuvent pas le voir.

Je savais que ce moment arrivait, et plus j'essayais de le retarder, plus l'angoisse s'emparait de moi. Nous venions d'essuyer une cuisante défaite contre les vampires, et maintenant j'étais celle qui forgeait une alliance avec eux... et qui annonçait à mon peuple que toutes nos croyances étaient fondées sur un leurre. Notre idéologie, notre essence... tout s'envolerait. Je devinais que certains s'enlèveraient la vie pour mettre fin à leur souffrance.

– J'accorde toujours l'hospitalité à mes alliés lorsqu'ils le demandent. Cependant, elle vient à une seule condition.

– On ne se nourrira pas, dit Kingsnake. Tu n'as pas besoin de t'inquiéter.

J'opinai.

– Alors Toman s'en occupera. Je vous souhaite une bonne nuit de sommeil, dis-je en me levant avant que quiconque puisse parler, puis j'allai ouvrir la porte. Conduis nos invités à leurs quartiers. Ils séjourneront ici quelque temps.

On aurait dit que Toman voulait me tuer, me passer au fil de son épée.

– C'est absurde...

– Fais-moi confiance.

– Faire confiance à quelqu'un qui prend constamment des mauvaises décisions ?

– Crois-moi, ne pas t'épouser était la bonne décision, dis-je. Maintenant, fais ce que je te demande ou démissionne de ton poste pour que je puisse trouver quelqu'un qui le fera.

– Je suis un commandant. Pas un serviteur...

– Alors tu es congédié.

Il bouillit de rage en silence.

Je regardai un autre garde derrière lui.

– Neo. Tu es nommé garde de la reine.

Neo quitta immédiatement son poste et s'avança vers moi, faisant une profonde révérence une fois en ma présence.

– C'est un honneur, reine Clara.

– Conduis mes invités à leurs quartiers. Ils auront besoin de trois chambres.

– Bien sûr, Votre Altesse.

Je m'écartai et je le regardai s'éloigner avec les vampires.

Sauf que Cobra n'était pas avec eux.

Mon pouls était régulier l'instant d'avant, mais il s'accéléra. Je me retournai et je le vis toujours assis à la table, la lueur des bougies rehaussant les contours de son visage ravissant.

Je le fixai d'un air stoïque.

– Il est tard, roi Cobra. Tu devrais aller te coucher.

Il se leva, contourna la table et s'avança vers moi. Il me dépassait de près d'une tête, et quand il fut devant moi, je dus lever le menton pour soutenir son regard.

– Cette robe me plaît, dit-il.

Elle était blanche, avec une longue fente remontant ma cuisse droite. Elle avait des manches longues, mais le décolleté montrait mes clavicules, le creux de ma gorge et le haut de ma poitrine. Tissée à la main par notre meilleure couturière, la robe était élégante, montrant mon pouvoir en tant que reine, mais aussi ma modestie. Mon cœur battait toujours rapidement, et il s'accéléra de plus belle au compliment. Cobra ne me l'avait pas fait avec un sourire en coin et son arrogance typique, mais de façon simple et authentique.

– Et les fleurs... dit-il en levant la main vers mes mèches, effleurant un iris blanc épinglé à ma chevelure. Magnifiques.

J'essayai de garder une respiration normale lorsqu'il me toucha. De prétendre que l'intimité ne voulait rien dire pour moi. Mais mon cœur ne ralentissait pas.

Il retira sa main, sans me quitter du regard.

– Tu voulais me dire quelque chose ?

Il pencha la tête d'un côté, ses yeux intelligents sondant les miens.

– Beaucoup de choses, en fait. Mais est-ce que tu veux les entendre ? Ton cœur qui bat à tout rompre me dit oui, mais ton expression me dit non.

Je détestais le fait que mon propre corps me trahisse. Et je n'y pouvais rien.

La chaleur m'empourpra les joues, et son fameux sourire arrogant apparut.

– Tu es le seul avec cette faculté ? demandai-je.

– Elle est particulière aux vampires Cobras. On entend nos proies de loin.

– Et les vampires Serpents-rois ?

– Ils voient dans l'obscurité.

– Je croyais que tous les serpents le pouvaient.

– C'est différent. Ils voient les signatures thermiques.

– Et les Originels ?

– Ils ressentent les esprits.

– Ressentent ?

– Oui. C'est très intime.

Je cessai de poser des questions, sachant que je meublais sciemment le silence pour rendre le moment plus tolérable. Chaque fois que j'étais en présence de Cobra, la tension montait tellement que je croyais que ma tête allait exploser. Et c'était pire maintenant, après notre séparation.

Ses yeux m'étudièrent alors qu'il se laissait porter par la vague de silence.

– On s'était entendus sur le fait que ton père serait épargné, dit-il après quelques instants. Honorer ta demande était le moins qu'on puisse faire après que tu nous aies envoyé l'information qui nous a permis de gagner la guerre. Mais malheureusement, mon père n'était pas d'accord. J'ai essayé de l'arrêter, de m'interposer entre eux avant qu'ils puissent s'entretuer... mais ça n'a pas suffi.

Je ne posai pas de questions, ne voulant pas de détails. Je ne voulais pas savoir comment mon père avait trouvé la mort.

– Je suis désolé.

L'honnêteté transparaissait dans sa voix. Et dans ses yeux.

Je détournai le regard.

– Ne m'en veux pas...

– Je ne t'en veux pas.

Il m'étudia encore un moment.

– Alors pourquoi cette distance entre nous ?

Je le tenais effectivement à distance depuis qu'il avait posé les pieds ici. J'évitais son regard. Je m'efforçais de ne pas montrer une once d'émotion.

– C'est compliqué.

– Non, ça ne l'est pas, dit-il d'un ton soudain incisif.

Je baissai les yeux.

– Dis-moi.

Je mis un moment à rassembler le courage de relever le menton et croiser son regard.

– Tu avais raison sur tout... et j'ai honte.

Son regard dur s'attendrit immédiatement.

– Tu m'as demandé de rester, et je suis partie.

– Je ne suis pas un homme rancunier.

– Ah non ? murmurai-je.

Lentement, un sourire séduisant se dessina sur ses lèvres.

– Pas avec toi.

– Après tout ce que mon peuple a fait, tu devrais me mépriser comme Vipère le fait.

– J'ai toujours été un romantique.

Son sourire resta, plus chaud que le soleil lors d'un après-midi d'été.

– Je suis sérieuse.

– Moi aussi, dit-il, une lueur dans le regard, brillant comme le clair de lune. Et en passant, le fait que tu sois la reine est vachement sexy.

Je détournai la tête, étouffant le rire qui s'échappa de mes lèvres.

– Et comme je l'ai dit... cette robe me plaît.

Ses yeux parcoururent chaque centimètre carré de mon corps.

La chaleur me brûla davantage les joues.

– Tu me fais des avances ?

Je lui avais demandé la même chose lorsque j'étais coincée dans sa cellule. Il ne cessait de me faire du rentre-dedans, de me demander du sexe en échange de ma liberté, ce qui me révoltait... mais m'allumait en même temps.

Son sourire disparut lorsqu'il se rapprocha et glissa une main dans mes cheveux en penchant la tête vers moi. Son bras m'enserra la taille et il m'attira contre lui d'un geste viril.

Dès que sa bouche toucha la mienne, tout me revint en rafale. Les émotions. La passion. Le feu.

Ses doigts serrèrent le tissu de ma robe, le faisant remonter alors que ses lèvres caressaient les miennes. Il m'embrassait avec détermination, me donnant son souffle et prenant le mien en retour.

Mes doigts trouvèrent la dureté de son armure. Partout où je le touchais, je ne rencontrais que l'acier froid. Le seul endroit où je pouvais sentir sa chair était son visage, alors je pris ses joues en coupe et je laissai sa bouche dévorer la mienne avec passion.

Il me fit lentement reculer vers la table, ses mains me caressant partout à la fois, sa langue dansant avec la mienne dans des gémissements étouffés. Il m'empoigna les fesses avant de me hisser sur la table et de se glisser entre mes cuisses. Nos bouches maintenant au même niveau, notre baiser s'approfondit, se faisant chaud et sauvage. Parfois nos dents s'entrechoquaient, et parfois nous étouffions les gémissements de l'autre. Il tira sur la fermeture à l'arrière de ma robe, et l'avant descendit d'un coup, révélant mes seins. Il les pelota à deux mains en continuant le baiser, ses pouces me frictionnant fermement les tétons.

Mes doigts trouvèrent sa braguette et la défirent, desserrant assez son pantalon sous son armure pour le libérer. Puis je m'accrochai de nouveau à ses bras et je sentis les plates d'armure avec déception, souhaitant pouvoir palper les muscles puissants qui se bandaient à mon contact.

Il m'attira au bord de la table et il baissa ma petite culotte jusqu'à ce qu'elle se retrouve autour d'une seule cheville. Nos baisers s'intensifièrent alors que nous nous accrochions l'un à l'autre, imbriquant rapidement nos corps pour enfin être réunis.

Il se positionna devant mon ouverture et me pénétra d'un mouvement brusque.

Lorsque je le sentis, tout s'arrêta.

Car c'était tellement divin.

Je sondai ses yeux, les lèvres entrouvertes.

Il me regarda comme il le faisait toujours, avec une possessivité inexorable. Puis il se mit à bouger, enfouissant le visage dans mon cou, accroché à moi comme à la vie alors que nous baisions comme des animaux.

5

LARISA

Notre logement ne se trouvait pas au sol, mais dans les arbres. Un escalier en colimaçon menait tout en haut, une humble cabane avec un lit simple dans la même pièce que la cuisine, avec un coin salon séparé. Il y avait de nombreuses fenêtres, et s'il ne faisait pas nuit, la lumière inonderait la cabane.

Kingsnake balaya les lieux du regard, sa cape rouge ondulant dans son dos au gré de ses mouvements d'épaules. Il tourna en rond et lorsqu'il me fit de nouveau face, il arborait une expression dure.

– Ça ne te plaît pas ?

– Non.

– Je trouve la cabane plutôt sympa...

– Elle est vulnérable et précaire.

– Je suis sûre que la reine Clara prendrait d'autres dispositions si...

– C'est bon.

Il détacha sa cape puis retira son armure et posa les différentes parties sur le canapé, n'ayant pas d'autre endroit où les mettre.

Je me dirigeai vers la petite table à manger et je m'y installai. Il faisait nuit, mais j'arrivais parfaitement à distinguer les détails de la pièce et la vue dehors. Il y avait plus de variations de couleurs que je ne l'avais réalisé, différentes façons de voir le monde.

Kingsnake me rejoignit, vêtu de son seul pantalon. Il s'assit en face de moi, son corps massif s'enfonçant dans le siège, sa mâchoire ombrée d'une barbe épaisse, car il ne s'était pas rasé pendant le voyage. Pour un homme habitué à l'opulence, il pouvait s'accommoder des mauvais côtés de la vie.

Il croisa les bras sur la poitrine et me fixa. Son humeur était maussade comme un ciel d'orage, ses yeux noirs brillaient comme des éclairs. Sa colère était palpable, même si je ne la sentais pas dirigée contre moi.

Je ne dis rien.

Il me fixa avec insistance.

Je subis sa colère en silence, trop mal à l'aise pour parler.

– J'attends des excuses.

Je ne pouvais pas non plus m'excuser.

– Et que tu reconnaisses que j'avais raison — sur toute la ligne.

Je détournai les yeux.

– Regarde-moi.

Je refusai, polarisant mon attention sur la vue de la fenêtre au-dessus de l'évier.

– Larisa...

– Je t'ai entendu, dis-je sans le regarder.

Il se tut, mais je sentais ses yeux me brûler la joue.

– C'est vraiment n'importe quoi.

Je pensai à ma mère. À mon père. Aux amis qui étaient morts à cause d'une maladie déclenchée par nos dieux.

– Chaque personne depuis... des milliers d'années. Et j'aurais pu être l'une d'elles.

Sa colère en ébullition rétrograda au rang de frémissement. L'émotion contenue dans ma voix aurait pu le calmer dans ses pires jours.

Lorsque son hostilité disparut, je le regardai enfin.

– C'est la seule chose qu'on a : notre âme. Et des salauds ont décidé qu'elle leur appartenait. C'est tellement révoltant. Si tu avais pris une autre décision... imagine apprendre cette nouvelle.

Il tourna brusquement la tête, cette seule suggestion l'insupportant.

– Tu ne te serais jamais relevé, dis-je.

Je savais que Kingsnake aurait eu du mal à vivre après ça. Il aurait été marqué à jamais par la décision qu'il aurait prise. Il n'y aurait pas eu de paix possible avec les Éthéréens. Il aurait probablement réduit cette forêt en cendres.

– Non, c'est vrai, admit-il d'une voix calme et pensive.

Mes yeux se déportèrent de nouveau vers la fenêtre, attirés par les lucioles virevoltant près des cimes. La forêt était silencieuse, à l'exception d'un oiseau qui croassait dans la nuit. La brise agitait doucement les branches. C'était l'endroit le plus paisible du monde — à part le lit de Kingsnake.

– L'envie d'être avec toi n'a jamais été le problème... et j'espère que tu le sais.

Il m'avait dit qu'il m'aimait, ce qui aurait dû être le moment le plus romantique de ma vie. Mais cela s'était transformé en préambule à la conversation la plus difficile qui soit.

– J'ai déjà tout abandonné pour un homme, et on sait comment ça a fini.

– Ne me compare plus jamais à lui.

– Je ne vous compare pas. Je dis seulement que...

– Je comprends que ce trouduc t'ait fait du mal, mais j'ai prouvé à maintes reprises que je te suis totalement dévoué. Tu savais que je t'aimais avant que je ne le dise, car tu le ressentais chaque fois qu'on était dans la même pièce. Ne prétends pas douter d'une relation que j'ai rendue inébranlable.

– Je ne voulais pas t'offenser...

– Ellasara aussi m'a fait du mal, mais pas une seule fois je ne t'ai comparée à elle.

Je me tus, devinant qu'il aurait réponse à tout.

Il se tut aussi.

Silence.

J'étais fatiguée après nos voyages, mais mon esprit était trop agité pour dormir.

– Où est-ce que ça nous mène ?

Il se tourna pour me regarder, un sourcil légèrement relevé.

– Je sais que je t'ai fait mal.

Il me fixa pendant plusieurs secondes, le regard vide.

– Je t'ai dit qu'on était inébranlables.

Comment un homme pouvait-il me jeter pour une autre femme, et un autre homme m'aimer de manière aussi inconditionnelle ? J'étais sans intérêt pour le premier, mais irrésistible pour le second. Je ne comprenais pas non plus comment Ellasara avait pu manipuler Kingsnake si cruellement sans tomber amoureuse de lui. Il était l'homme le plus beau que j'aie jamais vu, fort et noble, aimant sans être faible. Mais elle ne voyait pas ces qualités.

– Combien de temps il t'a fallu pour accepter ton nouveau mode de vie ?

– Des mois. Mais je ne l'aurais probablement jamais accepté sans connaître la vérité.

Je connaissais l'horrible vérité, et je pleurais encore mon âme à jamais perdue.

– Je dois des excuses à mon père... mais je ne suis pas sûr de pouvoir les lui donner.

– Pourquoi ?

Il réfléchit longuement à sa réponse.

– Je crains que ça ne fasse aucune différence. Sa rancœur est éternelle.

– J'ai du mal à le croire.

– Quand tu vis si longtemps, les mauvais sentiments grandissent et pourrissent jusqu'à prendre des proportions démesurées. Sa relation avec Aurelias s'est transformée en amour presque fraternel, et il sait comment se comporter avec Cobra et Vipère. Mais avec moi... il n'y a eu que du mépris silencieux et de lourdes rancunes.

– Je suis surprise que ça t'affecte alors que tu le détestes tant.

– Une relation entre un père et son fils est toujours compliquée.

Ses yeux se dirigèrent de nouveau vers la fenêtre.

– Et si les Éthéréens refusent de cesser leurs agissements ?

– Ils n'ont pas intérêt.

– Tu renoncerais à ton immortalité ?

Ses yeux revinrent vers moi.

– Si c'était dans les mêmes circonstances, oui.

– Tu as plus de compassion que tes frères.

– Probablement parce que j'étais le plus proche de notre mère. Elle vivait pour l'amour et la paix, pas pour la cruauté.

– Je suis désolée pour ta mère...

– Moi aussi.

Ses émotions étaient calmes, comme s'il ne ressentait rien. Le temps avait enfoui son chagrin.

– Et s'ils refusent ?

– Alors on aura une autre bataille, dit-il. Leurs affaires ne regardent qu'eux, mais leurs pratiques sont si inhumaines qu'on devra intervenir. L'âme de ma mère a déjà disparu, mais elle voudrait qu'on mette fin à ces cruautés pour le reste de l'humanité.

– Oui... tu as raison.

– J'ai été un vampire beaucoup plus longtemps que je n'ai jamais été humain, mais une partie de moi conservera toujours son humanité.

Une douche chaude élimina toute la sueur et la crasse de notre voyage. Je sortis enveloppée dans une serviette, me sentant rafraîchie. Je coiffai mes cheveux propres avec les doigts en entrant dans la pièce où se trouvait le lit.

Les pensées de Kingsnake m'assaillirent dès que je franchis la porte de la chambre. La chaleur du soleil d'été brûla ma chair comme si je me trouvais en plein désert à midi. Des mains invisibles me saisirent partout, tirant sur la serviette pour la faire tomber. Son désir était si puissant qu'il vibrait presque de colère.

Mes yeux croisèrent les siens alors qu'il était allongé sur le lit, le dos contre la tête de lit, les draps chiffonnés à la taille. Ses muscles sculpturaux exsudaient la puissance, et de grosses veines saillaient sur ses bras. Ses cheveux étaient encore humides de la douche. Il ne s'était pas donné la peine de se sécher complètement avant de se coucher.

Ses yeux tombèrent sur la serviette de coton qui couvrait mon corps. Ils restèrent là un instant avant de revenir à mon regard.

Mes mamelons étaient durs contre le coton, et ma peau se hérissa de chair de poule comme si la température venait de baisser. La dernière fois que j'avais couché avec lui, c'était avant la bataille, avant que je ne devienne un vampire noctambule. Mon corps était différent. Plus pâle. Plus fort. Maintenant que Kingsnake ne pouvait plus boire mon sang, j'avais craint qu'il me désire moins, mais il semblait que rien n'avait changé.

Il attrapa la serviette et la tira doucement. Le tissu m'échappa des mains et tomba sur le sol. L'air frais frappa ma peau, ravivant ma chair de poule. Il repoussa les draps pour montrer son énorme sexe, bandant avant même que j'apparaisse nue devant lui. Ses doigts se refermèrent sur mon poignet, et il me tira vers lui, me positionnant sur ses genoux.

Mes cuisses s'ouvrirent de chaque côté de ses hanches, et il me pénétra tandis que je m'empalais sur son membre, nos corps coulissant en parfaite harmonie.

Il inspira profondément en me pétrissant les fesses.

Mes sens étant plus puissants, c'était encore meilleur qu'avant. Je lui caressais le torse et roulais les hanches, savourant la pénétration, marque de sa possession. Je fermai les yeux pour mieux savourer la sensation de sa puissante virilité.

Il s'impatienta et me souleva le cul, voulant que je me lève et redescende m'asseoir sur ses bourses.

Je me mis à bouger comme il le souhaitait, lui balançant mes seins dans le visage, cambrant le dos avant de me redresser.

Ses doigts continuèrent de me pétrir les fesses alors qu'il gémissait, sa verge palpitant en moi.

Je gardai un rythme lent et régulier, appréciant la sensation de son corps contre le mien, m'y habituant à nouveau. Je me nourrissais de la force de son désir, sentant à chaque instant à quel point il me désirait. Peu importe la rapidité ou la lenteur de mes mouvements, il adorait ça. Quand je le regardais, je voyais une onde de plaisir. Quand mes doigts passaient sur son cœur, je sentais une pulsation de plaisir. Il aimait tout ce que je faisais, même le plus insignifiant.

Et quand je jouis... son corps gronda comme un tremblement de terre.

Son bras s'enroula autour de mon dos alors qu'il me guidait vers le lit pour s'allonger sur moi, nos corps au pied du lit plutôt qu'à la tête. Il me plia comme il aimait, obtenant l'angle désiré, puis il me baisa en m'enserrant la gorge.

6

KINGSNAKE

Nous nous réveillâmes dans l'après-midi.

La dernière fois que je m'étais nourri, c'était avant la bataille — et je commençais à le ressentir. Je mentirais si je prétendais que le goût de son sang ne me manquait pas, mais je préférais vivre sans lui plutôt que sans elle. Jamais plus je ne serais aussi fort, à moins de trouver une proie possédant des caractéristiques semblables.

Mais cette seule pensée me faisait culpabiliser.

Elle aussi devait se nourrir. Je savais qu'elle avait faim, même si elle n'en parlait pas. L'idée de se nourrir du sang de quelqu'un la répugnait probablement, mais à un moment donné, la faim l'emporterait sur le dégoût.

Quelqu'un frappa à la porte avant d'entrer.

Larisa portait les vêtements qu'ils nous avaient fournis, une robe vert foncé avec une seule manche. Une fente bien visible remontait le long d'une cuisse, si haut qu'on voyait presque sa petite culotte.

Je n'étais pas fan des elfes, mais je devais reconnaître qu'ils avaient du style.

C'était Cobra. Il affichait un grand sourire comme s'il était au paradis.

– Bonsoir.

– Il fait encore jour, rétorquai-je.

– Je n'avais pas remarqué.

Il s'installa à la table à manger, vêtu de son armure et de sa cape. Il regarda Larisa, qui était assise à côté de lui.

– Les elfes ont le sens de la mode, n'est-ce pas ?

Je tirai la chaise en face d'elle et m'assis.

– Cobra. Drague ma fiancée, et je t'enfonce ma dague entre les côtes.

Il fronça un sourcil.

– Peut-elle être ta fiancée si tu ne lui as pas demandé son avis ?

Larisa garda les yeux rivés sur Cobra comme pour éviter délibérément mon regard.

Si elle avait répondu oui, je lui aurais demandé avant la guerre. Je lui demanderais maintenant, mais notre relation était encore tendue.

– Maintenant que tu as fait des avances à ma fiancée, ce qui nous insulte tous les deux, tu peux nous dire pourquoi tu es ici ?

– Est-ce que tu souris toujours comme ça ? demanda Larisa.

Cobra remua ses sourcils.

– La reine Clara et moi avons échangé quelques mots...

– Vous avez échangé plus que des mots, on dirait, commentai-je.

– Tu me connais, je suis un gentleman.

Il remua encore ses sourcils.

– Tu veux dire que vous êtes ensemble ? s'étonna Larisa.

– Ça ne marcherait jamais, Cobra, intervins-je.

– Pourquoi ? S'ils détruisent leur obélisque, elle deviendra une vampire. On sera de la même espèce.

– Mais on sera toujours différents, tu le sais bien.

La bonne humeur de Cobra s'évapora, et il me lança un regard dur.

– Il ne faut pas en vouloir à quelqu'un qui n'a pas commis de crime. Le coupable est mort. Tournons la page.

– Ce n'est pas aussi simple, Cobra. Ils nous ont fait la guerre pendant des milliers d'années. On ne peut pas l'effacer d'un claquement de doigts.

– Kingsnake.

Larisa attira mon attention avec sa voix sérieuse.

Mes yeux revinrent vers elle.

– Si les elfes acceptent de renoncer totalement à cette pratique de leur propre chef, on doit dessiner un nouvel avenir. Il faut nous concentrer sur la paix. Cobra et toi êtes tous deux rois, et il n'y a aucune raison pour que vous n'y parveniez pas.

Cobra garda les yeux sur moi.

– Peut-être que Larisa devrait régner à ta place pendant que tu prends des vacances.

J'ignorai l'insulte.

– Vipère ne sera pas heureux.

– Ça lui arrive d'être heureux ? rétorqua Cobra.

Je restai silencieux, n'obtenant pas la réponse que je souhaitais.

– Alors tu es venu ici nous dire que tu t'es envoyé en l'air hier soir ?

– Non. Je suis venu ici vous dire que Clara parle aux elfes depuis tôt ce matin.

– Elle n'a pas perdu de temps, commenta Larisa.

– Non, dit Cobra en me regardant. Parce que c'est quelqu'un de bien. Elle m'a dit à quel point elle se sent mal à propos du fait qu'elle respire parce que quelqu'un a perdu son âme. Ça la ronge.

Je n'avais pas beaucoup de pitié. Pas après toutes les batailles qui avaient été menées inutilement.

– Tu veux que je me sente mal pour elle ? Tu sais qui je plains ? Notre mère. Notre famille. La famille de Larisa. Toute l'humanité. C'est pour eux que je me sens mal.

– Elle ne savait pas...

– J'ai compris, l'interrompis-je. Mais elle en a quand même profité pendant des siècles. Tant qu'elle ne promettra pas d'abolir la pratique et d'accepter une vie de mortel ou d'immortel en tant que noctambule, je continuerai à lui en vouloir.

– Tu ressembles à notre père.

S'il voulait m'insulter, il fit mouche.

– Que feras-tu si elle refuse ?

– Elle ne refusera...

– Et si elle le fait ? le coupai-je. Si son peuple refuse de coopérer ? Alors quoi ?

– Elle a foi en son peuple.

Mes yeux se plantèrent dans les siens.

– On préfère toujours le bien jusqu'à un certain point. Ils prétendent être des créatures spirituelles qui vénèrent leurs arbres et s'abstiennent de manger de la viande. Mais quand leur vie parfaite sera mise en péril, ils deviendront des sauvages.

Cobra me fixa.

– J'espère que je me trompe. J'espère qu'elle embrassera l'immortalité comme l'une des nôtres. J'espère que tu obtiendras tout ce que tu veux. Mais prépare-toi à une issue très différente.

7

CLARA

– L'obélisque capte les âmes des humains qui meurent. Puis elles sont absorbées dans le cours d'eau sous la montagne, celui qui alimente nos rivières, qui irrigue nos récoltes et qui étanche notre soif. J'ignore depuis combien de temps il s'y trouve. Je ne sais pas qui l'a construit. Mais ce qui nous tient en vie... c'est les âmes d'êtres mortels.

Les Éthéréens me fixaient, les généraux au premier rang, les autres derrière eux. Nous étions installés dans l'amphithéâtre en bois où avaient lieu nos pièces de théâtre et nos concerts. Nous l'utilisions rarement pour des annonces du genre.

– Mon père m'a transmis l'information avant sa mort. Il l'avait lui-même apprise de son père avant que celui-ci périsse au combat. J'aurais pu garder l'information pour moi comme il le souhaitait, mais j'étais trop bouleversée. Je ne pouvais pas la cacher, sachant que tant de gens avaient perdu leur âme immortelle pour nous tenir en vie... et je sais que vous devez tous ressentir la même chose que moi.

En réalité, j'ignorais ce qu'ils ressentaient. Je venais de leur partager la nouvelle et la plupart étaient tellement sous le choc qu'ils étaient bouche bée.

– Je sais que ça fait beaucoup à encaisser...

– Alors, on est censés faire quoi ? demanda un général. Si on détruit l'obélisque, on périt tous.

– J'ai partagé l'information avec les vampires...

– Quoi ? s'énerva le général. Tu as partagé notre secret avec l'ennemi ?

– Ce ne sont pas nos ennemis. Je viens de vous dire qu'ils ne l'ont jamais été. Ils ne faisaient que rivaliser pour la même ressource que nous. On a commis un génocide inutile contre eux. Et ils nous ont offert un cadeau.

– Quel cadeau ? demanda-t-il.

– Ils nous offrent l'immortalité si on abolit la pratique.

Un silence s'abattit sur l'auditoire. Ils me dévisageaient tous, stupéfaits.

– Oui, ça veut dire qu'on sera des vampires, mais je crois que c'est mieux que ce qu'on est maintenant. C'est mieux que ce qu'on fait. C'est une offre généreuse, compte tenu de la terrible destruction que notre peuple a causée au leur.

Ils avaient tous les yeux baissés.

– En tant que reine des Éthéréens, j'ai décidé de détruire l'obélisque. Ça signifie que vous avez un choix à faire. Vous pouvez vivre le restant de vos jours en mortels, et périr lorsque votre heure sera venue. Ceux qui préfèrent l'immortalité… peuvent choisir de devenir des noctambules. Je sais que c'est difficile à digérer, alors prenez le temps d'y réfléchir.

J'étais assise à mon bureau, les yeux posés sur le mur en face de moi. Une fleur était tombée de mes cheveux, mais je ne m'étais pas donné la peine de la remettre en place. Je croyais que le poids serait enlevé de mes épaules une fois que j'aurais avoué la vérité à mon peuple.

Mais il était plus lourd que jamais.

Voir leurs visages horrifiés avait été la pire expérience de ma vie. Je voyais qu'ils étaient paralysés par la nouvelle, bouleversés à la perspective d'une mort prochaine. Et la solution de devenir des vampires n'avait pas semblé leur plaire. Ils voulaient vivre éternellement — tout en gardant leur âme.

J'étais reine depuis peu, mais je me sentais déjà comme la pire dirigeante de tous les temps. J'aurais peut-être dû détruire l'obélisque sans leur dire et expliquer le fait qu'ils vieillissaient comme une malédiction des dieux.

Il n'y avait pas de bonne solution.

La porte s'ouvrit, et le Garde de la reine entra.

– Cobra, roi de la Montagne, demande à vous voir.

Je n'étais pas d'humeur à recevoir des visiteurs, pas même lui, mais je ne voulais pas le renvoyer. Il était tout ce que j'avais en ce moment.

– Fais-le entrer.

Un moment plus tard, Cobra apparut, l'air régalien dans son uniforme de roi. Il prit la chaise à ma gauche et la fit pivoter pour me faire face. Il posa une cheville sur le genou opposé et, les coudes sur les appuie-bras, il joignit les mains devant lui.

– Tout va bien, ma chérie ?

La tendresse dans sa voix entrait en contradiction avec sa dureté habituelle.

Je ne le regardais que du coin de l'œil jusque-là, mais je me tournai vers lui et je croisai son regard, voyant son air sérieux, ses yeux sombres me rappelant le cœur de la nuit.

– Non... pas vraiment.

– Qu'est-ce qui s'est passé ?

– Ils l'ont très mal pris.

– Qu'est-ce qu'ils ont dit ?

– Rien...

Ses yeux, emplis de pitié, étaient rivés sur moi.

– Je leur ai dit que j'allais détruire l'obélisque. Et qu'ils devaient faire le choix de finir leur vie en tant que mortels... ou de devenir des noctambules pour préserver leur immortalité. Je ne suis pas sûre de ce qu'ils décideront.

– Je croyais que tu allais les faire voter.

– Mais j'ai réalisé à quel point c'était cruel. C'est mieux si chacun choisit ce qu'il veut réellement.

Il opina légèrement.

– Ça me rend mal à l'aise.

– Pourquoi ?

– Et s'ils essayaient de te renverser ?

– Les elfes sont des êtres pacifiques...

– Tu leur enlèves leur mode de vie. Tout le monde ne sera pas d'accord avec ta décision de détruire l'obélisque. Comme tu es la seule qui sait où il se trouve, ils n'ont qu'à te tuer pour que leur immortalité continue.

J'avais du mal à croire mon propre peuple capable d'un acte aussi barbare, mais ce n'était pas en dehors du domaine du possible.

– Je vais rester avec toi jusqu'à ce que ce soit fait.

– J'ai des gardes...

– Je ne leur fais pas confiance.

– Cobra, tu as tes propres obligations...

– Elles sont moins importantes que toi.

Je restai impassible, mais mon cœur se serra comme un poing dans ma poitrine.

– Qu'est-ce que tu choisiras ? demanda-t-il.

Ne comprenant pas la question, je le fixai.

– Tu vas vivre le restant de tes jours en mortelle... ou te joindre à moi ?

Je n'avais pas encore fait de choix, car tant de choses occupaient mon esprit. Je pouvais vivre une vie courte et garder mon âme… ou bien vivre à jamais, mais en étant une coquille vide. Je savais déjà ce que Cobra voulait que je choisisse.

– Je ne sais pas.

Il s'efforça de cacher sa déception, mais je la vis traverser ses yeux comme une étoile filante dans le ciel.

– Si tu deviens une vampire et que tu vis pour toujours, ta vie sera exactement la même que maintenant. Tu comptais vivre éternellement — et maintenant tu peux le faire.

– Mais si je meurs…

– Maintenant qu'une trêve a été conclue entre nos peuples, il n'y a aucune raison de mourir.

– Je ne suis pas assez arrogante pour me croire invincible.

– Tu l'es avec moi, répliqua-t-il confiant. Tu crois que je laisserais quelque chose arriver à ma reine ?

Mon cœur se serra de nouveau douloureusement.

– On se connaît à peine…

– Je te connais mieux que quiconque. Et tu me connais mieux que quiconque.

Il le dit avec une assurance inébranlable, les yeux étincelants de pouvoir.

– J'ai vécu longtemps et j'ai couché avec beaucoup de femmes. Aucune n'a jamais eu d'importance à mes yeux — sauf toi.

Je sentais mon pouls dans mon cou, s'accélérer à la fois de peur et d'excitation, ce qui signifiait qu'il l'entendait aussi. La dernière fois que quelqu'un m'avait avoué son amour, ça avait été un mensonge. Mais je savais que ce n'était pas un mensonge avec Cobra. Il ne désirait que moi.

– Pourquoi moi ? demandai-je.

Il y eut un long silence, comme s'il n'avait pas de réponse.

– Je ne sais pas.

– Tu ne sais pas...?

– Je reconnais que ce n'est pas la réponse la plus romantique qui soit. Mais ce qu'il y a entre nous dépasse la logique. C'est notre chimie, la façon dont nos corps se réveillent quand on se retrouve dans la même pièce. J'aime te parler autant que j'aime te baiser. Après que j'aie couché avec toi une ou deux fois, je m'attendais à me lasser et à passer à la fille suivante, mais j'en voulais plus. J'en veux toujours plus.

Ses yeux étaient magnifiques lorsqu'il parlait avec autant de sincérité.

– C'est plus que physique. C'est émotif aussi, parce que quand tu es partie, j'étais une loque. Demande à mes frères, ils te le diront.

– J'étais une loque aussi.

Un semblant de sourire se dessina sur ses lèvres.

– Si tu choisis de rester mortelle, on aura du temps ensemble, mais ce sera bref, et je serai inconsolable quand ce sera fini. Ou tu peux te joindre à moi, et alors on peut prendre notre temps. Je sais qu'il y a la question des enfants, parce que c'est important pour la plupart des femmes, mais...

– Je ne suis pas sûre d'en vouloir. J'ai toujours présumé que j'en aurais quand je trouverais le bon partenaire, mais seulement à cause de mon devoir de me reproduire pour perpétuer la lignée familiale. Mais maintenant que mon père est mort, que ma sœur ne me parle plus et que les Éthéréens sont à la veille de l'extinction... ça n'a plus d'importance.

– Je comprends.

Je sentais sa présence prendre de l'ampleur, demander la réponse qu'il voulait entendre.

– Je me suis promise à quelqu'un dans le passé, et ça s'est avéré être la plus grosse erreur de ma vie. Maintenant, tu me demandes de sacrifier mon âme parce qu'on n'a pas beaucoup de temps ensemble...

– Tout d'abord, ne me compare pas à ce connard qui t'a utilisée. Ne prétends pas que tu ne réalises pas que je suis raide-dingue de toi. Je suis carrément à ta merci. Et deuxièmement, je ne te demande pas de décider tout de suite. On a le temps. Je veux juste savoir si tu es ouverte à l'idée.

– Je le suis, dis-je sans réfléchir.

Avant Cobra, je n'aurais jamais ne serait-ce que songé à l'idée. Sacrifier mon âme pour un type après que le dernier homme dans ma vie m'ait poignardée dans le dos... était impensable. Mais je l'envisageais, car quelque chose chez lui me semblait bon — même lorsque j'étais coincée dans cette cellule et qu'il m'apportait à manger.

Il me fixa d'un air dur, ses yeux oscillant entre les miens. Je donnerais tout pour pouvoir lire dans son esprit comme il percevait mon battement de cœur, mais je parie qu'il ressentit une montée de plaisir lorsqu'il m'entendit dire :

– Allons au lit.

Il appuya son épée contre la table de chevet, et posa sa dague dessus. Morceau par morceau, il enleva son armure et ses vêtements, révélant les muscles ciselés sous sa peau zébrée de veines saillantes. C'était lui qui était à moitié nu, mais il m'admirait comme si je ne portais rien. Il ôta son dernier morceau et se tint devant moi, sa queue dressée et impatiente.

Je déglutis, n'ayant jamais vu un aussi bel homme de ma vie. Je portais toujours ma robe et les fleurs dans mes cheveux, mais je me sentais paralysée par son regard dévorant. Je venais de passer la pire journée de mon existence, mais il réussissait à en chasser le souvenir.

Il contourna le lit vers moi, sans me quitter des yeux, et une fois devant moi, sa main m'enserra la taille et il m'attira contre lui. Il tira sur la fermeture de ma robe et elle se défit, exposant mes seins à l'air frais. La robe glissa à mes chevilles, puis il passa ses gros pouces dans ma culotte et la baissa. Lorsque je fus nue comme un ver, il me souleva par les fesses et me fit descendre sur sa trique, m'enfilant comme un gant.

Je soufflai en m'accrochant à son cou. Je m'attendais à ce qu'il me couche sur le lit et me domine, mais il me tint dans ses bras forts et se mit à me guider sur sa queue, assez puissant pour soutenir mon poids comme si je ne pesais rien.

Putain, c'était sexy.

Avec un effort minimal, il me fit coulisser sur sa trique encore et encore, les yeux plongés dans les miens, mes lèvres à quelques centimètres des siennes. Notre souffle s'accéléra, s'intensifiant de plus en plus. Bientôt, nous haletions à l'unisson tandis que nos corps mouillés bougeaient à la perfection.

Je lui comprimai la queue en sentant la jouissance monter, allumée par sa force, par sa façon de me faire sentir légère comme une plume alors que j'avais des muscles dans tout le corps. Je m'accrochai à lui en lui labourant la peau avec mes ongles, mes seins frottant contre son torse alors que je bondissais.

– Cobra...

Je pris son visage en coupe et je l'embrassai en jouissant, sentant plus de plaisir entre mes jambes que je n'en avais jamais ressenti.

Il me porta au lit et me lâcha sur les draps avant de ramper sur moi. Il me replia sur moi-même et planta mon pied sur sa poitrine avant de me prendre avec passion, faisant marteler la tête de lit contre le mur, me faisant crisper les orteils, car le plaisir continuait.

– Sois mon bébé.

Mes yeux trouvèrent les siens et y virent la possessivité.

– Tu es mon bébé, dit-il contre mon oreille. Laisse-moi t'appeler comme ça.

Je m'accrochai à son épaule d'une main et je serrai son poignet de l'autre tandis qu'il me retenait en place. Le dernier homme qui m'avait appelée ainsi m'avait réduite en miettes.

Il n'avait jamais mérité de m'appeler ainsi. Mais cet homme si.

– D'accord.

– Bébé, lève-toi.

Je gardai les yeux fermés, encore à moitié endormie.

– Clara. Tout de suite.

L'alerte dans sa voix me fit ouvrir les yeux d'un coup. C'est là que je le sentis — l'arôme immanquable de fumée. Je m'assis dans le lit et je vis Cobra en armure avec son épée à la hanche.

– Qu'est-ce qui se passe ?

– J'entends douze battements de cœur non loin d'ici. Ils sont frénétiques, comme s'ils courent ou se battent.

Je bondis hors du lit et je me précipitai dans mon dressing, où je mis les premiers vêtements qui me tombèrent sous la main. Mon armure était là, d'un blanc nacré immaculé, et je l'enfilai avant de prendre mon épée. Quand je ressortis du dressing, Cobra avait sa lame dans la main, et les yeux au plafond.

– On doit partir.

– C'est exactement ce qu'ils veulent qu'on fasse.

Je me mis à tousser, la fumée épaisse s'infiltrant dans mes poumons.

– Si on reste ici, on meurt.

Cobra prit le couloir, mais au lieu de se diriger vers la porte d'entrée, il s'arrêta devant une fenêtre. Il écrasa son coude dedans et elle se fracassa en morceaux.

– Viens.

Il me tendit la main et m'aida à grimper sur le rebord. Le balcon était à quelques mètres en dessous, et je sautai, atterrissant sans perdre l'équilibre. Cobra sauta à son tour.

– Suis-moi.

Il longea le balcon vers l'escalier, mais le feu en avait brûlé une partie, créant un gouffre entre nous et la seule issue possible. Le sol de la forêt était à une quinzaine de mètres en contrebas, et bien qu'il survivrait à la chute, je n'étais pas sûre de pouvoir en dire autant.

Il se tourna vers moi.

– Je peux sauter de l'autre côté...

– C'est trop risqué, dit-il en se mettant à quatre pattes. Utilise mon dos comme tremplin. T'inquiète, tu ne vas pas me faire mal.

Je croyais pouvoir y arriver sans son aide, mais au cas où je me trompe, je n'allais pas prendre le risque.

– D'accord.

Je reculai pour prendre de l'élan, puis je me lançai, courant avant de sauter sur son dos et de me propulser de toutes mes forces. Je survolai le gouffre et manquai de tomber dedans, atterrissant les pieds dans le vide, accrochée au balcon de l'autre côté.

– Hisse-toi ! cria-t-il derrière moi. Tu peux y arriver.

Je serrai les dents et soulevai mon poids, parvenant à me relever sur le balcon, puis je me retournai vers lui, soulagée.

– Bien joué.

Je reculai pour qu'il puisse sauter à son tour, puis je vis l'ennemi derrière lui.

– Cobra !

Il se retourna juste à temps pour voir les soldats éthéréens qui se ruaient vers lui. Il y en avait trois, chacun brandissant sa lame.

Cobra dégaina la sienne à la vitesse de la lumière et para le premier coup d'épée. Il fit reculer d'un coup de pied le deuxième soldat, puis esquiva l'attaque du troisième. Tout était arrivé en un clin d'œil, et il se mit à combattre les trois hommes en même temps.

Avant que je puisse refaire le saut pour lui venir en aide, mes propres assassins arrivèrent. Cinq à la fois, tous prêts à me mettre sur le carreau pour le choix que j'avais fait. Ça faisait mal de réaliser que Cobra avait raison, que mes semblables pouvaient être aussi barbares.

Je sortis une dague et je la projetai dans le cou du premier, puis j'arrachai des mains celle du suivant. Je ne pouvais pas combattre quatre hommes en même temps, mais je m'efforçai de parer et d'esquiver leurs lames et leurs coups. Sinon, je perdrais un bras, ou la vie. Les flammes me permettaient de percevoir leurs mouvements dans l'obscurité, et bien que je tienne bon, mes réserves d'énergie s'épuisaient rapidement.

Je reçus un coup d'épée si puissant qu'un de mes brassards en tomba carrément, tandis que l'autre fut si profondément bosselé qu'il me comprima le bras, me faisant grimacer de douleur. Les soldats en profitèrent pendant que j'avais la garde baissée pour abattre leurs épées sur moi. Mon armure encaissa les coups, mais j'en eus quand même le souffle coupé.

– Clara ! hurla la voix horrifiée de Cobra de l'autre côté du gouffre.

J'espérais qu'il se préoccupe plus de lui que de moi. Je roulai sur moi-même pour éviter un coup fatal porté à ma nuque avant de me relever d'un bond, mais quelqu'un me tira en arrière et je me retrouvai de nouveau par terre. Puis je vis les armures noir et rouge, ressemblant à des braises ardentes qui se découpaient sur les flammes dans la forêt. Kingsnake affronta deux hommes à lui seul, empalant son épée dans le ventre du premier, puis décapitant l'autre sans effort. Vipère s'occupa des deux autres et en poussa un dans le gouffre avant de briser la nuque du deuxième.

Kingsnake cria vers Cobra.

– On a Clara !

Cobra jeta son adversaire dans le gouffre d'un coup de pied, puis il me regarda.

– Bébé, est-ce que ça va ?

– Je vais bien, répondis-je, toujours à bout de souffle.

Vipère s'approcha et m'arracha le brassard déformé, réalisant les dégâts causés à mon avant-bras. Il était couvert d'ecchymoses.

Cobra prit son élan, courut, puis sauta jusqu'à notre balcon, atterrissant sans dommage. Il m'examina lui-même pour s'assurer que j'étais en un seul morceau avant de regarder Kingsnake.

– Il y en a d'autres ?

– Vipère et moi avons tué ceux qui se trouvaient à l'entrée, répondit-il. Larisa a ressenti leurs intentions, et on est venus tout de suite.

– Où est-elle ? demanda Cobra.

– Je lui ai dit de se cacher, dit Kingsnake. Elle ne l'a pas bien pris, et elle va me le faire payer plus tard.

Cobra me prit par les épaules, puis il m'étudia des pieds à la tête une fois de plus avant de me lâcher.

– Je craignais que ça arrive.

– Pourquoi ? fit Kingsnake.

– Clara a annoncé à son peuple qu'elle allait détruire l'obélisque, répondit Cobra. Ils n'étaient manifestement pas heureux de sa décision.

– L'acte semble avoir été commis par un petit groupe de rebelles seulement, dit Vipère. Quiconque a la même idée va se méfier.

– Tu dois détruire l'obélisque, me dit Cobra. Finissons-en pour nous assurer que ça ne recommence pas.

Je n'arrivais toujours pas à croire que mes semblables avaient essayé de me tuer et que c'était les vampires qui m'avaient sauvée.

– On va t'escorter jusque là-bas, dit Kingsnake.

Cobra attendit mon assentiment.

– Clara ?

– Je suis désolée... donnez-moi une seconde.

Je m'éloignai du groupe et des flammes, à la recherche d'air frais pour me nettoyer les poumons. Ma vie s'était écroulée pièce par pièce, et maintenant que mon propre peuple avait essayé de m'assassiner, je touchais le fond. Je balayai les cabanes des yeux, sachant que les Éthéréens regardaient par leurs fenêtres le feu qui aurait pu me coûter la vie. Je regardai l'escalier du palais et je vis les gardes morts qui s'étaient battus pour me protéger. D'autres Éthéréens étaient sortis pour assister à la scène horrifiante. Certains avaient pris des seaux et formé une chaîne de la rivière au palais pour étouffer les flammes.

Je restai plantée là, paralysée.

Mes yeux étaient sur la forêt, mais je sentais Cobra à côté de moi. Debout à me fixer, m'accompagnant dans mon désespoir. J'avais les bras croisés sur la poitrine et j'étais au bord des larmes, mais j'étais trop fière pour les laisser couler.

– J'ai l'impression que je vis un cauchemar... qui ne fait qu'empirer.

Il se rapprocha à mon invitation implicite.

– Ma vie n'était pas géniale avant que j'apprenne la vérité, mais elle n'était pas horrible non plus. Maintenant, tout ce en quoi j'ai toujours cru est un mensonge. Mes semblables, que j'ai voulu servir, ont essayé de me réduire en cendres. Mon père a été tué par ma trahison. Je vais détruire ma propre immortalité. Je dois décider si je veux vivre une vie ordinaire de mortelle, ou éternelle de morte-vivante. Tout est arrivé en si peu de temps... c'est dur à digérer.

– Lourde est la tête qui porte la couronne.

Je me tournai lentement vers lui.

– Tu marques le début d'une nouvelle ère pour le peuple éthéréen. Tu prends la bonne décision, même si c'est la plus difficile. Il y aura de la résistance. Il y aura de la déception. C'est ton fardeau à porter tant que tu porteras la couronne.

– C'est censé me remonter le moral ?

– C'est censé te cuirasser. Te donner de la vigueur, du courage. Tu as hérité d'un royaume de leurres et de tromperie. Maintenant, c'est ta responsabilité de faire des Éthéréens le peuple glorieux qu'il aurait dû être. Si tu croyais que ce serait facile, alors tu es sotte.

Je m'attendais à ce que l'homme avec qui je couche me console, m'assure que je faisais du bon travail, me raconte tout ce que je voulais entendre. Mais il me disait ce que j'avais *besoin* d'entendre. Il me disait la vérité au lieu d'édulcorer la réalité par de nouveaux mensonges.

– On dirait que tu parles par expérience.

– Ça n'a pas été facile de fonder nos royaumes. On a dû prendre des décisions difficiles plus d'une fois. Si le travail est facile, c'est qu'on ne le fait pas bien, dit-il en me fixant de son air dur, un roi dans un royaume différent. Tu sais que je suis là pour toi — toujours. Ma lame est la tienne. Mes frères te servent. Mais ton rôle est de régner sur ton peuple.

– Je suis surprise que vous ne preniez pas ma place...

Il sonda mes yeux.

– Les Éthéréens n'ont pas besoin de nous. Ils ont une reine redoutable.

Quand son regard fut insoutenable, je baissai les yeux.

– Qui est la femme la plus sexy que je n'ai jamais vue, en passant.

J'entendais le sourire dans sa voix, charmant et séducteur.

Ma tristesse était trop puissante pour que je ressente la moindre joie.

– Quelques-uns de tes semblables ont essayé de te tuer, mais pas tous. D'autres te suivent toujours. D'autres te respectent d'avoir dit la vérité. Tu as tué tes ennemis, et tu gardes la tête haute. Montre-leur que la reine Clara ne peut pas être arrêtée par les lames ou le feu. C'est ta chance de prouver ta force et de rappeler à ton peuple pourquoi tu es sur le trône.

Après une profonde inspiration, je laissai la tristesse s'envoler. Je n'avais pas le temps de m'apitoyer sur mon sort. Pas le temps de douter de moi-même.

– On va se mettre en route pour l'obélisque au lever du soleil, déclarai-je. Mais en réalité, je ne sais même pas comment le détruire. C'est un monolithe solide.

– Vipère a des explosifs.

Je me tournai vers lui.

– Et pourquoi Vipère a apporté des explosifs dans notre forêt ?

– Il les trimballe toujours avec lui, au cas où on tombe sur un obstacle qu'on ne peut pas franchir ou qu'on doive couper la route à un ennemi. Ce n'est pas contre vous.

Après qu'ils m'aient défendue contre mes semblables, je savais que je pouvais leur faire confiance, alors je lâchai prise.

– Combien de temps prend le voyage ? s'enquit-il.

– Mon père et moi avons fait l'aller-retour en une journée. Mais ça nous prendra sans doute plus de temps, parce que je ne connais pas le chemin aussi bien que lui. Je connais la direction générale, je sais quels repères chercher, mais il va certainement y avoir des péripéties en cours de route.

Il opina.

– Alors ça va devoir attendre un peu.

– Pourquoi ?

Il évita mes yeux un moment.

– On ne pensait pas rester ici aussi longtemps, et il y a un moment qu'on ne s'est pas nourris.

Mon cœur chavira dans mon estomac. Je ne l'avais jamais vu se nourrir, alors il était facile d'oublier que c'était un vampire buveur de sang. Et ses crocs n'étaient pas visibles ; hormis la pâleur de sa peau, sa nature était dissimulée.

– On va honorer vos règles et se nourrir à l'extérieur de la forêt.

– Combien de temps ça prendra ?

– Quelques jours, sans doute.

– Et... vous allez attaquer les premiers venus ?

– Ça ne marche pas vraiment comme ça.

– Alors, comment ça marche ? demandai-je.

Son regard se voila, comme si la question n'était pas la bienvenue.

– C'est offert volontairement.

– Et pourquoi quelqu'un ferait ça ?

Il détourna le regard un moment.

– Tu poses des questions dont tu ne veux pas connaître la réponse. Alors n'ayons pas cette conversation.

Les fanatiques étaient partout, obsédés par les créatures immortelles qu'étaient les vampires. La majorité des humains nous vénéraient, mais beaucoup vénéraient les vampires aussi.

– Alors tu trouves une jolie fille qui te désire et elle te laisse la mordre ?

Il changea de jambe d'appui, mais ne me quitta pas du regard.

– Ton cœur bat vachement fort...

Mal à l'aise, je détournai les yeux.

– Pas parce que tu es excitée. Pas parce que tu es nerveuse. Mais parce que tu es fâchée. Profondément fâchée. Alors laisse tomber.

– Pourquoi tu ne bois pas le sang d'un homme ?

– Parce que je ne veux pas, dit-il d'un ton dur et incisif, ne laissant aucune place à la négociation. Je me nourris, puis je m'en vais. C'est tout, Clara. J'ai été loyal envers toi dès le jour où j'ai posé les yeux sur toi. Tu es à moi maintenant, et je ne vais pas foutre en l'air ce qu'on a pour une femme inférieure...

– Pourquoi tu n'as pas demandé de boire mon sang ?

Il s'immobilisa à la question.

La jalousie et la colère changeaient ma voix, la rendaient plus grave.

– Parce que je te respecte trop pour te demander ça.

– Ce n'est pas ce que tu fais avec tes autres amantes ? Les boire, puis les baiser...

– Tu n'es pas l'une d'elles. Tu es tellement plus. Je ne te demanderais jamais de faire une chose à laquelle tu t'opposes aussi fortement. Et tu n'as pas besoin de t'offrir à moi maintenant seulement parce que j'ai faim. Je vais me nourrir, point barre.

Mon cœur tambourinait toujours dans ma poitrine. Comme une armée de sabots contre la terre.

– Je ne veux pas que tu le fasses.

Il fit un pas vers moi, notre échange tellement chargé que quiconque nous voyait saurait qu'il se passait quelque chose entre nous. Il avait la tête baissée vers moi pour soutenir mon regard, et un incendie brûlait dans ses yeux.

– Es-tu sûre, bébé ? Parce que les autres vont devoir partir de toute façon.

– Je pourrais demander que des gens se portent bénévoles.

– C'est audacieux.

– Tes frères et toi êtes vraiment... séduisants. Je ne serais pas étonnée que des femmes ici soient ouvertes à l'idée, surtout après que vous nous ayez laissés partir une fois la guerre terminée. Et encore plus maintenant que vous avez offert de nous transformer en votre espèce après tout ce qu'on vous a fait. Certains ne sont pas d'accord, je le sais, mais d'autres sont touchés. Vous nourrir est le moins qu'on puisse faire.

Il continua de me fixer.

– Si c'est ce que tu veux.

– Ce n'est pas ce que tu veux ?

Ses yeux fouillaient les miens.

– Je veux ton sang avec la même intensité que je veux ton corps. J'y pense chaque fois qu'on est ensemble. Quand ton corps est sous le mien et que tu verses des larmes de plaisir, je veux enfoncer mes dents dans ta chair et te posséder, te boire. Oui, c'est ce que je veux. Mais je le veux seulement si tu le veux aussi. Seulement si tu veux que je te possède. Alors assure-toi de vraiment le vouloir... parce que je vais en avoir envie jour et nuit.

Les flammes furent enfin éteintes, et le brasier épargna la forêt. Mes appartements avaient été détruits. Les affaires de mon père avaient été carbonisées. J'étais obligée de retourner à mon ancienne demeure, la cabane perchée haut dans la canopée. Je n'avais pas la même intimité que dans le palais, et les Éthéréens savaient qu'un vampire séjournait chez moi.

Cobra fit le tour de la cabane en entrant, regardant derrière toutes les portes et dans tous les placards pour s'assurer que nous étions seuls avant de poser son épée.

– Est-ce que les gardes au pied de l'arbre suffiront ? Quelqu'un pourrait arriver avec une hache et l'abattre.

– Pas ces arbres-ci. À l'âge qu'ils ont, ils sont solides comme la pierre. Cent hommes mettraient des mois à en abattre un seul.

J'enlevai mon armure, me sentant légère comme une plume. La dernière fois que j'étais ici, je pleurais la perte de Cobra, la fin de l'aventure passionnée qui m'avait fait réaliser que je méritais mieux que Toman. Cobra était la meilleure chose qui me soit arrivée... de bien des façons.

– Tu es triste.

Il s'approcha de moi, ayant laissé ses plates d'armure sur le canapé.

– Comment tu le sais ?

– Je connais bien ton cœur à l'heure qu'il est.

Il glissa une main dans mes cheveux et prit mon visage en coupe, le genre de contact possessif qui m'allumait. Il me touchait lorsqu'il en avait envie. Me faisait tout ce qu'il voulait, quand il le voulait.

– Dis-moi.

Mes doigts glissèrent sur son poignet.

– La dernière fois que j'étais ici, je venais de te quitter.

Un petit sourire se dessina sur ses lèvres.

– Tu me manquais...

– Tu me manquais aussi, bébé, dit-il, son pouce levant mon menton et me forçant à le regarder. Ta lettre m'a fait sourire. J'ai aimé lire que tu en demandais plus et que tu refusais de te contenter de la médiocrité. Que tu allais attendre un homme digne de ton cœur.

Je me retrouvais dans la même position qu'avant, mais beaucoup plus tôt que je l'avais anticipé. Cobra était inadéquat pour moi à tous les égards, mais je le désirais comme je désirais le soleil. Comme j'attendais impatiemment les fleurs du printemps. La chaleur de l'été.

– Un homme comme moi.

Mon pouls s'accéléra. Si je le sentais, alors lui aussi. Il bourdonnait comme les ailes d'un colibri.

D'un bras, il m'attira vers lui et ses lèvres attrapèrent les miennes au vol. Il me serra contre son corps en m'embrassant, un baiser qui se transforma vite en quelque chose de plus profond. Nos langues dansèrent alors que nous nous dirigions vers le lit, laissant des vêtements tomber dans notre sillage. Le début de la nuit avait été marqué par la baise passionnée, et maintenant nous passerions les dernières heures à faire l'amour.

Il m'allongea sur le lit en grimpant sur moi, son corps lourd découpé de muscles bandés. Il m'embrassa en prenant mon genou et le reculant, coinçant ma cuisse contre ma hanche. Les lèvres directement au-dessus des miennes, il parla.

– C'est ta dernière chance, bébé. Tu le veux toujours ?

Sa queue palpitait contre mon clito, et la peau de ma cuisse était exposée.

Mon cœur battait la chamade, à la fois de peur et d'excitation.

– Oui...

Il ne me donna pas la chance de changer d'avis. Sa tête était déjà à côté de ma cuisse exposée. Ses crocs jaillirent, et il les enfonça en moi.

J'inspirai profondément en sentant ma peau se briser sous ses dents. J'eus mal comme si un couteau m'avait transpercée. Le sang roula sur ma cuisse et dégoutta sur les draps. Puis la douleur fut rapidement remplacée par le plaisir le plus exquis et le plus étrange que je n'avais jamais éprouvé. Au lieu de hurler, je gémis. J'enfonçai les doigts dans ses cheveux alors qu'il se nourrissait de moi, soudain balayée d'une vague de satisfaction inexplicable. J'avais envie de cet homme chaque fois que je le regardais. Chaque fois que je voyais son sourire irrésistible, son regard sulfureux et ses épaules larges. Mais désormais, ce désir était au centuple.

– Cobra...

Il retira les crocs et il se lécha les lèvres avant de remonter vers moi. Il souleva mon bassin en approchant le sien et se glissa en moi jusqu'à la garde, si profondément que j'en eus mal. Ses coups de reins étaient brusques et rapides, et sa respiration était entrecoupée de petits grognements.

Je bougeai en rythme avec lui avant d'envoyer valser ma tignasse, exposant la chair de mon cou pour lui.

– Putain, bébé.

Il enfonça la main dans mes cheveux en se penchant, puis il scella les lèvres sur mon cou avant de percer ma peau, faisant de nouveau affluer le maelstrom de douleur et de volupté en moi. Il continua son va-et-vient, basculant mon bassin pour pouvoir me baiser tout en se repaissant de ma force vitale.

Je n'avais jamais rien ressenti de tel. Mes bras s'ancrèrent à ses épaules et je me cramponnai à lui alors qu'il m'emmenait au septième ciel. Un grondement naquit dans mon ventre, puis se répandit jusqu'à mes extrémités. Une ivresse comme aucun autre homme ne m'avait procurée déferla dans mon corps comme les vagues d'une violente tempête. Les larmes roulèrent sur mes joues alors que l'extase me dévastait.

– Cobra…

8

LARISA

Je vis Kingsnake s'approcher de l'endroit où il m'avait ordonné de me cacher. Je savais qu'il arrivait avant de le voir, car j'avais ressenti ses émotions alors qu'il venait vers moi. Mes capacités s'étaient accrues depuis que j'étais devenue vampire, et je percevais ses émotions même en son absence. Je l'avais senti engagé dans les affres d'un terrible combat.

C'était une expérience affreuse à vivre que d'éprouver la puissance de sa colère et de sa concentration alors qu'il abattait ses ennemis. Mais je préférais cela au fait de rester dans l'ignorance, car je savais qu'il était encore en vie. Je sortis sur la terrasse de la cabane dans les arbres quand il s'approcha. Il avait l'allure d'un roi puissant, son armure éraflée par les lames qui avaient tenté de transpercer sa chair.

Dès qu'il me vit, je sentis la chaleur brûlante des flammes se déchaîner. Un désir qui s'étendait au-delà des mers. Un soulagement comme la pluie sur un feu de forêt. Son amour n'était pas une sensation particulière que je pouvais détecter, mais c'était la base de toutes les autres émotions qu'il ressentait. Il prit mes joues à deux mains et m'embrassa, un baiser doux plein d'amour plutôt que de désir. C'était lui qui se battait, mais il craignait pour ma vie plutôt que pour la sienne.

Avant de reculer, il m'embrassa sur le front. C'était la première fois qu'il faisait un tel geste. La première fois que quelqu'un le faisait. Il m'enveloppa dans la beauté de son amour inconditionnel. Je sentais l'excitation d'Elias la seconde où sa femme entrait dans la pièce. Je savais qu'il voulait la prendre. Mais Kingsnake n'avait jamais sécrété d'amour pour quelqu'un d'autre. Même lorsqu'il parlait avec Ellasara, il n'émanait de lui que de la rage.

Ses yeux, son cœur, son corps... tout m'exprimait son adoration.

– Je t'aime.

Il avait les bras le long du corps, mais son regard s'était durci. Il ne respirait pas. Immobile comme une statue, il paraissait ne rien ressentir du tout, mais sous cette montagne coulaient des rivières d'une profondeur infinie. La chaleur irradiait de son corps comme si le soleil inondait ses veines. L'intensité de ce sentiment était sans pareil à tout ce que j'avais jamais ressenti.

– Je suis désolée pour tout à l'heure...

– C'est oublié.

– Je veux être avec toi pour l'éternité, avec ou sans âme.

Il savoura ma déclaration pendant quelques secondes avant de s'approcher à nouveau de moi. Son bras s'enroula au creux de mes reins, et il me tira vers lui, collant son front sur le mien.

– Épouse-moi.

Les yeux sur ses lèvres, je hochai légèrement la tête.

– Oui.

– Ce n'était pas une question, ma chérie.

La lumière du soleil traversait la canopée et entrait par les fenêtres. Kingsnake avait repoussé la table loin des murs pour que, assis l'un en face de l'autre, nous soyons le plus possible à l'ombre. Devenue vampire, je comprenais l'inconfort qu'il avait mentionné auparavant. Les rayons du soleil étaient si ardents qu'on avait l'impression qu'ils faisaient fondre notre chair.

Depuis l'incendie du palais, nous ignorions où trouver Cobra. Il s'était retranché quelque part avec Clara, et nous devions attendre qu'il se manifeste. D'ici là, nous restions ensemble, profitant de cette complicité silencieuse qui naît au fil d'une vie. Mais pour nous, elle était née en seulement quelques mois.

La porte s'ouvrit, et Vipère entra.

– Vous avez de ses nouvelles ?

– Non.

Kingsnake regarda vers la fenêtre. Vipère prit la chaise en bout de table.

– Alors quoi ? On va rester les bras croisés en attendant qu'il se vide les couilles ?

Mon premier souffle de vampire se glorifiait de force et de capacités accrues. Mais chaque jour qui passait, je commençais à m'affaiblir. J'avais des crampes d'estomac, et maintenant la faim me rongeait de l'intérieur. Je ne pris pas la peine de me nourrir comme avant, car les aliments ne me satisferaient en aucun cas.

Je savais que j'avais besoin de sang.

Beurk. Répugnant. Mais si je ne mangeais pas à un moment donné, je mourrais.

Kingsnake devait avoir faim lui aussi, mais il n'en parlait pas. Ses yeux avaient repris la couleur sombre de la terre au lieu du vert vif habituel.

Quelques minutes plus tard, la porte s'ouvrit à nouveau et Cobra entra.

– Bonjour.

– Prends ta matinée et va te faire foutre, vitupéra Vipère.

Cobra s'assit avec un sourire béat.

– T'as besoin de tirer un coup, mon gars.

– Et t'as besoin de moins tirer, rétorqua Vipère. Arrête de sourire comme un idiot…

– Je suis bien trop affamé et épuisé pour supporter vos conneries, dit Kingsnake d'une voix véritablement lasse. À quelle distance se trouve l'obélisque ?

– Deux jours, peut-être trois, répondit Cobra. Je sais que vous avez faim, donc on se mettra en route dès que vous aurez mangé.

– *Vous* avez faim ? répéta Vipère. Pourquoi tu t'exclus de la phrase ?

Cobra haussa les épaules sans se départir de son sourire.

– Tu as bu le sang de Clara ? devina Kingsnake.

Son sourire s'accentua.

– Il se trouve qu'elle est du genre jalouse. Ce qui me convient parfaitement parce que je trouve ça plutôt excitant, déclara-t-il en remuant les sourcils. Elle a demandé des volontaires pour vous autres, et quelques hommes et femmes se sont proposés.

– Pourquoi ? demanda Vipère. Pourquoi ils accepteraient de nous nourrir ?

– Pour beaucoup de raisons, répondit Cobra. Mais surtout pour nous remercier. On a accepté une trêve, alors qu'on aurait pu les massacrer. Et après des siècles de guerre, c'est le moins qu'ils puissent faire. On a des admirateurs partout, ajouta-t-il en faisant un clin d'œil.

J'avais envie de vomir, non seulement à l'idée de boire du sang, mais aussi parce que Kingsnake allait se nourrir de quelqu'un d'autre que moi. J'avais été sa seule proie depuis le jour de notre rencontre, et savoir qu'il allait planter ses dents dans une autre belle femme réveillait ma peur d'être trompée. Mon sang était ce qui l'avait poussé à me désirer en premier lieu. Et maintenant… je n'avais plus rien à offrir.

Kingsnake ressentait la même crainte. Elle se propageait lentement à travers son corps comme un poison.

— Une fois que vous aurez mangé, on partira, dit Cobra. Vipère, on aura probablement besoin de tes explosifs pour détruire l'obélisque. Apparemment, c'est un monolithe en pierre de taille.

— Je veux juste manger, dit Vipère en se levant. Allons-y.

Cobra se leva aussi, mais s'arrêta en voyant que Kingsnake et moi restions assis. Ses yeux firent des allers-retours entre nous avant qu'il ne se dirige vers la porte.

— On vous attend en bas.

Il sortit avec Vipère et ferma la porte.

Kingsnake fuyait mon regard. Ses yeux étaient tournés vers la fenêtre.

La seule raison pour laquelle je le fixais était qu'il ne me fixait pas. Si son regard croisait le mien, je détournerais immédiatement les yeux.

Le silence s'installa, rythmé par les gazouillis de centaines d'oiseaux dans les arbres.

Kingsnake prit une lente inspiration avant de me regarder.

— C'est difficile pour nous deux. Mais il faut le faire. Plus on est faibles, plus on est vulnérables face à nos ennemis.

— Quels ennemis ?

Nous avions fait la paix avec les Éthéréens. Et les humains nous accueilleraient à bras ouverts une fois que nous aurions éradiqué la maladie.

– Toi et moi, on aura toujours des ennemis, même en période de paix. Je suis le roi des Vampires, le Seigneur des Ténèbres, et tu seras bientôt ma reine. Une reine plus puissante que son roi, car elle possède le sang des Originels. Les gens voudront toujours nous tuer, ma chérie. Mais je te protégerai — et tu me protégeras.

Mon regard se perdit dans le vide tandis que j'imaginais cette nouvelle vie, vêtue de l'armure des vampires de Kingsnake, à ses côtés en temps de guerre comme en temps de paix. Les années ressembleraient à des jours. Les jours à des minutes. Mariée à un homme puissant, je serais moi-même une femme puissante. Tant que personne ne nous abattrait, nous serions ensemble pour toujours. Littéralement pour toujours. Mais si je voulais voir cette vie se réaliser, je devais me nourrir.

Je devais planter mes crocs dans un autre être... et boire son sang.

Et Kingsnake devait faire la même chose, avec une femme, une autre que moi. La partie exclusive de notre relation était officiellement terminée.

Ses yeux se reportèrent sur moi.

– C'est plus facile avec le temps.

– J'ai l'impression que c'est mal.

– Tu ne prends que ce qu'on t'offre librement.

– N'empêche...

– J'avoue que c'est bizarre, d'autant que je n'ai jamais été du côté de celui ou celle qui nourrit.

— Ellasara était une vampire.

On m'avait prévenue de ne pas parler d'elle, mais je devais le faire.

Une colère silencieuse éclata en lui, mais il ne m'engueula pas.

— Je ne l'aimais pas comme je t'aime. Je ne ressentais pas la jalousie que je ressens en ce moment. L'idée que tu te nourrisses d'un homme... je n'aime pas ça.

— Je peux me nourrir d'une femme.

L'un comme l'autre me paraissait détestable. Que la proie soit un homme ou une femme, ça me dégoûterait.

Il me regarda.

— Crois-moi... tu voudras un homme.

— Pourquoi ?

— Parce que c'est intime. Une fois que son sang touche ta langue, c'est plus qu'un simple repas. C'est... une complicité qui se noue. C'est comme un baiser. Tu préféreras embrasser un homme plutôt qu'une femme.

— J'embrasserai une femme.

— Une fois que les molécules de son sang te touchent...

Il s'arrêta lorsqu'il réalisa ce que j'avais dit, et une bouffée d'excitation embrasa ses veines.

— Qu'est-ce que tu as dit ?

– Je ne suis pas attirée par les femmes, mais l'idée d'en embrasser une ne me repousse pas comme tu peux l'être à l'idée d'embrasser un homme.

Il hocha lentement la tête tout en continuant à me fixer.

– Je pourrai regarder ?

– Me regarder boire son sang ? demandai-je surprise.

– Oui.

La conversation devint soudain beaucoup moins tendue. Son désespoir se dissipa comme la brume sur l'océan lorsque le soleil sort des nuages. Kingsnake se redressa dans le fauteuil, croisa les bras sur sa poitrine.

– J'ignorais que c'était ton truc.

– Tous les hommes aiment voir deux filles ensemble, ma chérie.

– Alors tu vas boire le sang d'un homme et je...

– Non.

– Donc, je vais faire le sacrifice, mais toi tu ne...

– C'est ton idée. Je n'ai rien suggéré. Et tu n'as pas à le faire si tu ne le veux pas.

Cette conversation me rendait plus affamée, me donnait envie d'une chose qui me répugnait. Mais les pulsions naturelles de mon corps prirent le dessus.

– Une femme, c'est bien.

– Alors, allons-y.

Il se leva de sa chaise, bien plus tonique qu'il ne l'était quelques instants auparavant. Comme je ne me levais pas, il me dévisagea.

— Il m'a fallu beaucoup de temps pour accepter ma nouvelle vie. Pour accepter l'obscurité éternelle et tout ce qui en découle. Mais ça te sera de plus en plus facile, crois-moi.

L'un des elfes emmena Vipère et Kingsnake dans leurs cabanes respectives dans les arbres pour se nourrir du sang des femmes qui s'étaient portées volontaires. J'étais soulagée de ne pas voir à quoi la proie de Kingsnake ressemblait. De ne pas voir le désir briller dans ses yeux lorsqu'elle regarderait mon fiancé. Elle avait dû l'admirer lors de son arrivée à Evanguard et elle avait sauté sur l'occasion de se retrouver seule avec lui. Même si je méprisais leur côté obscur, les vampires étaient sexy.

— Larisa ?

Je me tournai vers Cobra, qui avait proposé d'attendre avec moi pendant l'absence de Kingsnake.

— Ne t'en fais pas, c'est pas grave.

— Plus facile à dire qu'à faire...

Je détournai le regard vers la lumière qui traversait la canopée au sommet des arbres.

— C'est un repas, rien de plus.

Je savais que Kingsnake ne s'était pas encore nourri. Son esprit était dépourvu d'émotions pour le moment. Avec mes capacités accrues, je pouvais le sentir sur de plus grandes distances. C'était une bénédiction au combat, mais une malédiction à cet instant.

Je livrai à Cobra la vérité pure et simple alors que je ne pouvais pas parler de ces choses avec Kingsnake.

– Maintenant qu'il ne peut plus se nourrir à ma source, j'ai peur qu'il ne veuille plus de moi. Un jour, une femme viendra dont le sang sera exquis, et ça signera notre fin.

– Tant que tu auras ces mêmes seins et ce même cul, son désir pour toi ne faiblira jamais.

Mes sourcils se levèrent.

Il sourit.

– Ne lui répète pas que j'ai dit ça. Il me casserait le bras.

– Je suis sérieuse, Cobra.

Il poussa un soupir silencieux.

– Je connais Kingsnake depuis très longtemps. Il ne s'est jamais attaché à ses proies auparavant. Leur sang devenait fadasse, et ils les remplaçaient. Je parle de semaines, tout au plus. Et avec Ellasara, c'était un amour différent. Aucun de nous ne l'a vraiment aimée.

– Pourquoi ?

– Elle était arrogante.

– Et toi, tu ne l'es pas ? demandai-je, incrédule.

Il sourit.

– C'est pour ça que je t'aime bien. Tu dis ce que tu penses. Ellasara aurait froncé le nez et se serait éloignée comme si elle était trop bien pour nous parler. Cette garce était rigide. Tellement rigide que je parie que Kingsnake ne pouvait même pas dire quand elle atteignait l'orgasme — si elle pouvait en avoir un. Cette femme était en pierre, soupira-t-il en croisant les bras sur sa poitrine. Mais avec toi, c'est fluide. Tu fais déjà partie de la famille. Alors, ne t'inquiète pas si cette fille là-bas est la plus belle salope qu'il ait jamais vue, ça ne fera aucune différence.

À ce moment-là, Kingsnake apparut dans la clairière, majestueux dans son uniforme, les yeux clairs et concentrés. Il n'y avait aucun signe qu'il s'était nourri, aucune tache de sang sur ses vêtements ni au coin de sa bouche.

– Il a déjà fini ?

Cobra se tourna vers lui.

– Tu vois ? C'est terminé.

– Mais je...

J'avais ressenti sa présence alors qu'il montait l'escalier de liane, puis quand il était entré dans la cabane dans l'arbre. C'était une présence terne, le genre d'énergie que je ressentais quand il essayait de s'endormir. Il n'y avait pas d'excitation. Pas de désir. Rien du tout.

Kingsnake s'approcha de nous, les yeux rivés sur moi.

– Tu t'es nourri...?

– Oui.

La seconde où Elias était entré dans la pièce avec celle qui allait devenir sa femme, une chaleur brûlante avait envahi son corps. J'avais ignoré ce phénomène la première fois, mais il se produisait chaque fois qu'il était près d'elle... et près de certaines des servantes. Or avec Kingsnake, je ne ressentais jamais ces sensations, même lorsqu'une femme mourait d'envie de se retrouver seule avec lui dans une chambre en haut des arbres pour qu'il lui morde le cou. Il ignorait que je pouvais sentir ses émotions à une telle distance, et même s'il le savait, il ne pouvait pas fermer son esprit à ce point.

– Prête ? demanda-t-il.

J'étais tellement obnubilée par son repas que j'en avais oublié le mien.

– Un conseil, dit Cobra en posant sa main sur mon épaule. Savoure ce moment sans te prendre la tête.

– Tu veux toujours une proie féminine ? demanda Kingsnake.

J'acquiesçai, ne voulant pas lui faire subir ce que je venais de vivre.

– Euh, quoi ? s'étrangla Cobra. La vache. Tu vas regarder ?

– Oui, confirma Kingsnake.

– Sacré petit veinard.

Cobra se passa la main sur le visage et la mâchoire.

– Peut-être que je pourrai convaincre Clara de le faire un jour...

– Tu lui as demandé de se transformer ? s'étonna Kingsnake.

– Non, mais elle le fera. C'est la seule façon d'être ensemble, et je sais qu'elle est folle de moi, dit-il avec un grand sourire avant de claquer le dos de Kingsnake. Profite, mon salaud.

La femme que les Éthéréens m'amenèrent était belle, avec une peau éclatante et de longs cheveux blonds et bouclés. Elle s'était portée volontaire pour Kingsnake ou Vipère, mais elle avait accepté de me nourrir à la demande de la reine Clara. Je vis l'homme qui s'était porté volontaire pour moi. Il servait dans l'armée ; c'était un soldat musclé et bien bâti comme Kingsnake, joli garçon en plus.

Cela me fit préférer encore plus la femme.

On nous escorta dans un pavillon privatif sur le sol de la forêt d'où le soleil était curieusement absent. Je n'avais pas dit un mot à la femme. Que devais-je dire ? Merci ? Le loup parle-t-il à l'agneau avant de le dévorer ?

Kingsnake nous accompagna à l'intérieur et ferma la porte derrière nous.

La femme posa immédiatement les yeux sur lui, le vampire qu'elle voulait à l'origine, et les y laissa. Mes crocs de novice allaient percer sa chair pulpeuse, mais l'idée ne semblait pas la perturber. Soit elle était une bête d'élevage trop stupide pour voir sa fin imminente, soit elle était assez brave pour accepter l'inévitable.

Kingsnake se mit à côté de moi.

– Le principe est simple. Approche-toi, libère tes crocs, puis mords. Le sang coulera instantanément dans ta bouche.

Prends seulement de quoi apaiser ta faim, puis retire-toi. Comme c'est la première fois, tu en voudras plus, mais tu devras te limiter. Sinon, tu risques de tuer la proie.

Je me souvins de la première fois qu'il m'avait mordue. C'était un vampire expérimenté, mais même lui avait eu du mal à se contrôler lorsqu'il avait goûté mon sang. Je craignais que ma réaction soit encore pire.

– Je reste là tout du long.

Il ne pouvait pas sentir mon angoisse comme je pouvais sentir ses émotions, mais il pouvait la lire sur mon visage comme un texte sur un parchemin.

– Pour cette première fois, ne t'impose pas d'attentes irréalistes. J'interviendrai si tu t'éternises.

Je sentis soudain monter la faim, une crampe douloureuse me vrilla l'estomac, me rendant faible et impatiente. Je me fichais désormais de mordre une femme plutôt qu'un homme. Je voulais juste manger.

Kingsnake sembla voir dans mes yeux l'éclat de la faim vampirique.

– Vas-y.

Il y avait un fauteuil dans la pièce, sur lequel il s'assit, les genoux écartés, un bras sur l'accoudoir, le bout des doigts se frottant l'un contre l'autre comme s'il y avait un grain de sable entre eux.

J'observai la femme blonde qui se tenait devant moi, ses yeux se détournant de Kingsnake une fois qu'elle eut capté mon attention. Nous étions de la même taille, nos yeux se trouvaient au même niveau. Mes dents devraient donc atteindre sa gorge sans difficulté.

C'était une expérience hors du corps, un grand moment de solitude. Je manquais totalement de confiance en moi. J'étais incapable de m'approcher d'elle et de prendre ce que je voulais. Mais j'avais faim, et cette faim motiva mes premiers pas.

Je m'approchai tout près d'elle, comme si nous étions comme des amantes. Je plongeai les yeux dans les siens. Elle soutint mon regard.

Puis je levai la main et saisis ses boucles dorées pour lui dégager le cou.

L'excitation de Kingsnake fut instantanée, comme une bouilloire sur le feu se met à siffler. Il nous regardait de son fauteuil, le poing fermé devant la bouche.

Mes doigts s'enfoncèrent plus profondément dans les cheveux de la femme et les repoussèrent pour exposer la chair douce et rose de son cou. Ma faim se décupla et je sentis mes crocs sortir d'eux-mêmes, comme par instinct. Cela agit comme un déclencheur. Emportée par la vitesse du courant, je me jetai sur elle. Mes dents étaient si tranchantes que je transperçai instantanément sa chair, la douleur lui arrachant un gémissement étouffé.

Une douleur que je ne ressentirais plus jamais, car j'étais une morte-vivante désormais.

Le sang toucha ma langue et... la sensation était indescriptible. Comme un verre d'eau fraîche dans le désert brûlant, un repas chaud après un long jeûne, c'était un pur bonheur.

Mon bras se referma instinctivement autour de sa taille, et je la plaquai contre moi, enfonçant mes crocs plus profondément à mesure que le sang inondait ma bouche. Ma faim n'était pas rassasiée. En fait, elle était encore plus grande qu'avant.

L'excitation de Kingsnake s'était intensifiée au moment où j'avais enlacé la femme. Une chaleur infernale incendiait la pièce tandis qu'il me regardait aspirer le sang de ma proie avec conviction. Au lieu de ressentir le désespoir que j'éprouvais lorsqu'il satisfaisait sa faim, il assistait à un spectacle qui attisait son désir.

Mon repas n'en était que meilleur, car je sentais la chaleur de Kingsnake m'enrober alors que je me nourrissais de la femme qui s'offrait ouvertement à moi. Je laissai ma main dans ses cheveux et les tirai en arrière tout en m'abreuvant à sa source. Ma faim finit par être satisfaite, mais je continuai, mangeant à l'excès comme je le faisais de mon vivant. Le sang avait si bon goût que je continuais à l'aspirer goulûment et à m'en gorger l'estomac. Mes doigts se resserrèrent autour de son corps alors que je la vidais, prenant plus que nécessaire, sans me soucier de la tuer.

– Chérie, arrête, claqua comme un fouet la voix de Kingsnake.

Je maintins mon emprise sur ma proie, refusant de la lâcher.

– Ça suffit.

Je ne pouvais pas m'arrêter.

Kingsnake prononça mon nom, ce qu'il n'avait pas fait depuis longtemps.

– Larisa.

Il éleva la voix, me réprimandant comme un père gronde son enfant. Il ne me restait que quelques secondes avant que la punition ne tombe.

– Tu ne veux pas tuer cette femme.

Ces paroles rompirent la transe. Mes crocs sortirent de sa chair, et je m'écartai d'elle, ressentant encore l'euphorie dans mes veines. Je vis le sang couler le long de son cou. J'éprouvais une plénitude que je n'avais pas ressentie depuis que j'étais en vie pour la dernière fois.

Elle s'éloigna et s'effondra sur une chaise à proximité.

Kingsnake se planta devant moi, posant la main sur mon bras pour me stabiliser. Ses yeux brûlaient dans les miens, sa chaleur encore incandescente, car son excitation n'avait pas disparu avec sa réprimande. Il m'observait réagir à l'expérience du sang.

Je baissai les yeux, honteuse de mon acte et de l'avoir tant apprécié. J'étais officiellement devenue une vampire, buvant le sang des autres pour mon propre plaisir. Ayant vécu moi-même l'expérience, ma seule consolation était de savoir à quel point c'était bon.

Au fur et à mesure que les secondes passaient, je me sentis rajeunir, revitalisée par une force qui venait de nulle part. Je le vivais comme une véritable renaissance, me sentant mieux que lorsque j'avais poussé mon premier cri. La force dans mes bras et mes jambes était indéniable. Ma concentration était aussi aiguisée qu'une lame de rasoir. J'avais toujours su que je possédais le pouvoir des Originels, mais là, je le ressentais vraiment.

Kingsnake glissa la main dans mes cheveux et essuya la goutte de sang au coin de ma bouche.

– Comment tu te sens ?

– Mieux... murmurai-je.

Il leva ma tête pour que je le regarde dans les yeux.

– Beaucoup mieux.

Lentement, un sourire se dessina sur sa bouche.

– Plus forte et plus puissante que je ne l'ai jamais été.

9

KINGSNAKE

Je la lançai sur le lit avant de lui arracher ses vêtements à la hâte, la queue plus dure que l'acier de mon épée. Je n'avais d'yeux que pour cette femme, j'en oubliais le reste du monde et mes devoirs de roi. À croire que je ne m'étais pas nourri, que j'allais mourir de faim, affamé de la femme qui deviendrait mon épouse.

Mes genoux touchèrent le lit et je la pliai à ma volonté, plantant un de ses pieds sur ma poitrine et retenant son autre jambe avec le bras. Elle était plus forte que moi maintenant, mais elle était inconsciente de sa puissance, et elle me laissait la dominer exactement comme je voulais le faire.

Je m'insérai en elle d'un vif coup de bassin en lui serrant la gorge.

Sa main s'agrippa à mon poignet, et elle lâcha un gémissement en me sentant la pénétrer.

Je la pilonnai violemment, comme si elle était une pute et non ma fiancée à qui je faisais l'amour. La voir se nourrir d'une femme était l'une des choses les plus sexy que j'avais vues dans ma vie, et la scène m'avait excité à un point tel que j'étais déjà au bord du gouffre. J'avais eu envie de la prendre séance tenante, mais j'avais d'abord dû épargner la vie de cette femme.

Je l'avais enfin, et je pouvais admirer la lueur nouvelle dans ses yeux maintenant qu'elle était repue. Les miens viraient au vert quand ses pouvoirs coulaient dans mes veines, mais les siens devenaient dorés, comme les bijoux les plus précieux du monde entier.

Sa main resta accrochée à mon poignet alors qu'elle était cahotée par mes coups de boutoir, mes doigts si serrés autour de sa gorge qu'elle avait du mal à respirer. J'avais seulement baissé mon froc aux cuisses, trop impatient de m'enfouir dans son canal. Je voulais revendiquer la femme que j'avais faite mienne il y a longtemps.

Elle était plus que mienne. Elle était mienne pour toujours. Sans âme, avec moi dans les ténèbres éternelles.

Je lui comprimai la gorge comme si je la détestais et non l'aimais, mais c'était ma possessivité qui se manifestait. Larisa n'était plus une humaine fragile qui s'écroulait sous ma puissance. Aujourd'hui, c'était une noctambule redoutable qui partageait ma soif de sang. C'était mon égale, la femme à qui mon royaume appartenait autant qu'il appartenait à moi.

Et l'idée m'excitait à mort.

Elle aimait ma violence, car elle jouit, haletant alors que je l'étranglais, les yeux embués de larmes. Sa chatte était aussi serrée que ma poigne de fer. Elle comprimait mon chibre à croire qu'elle voulait le meurtrir.

– Putain.

J'atteignis un seuil que je n'avais pas vu arriver et je déchargeai ma semence dormante en elle, la faisant mienne une fois de plus. Quand je m'étais nourri, le sang avait rassasié mon appétit, mais ça avait été une déception du début à la fin. Comme si je mangeais du pain rassis avec du vin bouchonné. Il avait empli mon estomac, mais il n'avait pas satisfait mon réel désir. L'Éthéréenne qui s'était offerte à moi voulait assouvir plus que ma faim, mais je l'avais mordue et j'avais pris ce dont j'avais besoin avant de la laisser là.

La main de Larisa m'agrippa les fesses pour m'attirer en elle, faisant de moi son homme comme je l'avais faite mienne. Ses hésitations et ses regrets s'étaient envolés, et maintenant, elle était de nouveau dévouée à moi comme elle l'était avant la bataille.

J'étais un homme qui couvait beaucoup de rancunes, mais je n'en avais aucune envers elle.

Pas maintenant que j'avais obtenu ce que je désirais.

Tu as dit que sssa ne prendrait que quelques jours.

Il y a toujours des accrocs.

Quel genre d'accrocs ?

Je peux demander à la reine Clara de t'accorder l'entrée au royaume. Elle le fera.

Je n'ai besoin de la permisssion de persssonne. J'arrive.

– Croc va nous rejoindre.

Une fois au bas de l'escalier, je tendis la main à Larisa, même si elle n'avait pas besoin de mon aide.

– C'est bien, dit-elle en la prenant avant de poser le pied sur le sol. Il me manque.

Nous marchâmes jusqu'à la clairière où se trouvaient déjà Cobra et Vipère, vêtus de leur armure et prêts pour notre aventure.

Cobra se tourna et il examina Larisa pour évaluer les changements dans son apparence.

– Tu as l'air d'une femme nouvelle.

– Je me sens comme une femme nouvelle, répondit-elle, se joignant à mes frères comme si elle était l'une des nôtres.

Elle avait une relation différente avec chacun d'eux, même Aurelias, un vampire au cœur de pierre. Son assimilation dans la famille s'était faite naturellement. Ellasara n'avait fait aucun effort, ce qui m'avait toujours donné du fil à retordre.

– Alors... dit Cobra en me regardant. Comment c'était ?

J'ignorai la question.

– Tu ne vas rien me dire ? s'étonna-t-il incrédule. Je suis ton frère.

– Non.

– Non, tu ne vas rien me dire ? Ou non, je ne suis pas ton frère ?

– Les deux.

Vipère lâcha un petit rire.

Cobra laissa passer l'insulte.

– On se parlera plus tard, alors, dit-il avec un clin d'œil.

Je posai les yeux sur Vipère.

– Où est la reine Clara ?

– C'est ma nana, dit Cobra. Alors demande-moi-le.

– J'en ai marre de t'entendre, dis-je.

Larisa nous regardait tour à tour alors que la conversation se déroulait.

Cobra se pencha vers elle.

– Il est jaloux parce qu'il n'est pas le seul à avoir une copine.

– Une *fiancée*, corrigeai-je.

Cobra lui donna un petit coup de coude, puis roula des yeux.

Elle pouffa.

Je braquai les yeux sur elle à la trahison.

Elle détourna le regard.

La reine Clara se joignit à nous, vêtue d'un pantalon couleur terre et d'un haut en lin blanc. Elle portait un sac à dos, et ses cheveux étaient attachés en un chignon épais. Nous étions tous armés, mais pas elle.

– Ça fait beaucoup de poids supplémentaire, fit-elle remarquer.

– On préfère être parés pour tout, dit Vipère.

– Il n'y a que la nature sauvage par ici, dit Clara. Les ours sont les pires ennemis que vous pouvez rencontrer.

– On a l'habitude, bébé, dit Cobra, puis il indiqua le sentier d'un geste de la main. On te suit.

Elle laissa tomber et prit les devants.

Cobra en profita pour admirer ses fesses en hochant la tête d'approbation.

– Elle a un foutu beau cul, hein ?

Larisa pouffa de nouveau.

Vipère et moi ne regardâmes pas.

Nous suivîmes Clara, quittant Fallon et nous aventurant dans la forêt. Le calme régnait à l'extérieur de la cité, les rivières étant nos seules compagnes. Parfois le vent soufflait entre les arbres et faisait bruisser les feuilles. De temps à autre, un oiseau poussait son cri en volant au-dessus de nos têtes. Mais le silence prévalait le reste du temps.

Je m'assurais de marcher derrière Larisa, juste au cas où elle trébuche ou qu'elle ait besoin de mon aide. Même si elle était maintenant une vampire plus puissante que moi, mon instinct de protection ne disparaîtrait pas. Je la traiterais toujours comme l'humaine délicate qu'elle était avant.

Cobra et la reine Clara marchaient devant, discutant tout bas alors qu'elle nous guidait dans la forêt. Parfois, nous nous arrêtions, comme si elle ne se rappelait pas le chemin que son père lui avait montré. Des minutes s'écoulaient alors qu'elle songeait, fouillant sa mémoire à la recherche de la direction à prendre.

Larisa regarda vers le ciel le réseau de branches et de feuilles qui nous faisait de l'ombre pendant notre randonnée.

– C'est magnifique ici.

Je la regardai lever la tête et s'émerveiller du plafond de la forêt, l'or scintillant dans ses yeux. Elle portait son armure et son épée, soutenant le poids sans problème. Il l'avait alourdie durant le voyage vers Evanguard, mais maintenant qu'elle avait bu, sa force s'était décuplée. Je m'attendais à ce qu'elle résiste à sa première saignée, mais la faim devait avoir été si prenante qu'elle n'avait pas pu s'empêcher de boire tout son soûl.

– Je n'étais jamais sortie de Latour-Corbeau de ma vie, dit-elle sans quitter des yeux la canopée. Je suis contente de découvrir de nouveaux endroits… de découvrir le monde.

J'admirai son profil, voyant une femme si profondément captivante que je ne pouvais détacher les yeux d'elle. La première fois que je l'avais vue, je n'avais rien ressenti du tout, mais aujourd'hui… j'étais fou d'elle.

Elle dut sentir mon regard, car elle se tourna vers moi.

– Je t'emmènerai partout où tu voudras aller, ma chérie.

– Qu'y a-t-il d'autre à voir ?

– Tant d'endroits, dis-je. Et on a l'éternité devant nous.

Pour la première fois, je ne vis pas une douleur lancinante traverser son regard. Un sourire subtil attendrit son visage aussi doux que les pétales de rose.

– J'ai déjà hâte.

Le voyage aurait seulement dû durer une journée, mais il nous en prit beaucoup plus.

– Heureusement qu'on s'est nourris avant de partir, dit Vipère et arrivant à côté de moi.

– Oui.

Il regarda Cobra et la reine Clara plus loin devant nous, debout au sommet d'une colline pour étudier les environs.

– Je la croyais plus fiable que ça...

– Elle n'y est allée qu'une fois, dis-je pour sa défense.

– Pour quelque chose d'aussi important, elle aurait dû se souvenir des moindres détails, répliqua-t-il froidement. À moins que ce ne soit qu'une ruse. Qu'elle nous fasse croire qu'elle veut détruire l'obélisque alors qu'en réalité, elle n'a pas l'intention de...

– Vipère.

– Quoi ? s'irrita-t-il. Ils ne m'entendent pas.

– Clara ne s'en ira pas, alors tu devrais apprendre à l'aimer.

Son visage se tendit de frustration.

– T'es en train de me dire que tu lui fais confiance ?

– Elle a annoncé à son peuple qu'elle détruirait l'obélisque.

– C'est ce qu'elle prétend... mais qu'est-ce qu'on en sait ?

– Ses semblables n'auraient pas essayé de la tuer sinon.

Lorsque les rebelles s'étaient retournés contre elle et avaient essayé de la tuer, j'avais su qu'elle était entièrement transparente avec nous depuis le début.

– Oui, je lui fais confiance.

Vipère détourna le regard en soupirant.

– Et notre frère est manifestement très épris d'elle, alors on doit faire un effort.

– Ce que tu me demandes est difficile.

– Tu as bien donné une chance à Larisa.

– Larisa ? s'étonna-t-il. Elles ne se comparent même pas. Tu l'insultes en parlant d'elle dans la même conversation.

– Tu as hérité du caractère têtu de Père.

– Et Cobra a hérité de la naïveté de Mère.

– Vipère, dis-je en prenant un ton plus profond. Je crois qu'elle est véritablement perdue. Je crois aussi qu'elle se retrouvera.

Il regardait toujours Cobra et Clara au sommet de la colline, en train de discuter de la route à suivre.

– Ta haine ne sera jamais assez puissante pour sauver l'âme de Mère.

Il ne détachait pas les yeux du couple.

– Je souffre aussi, mais on doit mettre de côté nos préjugés contre les Éthéréens innocents. Clara fait tout en son pouvoir pour arranger les choses. Ça exige du cran. Je ne la connais pas beaucoup, mais je suis prêt à dire que Cobra a de la chance d'avoir trouvé une femme aussi courageuse.

Vipère finit par se tourner vers moi.

— Kingsnake, j'ai toujours admiré ton intellect et ton empathie. Ces qualités font de toi un grand roi. Mais tu n'as pas assez réfléchi. Tu ne réalises pas à quel point cette situation est complexe.

Larisa était assise sur un rocher au loin, s'émerveillant du paysage luxuriant qui nous entourait. Croc était enroulé sur lui-même, assis sur ses cuisses comme un fidèle compagnon. Elle passait distraitement les doigts sur les écailles de sa tête, ce que je n'avais jamais fait. Je les admirai un instant avant de me tourner vers mon frère.

— Dis-moi ce qui te tracasse.

— Tu sais à quel point Père aimait Mère, dit-il en me regardant dans les yeux, les siens brûlant comme des braises. Sa mort le hante encore, même après tout ce temps. On est devenu des noctambules expressément pour tuer ces monstres qui ont profané son corps et sa dignité. On sait tous les deux que cette haine n'a aucune limite. On sait tous les deux que cette haine ne fera que grandir lorsqu'il apprendra la vérité — que les Éthéréens ont mangé l'âme de sa femme.

Un frisson me parcourut l'échine.

Vipère continua de sonder mes yeux.

— Même si on détruit cet obélisque, ça ne fera aucune différence. Pas à ses yeux. Il n'arrêtera pas avant de les avoir tous massacrés.

Je baissai les yeux, la terreur m'envahissant à ses mots.

– On lui parlera.

– Ce qui ne servira à rien.

– On ne peut pas continuer comme ça. On doit tourner la page…

– Si tu n'avais pas transformé Larisa et qu'elle était morte en ce moment, est-ce que tu tournerais la page ?

Je gardai les yeux baissés.

– Si elle avait eu à subir une éternité de néant à cause des Éthéréens ?

– *Arrête.*

L'idée était insoutenable. Absolument insoutenable.

– Alors tu sais que Père ne leur pardonnera pas.

Enfin, la Montagne des Âmes apparut au loin. Nous avions gravi le mauvais flanc, et avions dû attendre la tombée du jour pour redescendre et prendre un autre sentier. Nous montions le camp chaque soir, et le climat tempéré nous permettait de dormir confortablement sous les étoiles.

– Tout va bien ?

La voix de Larisa m'extirpa de mes pensées.

Je me tournai vers elle, et son regard préoccupé fouilla mon visage.

– Oui.

Elle continua de me fixer, ne croyant pas à mon mensonge alors qu'elle sentait ma vérité.

– Je ressens ta... Je ne sais pas exactement comment le décrire.

– La peur. Voilà ce que tu ressens.

– Qu'est-ce qui te fait peur ?

Vipère avait visé en plein dans le mille. Même après la destruction de l'obélisque mangeur d'âmes, Père serait furieux d'apprendre qu'on avait déclaré une trêve entre nos peuples et offert de partager notre immortalité avec ceux qui avaient volé l'âme de ma mère.

– On en parlera plus tard.

En privé. Dans un endroit où Cobra et la reine Clara ne pouvaient pas entendre mes inquiétudes.

Larisa ne laissa pas la curiosité l'emporter et accepta mon refus sans broncher.

– J'aimerais qu'on puisse communiquer par la pensée comme on fait avec Croc. Ce serait pratique.

– N'est-ce pas ?

Nous nous arrêtâmes à mi-chemin du sommet une fois la nuit tombée, car Clara ne voyait rien dans l'obscurité totale.

– On se remettra en route au crépuscule.

Elle ôta son sac à dos et se dirigea au pied d'un arbre, y élisant domicile pour la nuit. Cobra dormait à ses côtés chaque nuit, partageant sa natte et son oreiller. Parfois, ils s'éclipsaient dans la forêt pour assouvir leurs désirs en privé.

J'aurais fait la même chose avec Larisa, mais j'étais d'une humeur massacrante depuis ma dernière conversation avec Vipère.

Larisa déroula sa natte, et Croc s'installa à ses pieds. C'était un énorme serpent, et il prenait presque toute la place, mais ça ne semblait jamais la déranger.

Elle aimait mon meilleur ami autant que moi. Elle s'était aussi liée d'amitié avec mes frères. J'avais été aveuglé par la beauté d'Ellasara, si enivré de son élégance et de son intelligence que j'en avais oublié toutes les qualités qu'elle n'avait pas. Je croyais l'aimer alors que j'ignorais encore ce qu'était l'amour. Maintenant, je le savais.

Je m'allongeai à côté de Croc et Larisa et je regardai le ciel couvert au-dessus de nos têtes. Demain serait nuageux, une journée parfaite pour détruire l'obélisque, puis remettre le cap sur la cité. Le retour s'annonçait beaucoup plus rapide que l'aller.

– Tu crois qu'Aurelias va bien ? demanda-t-elle de but en blanc.

Je pensais à lui tous les jours, me demandant s'il était mort ou vif.

– Je suis sûr que oui.

C'était le seul d'entre nous avec assez d'influence pour faire changer Père d'avis, mais il n'était malheureusement pas avec nous.

– Ouais, moi aussi.

– S'il n'est pas rentré d'ici à ce que cette mission soit terminée, on partira à sa recherche.

– Je crois que c'est une bonne idée.

Elle s'inquiétait pour mon frère comme si c'était le sien, ce qui me faisait l'aimer davantage.

Au lever du soleil, nous rangeâmes nos affaires et nous nous remîmes en route.

Nous reprîmes le sentier de la montagne, la colline escarpée rendant l'ascension pénible. Au moins il faisait frais, et nous n'avions pas à braver les éléments en plus du terrain. Des heures s'écoulèrent avant que nous n'arrivions au sommet, où nous vîmes les énigmatiques monolithes noirs érigés dans la lumière terne. Je crus entendre un léger bourdonnement dans mes oreilles, mais il était si faible que je n'étais pas sûr de l'imaginer. Nous étions tous obnubilés à la vue de ces piliers qui nous dominaient dans leur solidarité incontestable.

Si ça n'avait pas été un cimetière d'âmes, on aurait dit une œuvre d'art.

Puis la reine Clara poussa un cri.

Nous nous tournâmes tous au bruit, et en dégainant ma lame, je me postai devant Larisa même si elle portait son armure.

La reine Clara était par terre, une flèche juste sous l'épaule.

– C'est une embuscade !

Cobra courut plus rapidement que je ne l'avais jamais vu faire, s'agenouillant à côté d'elle au moment où la flèche suivante apparaissait. Elle rebondit sur son armure juste sous son cou, manquant le cœur de Clara pour lequel elle était destinée.

– Vite !

Il la prit par le bras et l'entraîna derrière l'un des monolithes, la protégeant des flèches qui continuaient d'être décochées.

J'entraînai Larisa derrière le monolithe le plus proche. Vipère apparut par l'autre côté.

– Qu'est-ce que je t'avais dit, putain ? grogna-t-il en sortant son arc.

– C'est des rebelles, dis-je. Les mêmes qu'à Evanguard.

– Clara a dit qu'elle était la seule à connaître cet endroit, s'énerva-t-il. Alors c'est une foutue menteuse.

– Si elle a monté ce coup, pourquoi tirer sur elle ? demanda Larisa. Elle n'aurait pas laissé son armure à la maison.

– Pour nous faire croire que...

– Vipère, on en parlera plus tard.

Je jetai un coup d'œil derrière notre monolithe, voyant un groupe de cinq soldats qui s'approchaient de celui protégeant Cobra et la reine Clara. Je reconnus le premier à gauche.

– Toman. Elle l'a renvoyé de son poste le jour de notre arrivée.

Vipère jeta un coup d'œil aussi, mais il se remit vite à couvert lorsqu'une flèche trancha l'air, le manquant de peu.

– Tu as raison.

– Son père avait dû lui montrer cet endroit en pensant qu'ils se marieraient.

Vipère jeta un coup d'œil derrière le monolithe, esquiva une flèche qui fila à côté de sa tête, puis il en décocha une à son tour.

– Je l'ai atteint à l'épaule.

– Reste ici avec Croc, dis-je à Larisa.

– Pourquoi ? s'énerva-t-elle. Ils sont trop nombreux.

– On peut s'en occuper. Fais ce que je te dis.

– Je suis une Originelle, cracha-t-elle.

– On n'a pas le temps pour cette conversation.

– Je ne vais quand même pas me cacher chaque fois que tu risques ta vie. Je suis ta reine ou pas ?

Je haletais, furieux que cette conversation ait lieu en ce moment.

– Tu es ma femme avant tout.

– On doit se magner, dit Vipère. Ils approchent, et Clara va mourir sans armure.

Il passa une tête derrière le monolithe, son arc armé.

– Je te couvre. Vas-y.

Si je continuais ma conversation avec Larisa, la reine Clara allait mourir, alors je quittai sans mot dire notre abri de pierre et je fonçai droit devant.

L'un des archers me visa, mais avant qu'il puisse décocher sa flèche, Vipère lui en tira une dessus. Elle l'atteignit en plein cou, dans la mince fente de peau entre son casque et son armure.

Je le renversai d'un coup de pied dans le torse, et son arc lui vola des mains alors qu'il s'écroulait au sol.

Toman était blessé, mais pas mort, et il se dirigeait vers moi les yeux brûlant de vengeance.

Cobra se battait contre deux hommes à lui seul, Clara derrière lui pour protéger son corps vulnérable.

D'autres hommes arrivèrent, nous dépassant réellement en nombre. J'en abattis un avec ma lame, puis je le tirai par le bras pour me protéger de la pluie de flèches qui arrivait sur moi.

Cobra poussa Clara contre la pierre pour la protéger des flèches qui lui auraient transpercé le corps sans son armure.

Je lâchai le cadavre et je fouillai dans ma poche à la recherche d'un poignard. Je le lançai au cou du premier, et le sang lui coula de la bouche avant même qu'il touche le sol. Puis le chaos éclata. Des soldats sortaient de partout et se précipitaient sur nous quatre, luttant pour leur immortalité avec toute la force et la furie du monde. Assailli, je n'avais même pas le temps de me préoccuper de Larisa. J'espérais seulement qu'elle ait écouté ma consigne.

J'abattis un adversaire et vis Croc briser la nuque d'un autre. Le craquement d'os était audible malgré les cris des mourants.

– Kingsnake !

Je me tournai et je vis Cobra, qui se battait contre trois soldats en même temps.

Il ne pouvait même pas croiser mon regard, trop absorbé dans le tourbillon de lames qu'il s'efforçait de parer.

– Larisa !

Je me tournai vers le cri, manquant de recevoir un coup d'épée dans la nuque.

Croc arriva à mes côtés au même moment et fit trébucher mon assaillant, puis il lui planta les crochets dans le cou.

Suis-la.

J'entrevis dans le feu de l'action Larisa qui courait avec Clara, pour la conduire en lieu sûr alors que nous luttions contre le bataillon de rebelles. Deux d'entre eux les pourchassèrent.

Vas-y !

Je laissai Croc et je courus aussi vite que le permettait mon corps, me précipitant vers Larisa et Clara avant que les rebelles ne les atteignent.

Elles se faufilèrent entre les monolithes, les hommes aux trousses.

– Larisa ! hurlai-je, révélant ma position pour qu'elle sache que j'étais là.

Un homme sortit de nulle part lorsqu'il m'entendit, m'attaquant en brandissant son épée vers mon cou. Je l'évitai de justesse. Puis j'enfonçai mon épée entre les plates de son bras et de son torse, le tuant prestement avant de me remettre à courir.

Je contournai les monolithes et vis Larisa et un soldat en plein combat à l'épée.

Clara était sans défense sans son armure, aussi elle ramassa une pierre et elle la lança sur la tête du soldat.

Ils bougeaient tous les deux tellement vite qu'elle rata son coup.

Le soldat mettait Larisa à l'épreuve avec ses coups en rafale, tellement rapides qu'elle avait du mal à tenir bon. Son sang d'Originelle ne suffisait pas à le dominer, car il avait beaucoup plus d'expérience au combat qu'elle. Elle esquiva soudain son épée, lui asséna un coup de coude au visage, puis fendit l'air de sa lame. La tête de l'homme se détacha de son corps dans une coupure nette.

Larisa recula et inspira profondément en voyant le massacre.

Mon instinct était de courir vers elle et de prendre son visage entre mes mains, mais maintenant qu'elle et Clara étaient saines et sauves, ma priorité était Croc et mes frères. Je retournai vers eux à la course, voyant le tas de cadavres que Croc avait créé à lui seul. Il plaquait le dernier soldat au sol, les crochets exposés, son venin jaillissant dans le ciel.

– Noooon !

J'adore lorsssqu'ils crient.

Croc planta ses crochets puissants dans la chair de l'homme et le déchiqueta. Le sang se déversa sur la terre. Il mourut sur-le-champ.

Cobra se libéra d'un assaillant d'un coup de pied, puis Vipère arriva par-derrière et l'acheva en le décapitant.

Le dernier ennemi tomba — puis le silence régna.

Cobra avait une vilaine blessure sur la tempe, mais il était en un seul morceau. Vipère n'avait pas été touché. Et Croc semblait plus assoiffé de sang que jamais. Je rengainai ma lame et je retournai vers Larisa. Je l'agrippai pour m'assurer qu'elle était saine et sauve, l'examinant des pieds à la tête. Elle n'avait pas une seule égratignure.

– Bébé.

Cobra courut vers Clara et prit son visage en coupe, coinçant ses cheveux contre sa peau. Il l'examina lui aussi, visiblement terrifié et bouleversé. Sans plus tarder, il lui arracha la flèche de l'épaule avant d'appliquer de la pression avec la gaze qu'il avait sortie de son sac. Il orienta son dos vers nous, retroussa sa chemise et enroula la gaze fermement autour de son épaule.

– C'est qu'une blessure superficielle. Ça va aller.

Elle grimaça, mais ne se plaignit pas de la douleur.

– Merci de m'avoir protégée, Larisa.

– Je t'en prie, répondit Larisa alors que Croc se perchait sur elle.

– Tout le monde va bien ? demanda la reine Clara en regardant autour d'elle.

– Ça va, dis-je. Prends le temps de te reposer.

Elle s'assit par terre, la main sur l'épaule.

– Le salaud...

Cobra était debout à côté d'elle, la regardant avec un niveau d'inquiétude que je ne lui connaissais pas. Il s'agenouilla et posa doucement la main sur son autre épaule.

– C'est fini.

Larisa évitait mon regard, sachant combien j'étais en colère. Cette attaque aurait facilement pu se terminer autrement. L'enjeu était plus grand que jamais, puisqu'elle n'avait pas d'âme. Je pouvais renoncer à la mienne, mais pas à elle.

– Tu es sûre que tu vas bien ? demanda Vipère à Clara.

Elle opina.

– J'ai besoin d'une minute, c'est tout.

– Alors mettons-nous au boulot.

Il se retourna, croisant mon regard en s'éloignant.

Je regardai Larisa de nouveau.

Elle faisait exprès de rester focalisée sur Clara.

Je décidai que notre conversation pouvait attendre et j'emboîtai le pas de mon frère.

– Je ne sais pas quoi faire de tout ça.

Vipère avait frappé la pierre avec son épée, ne faisant qu'endommager sa lame.

– Ce truc fait plusieurs mètres d'épaisseur. Je ne sais pas si mes explosifs y feront grand-chose.

– On ne sait même pas s'ils sont responsables, fit remarquer Cobra. Et Clara non plus.

Je jetai un coup d'œil aux deux femmes. Elles étaient assises ensemble, adossées à l'un des blocs de pierre. La reine Clara avait le bras dans une écharpe fabriquée par Cobra.

– Les monolithes sont absolument responsables. Ils absorbent les âmes et ils les transfèrent dans la terre en dessous, puis dans l'eau.

– Comment ils ont construit ce truc ? demanda Vipère.

Cobra secoua la tête.

– Ça a peut-être un rapport avec les cristaux. On dit qu'ils ont différentes sortes d'énergie. Peut-être qu'ils ont différents pouvoirs aussi.

– Et si les Éthéréens les remplacent après qu'on les a détruits ? ajouta Vipère.

– Je crois que tous ceux qui savaient où ils se trouvaient sont morts maintenant, remarquai-je.

Cobra approuva d'un hochement de tête.

– J'espère que ces explosifs suffiront.

– On n'en a pas beaucoup, dis-je. On devrait creuser autour de la base des blocs pour affaiblir leur fondation.

Vipère regarda autour de lui.

– Il y en a au moins douze.

– Oui, répondis-je. Ça va prendre un peu de temps.

– Plus qu'un peu, renâcla Cobra. Mais oui, je suis d'accord.

Je posai la paume sur la pierre lisse, sans taches ni poussière.

– Prenons des pelles et mettons-nous au boulot.

Nous travaillâmes toute la nuit et durant les moments de la journée où le soleil était faible. Des jours passèrent, et lorsque Clara se sentit assez forte, elle se joignit à nous. Larisa nous aida aussi, tandis que Croc faisait des siestes.

Après une semaine, nous avions réussi à creuser un fossé autour des monolithes et en avions fait tomber quelques-uns. Les autres étaient enfoncés trop profondément dans la terre, et nous aurions besoin des explosifs pour les détruire. À la tombée de la nuit, nous finirions notre mission et reprendrions la route.

J'attendais que la reine Clara change d'avis, mais elle ne le faisait pas.

Larisa et moi étions assis à l'ombre d'un bosquet d'arbres, adossés à un tronc en buvant nos gourdes. Le travail avait été éreintant, et nous étions crevés. Nous n'avions pas encore parlé de ce qui s'était passé, mais la conversation arriva.

– J'apprécie ta bravoure, mais tu dois comprendre...

– Un roi peut servir son peuple, mais pas une reine ? répliqua-t-elle prestement, à croire qu'elle avait répété la phrase dans sa tête.

– Tu n'as pas choisi d'être reine. Tu l'es devenue par défaut. Les responsabilités ne sont pas égales.

– Mais j'ai choisi de t'épouser, et accepté toutes les responsabilités qui viennent avec ce choix.

– Larisa, ai-je vraiment besoin de te rappeler l'enjeu ? Avant, tu avais une âme, mais maintenant tu n'as plus rien.

– C'est la même chose pour toi.

– Mais je l'ai choisi, dis-je en la fixant, voyant la résistance dans ses yeux. Pas toi.

Elle soutint mon regard.

– Je suis une Originelle. Le type à qui j'ai tranché la tête... c'était comme couper du beurre avec un couteau chaud. Je ressens ma pleine puissance maintenant, je sens la différence dans mon corps après une seule saignée. Je dois tirer profit de ce pouvoir.

– Le pouvoir ne triomphera jamais de l'expérience.

– Mais tu ne me donnes jamais la chance d'acquérir de l'expérience, Kingsnake. Tu me dis de me cacher. Tu me connais depuis assez longtemps pour savoir que je ne me dégonfle pas devant un combat. En tant que le roi et la reine, alors on doit se battre côte à côte. Je devrais défendre notre peuple autant que toi.

Son dévouement à notre royaume me réchauffa le corps. Elle ne s'identifiait plus à la race humaine, à son ancien village de

Latour-Corbeau. Elle embrassait pleinement sa nouvelle vie, et elle l'avait fait avant même d'avoir été transformée en vampire.

– Je pourrais t'entraîner chaque jour moi-même, mais tes talents ne rivaliseront jamais avec les miens, ceux d'un autre vampire ou ceux des Éthéréens. Ta vie est trop importante pour être risquée. Point final.

– Point final ? répéta-t-elle doucement, mais en plissant les yeux.

– En temps de guerre, tu gouverneras notre peuple pendant que je suis sur le champ de bataille. Tu as beaucoup à offrir au-delà de ta lame.

– J'en ai marre que tu me donnes l'ordre de me cacher comme si j'étais un animal sans défense. Tu ne demandes pas à Croc de...

– Tu as vu ce qu'il a fait à ses ennemis ? la coupai-je. Il en a tué plus à lui seul que nous tous réunis. Tu n'es pas un serpent de cent kilos, Larisa. C'est à peine si tu en pèses cinquante.

Elle détourna le regard, son irritation palpable.

– Je dois te protéger. Je dois te garder en vie très longtemps.

– Je le comprends, mais je ne suis pas sans défense.

– Je n'ai jamais dit que tu l'étais. Mais tu ne posséderas jamais mes habiletés. Ou celles de Vipère. Ou de Cobra. Ou de Clara.

– Si on commence maintenant, dans mille cinq cents ans, si, dit-elle en croisant de nouveau mon regard.

– Je t'ai déjà entraînée...

– Mais je n'étais pas encore une vampire. Je n'étais pas encore une Originelle.

En sondant ses yeux féroces, je compris que rien ne la ferait changer d'avis.

– Quand les choses se seront calmées, on s'y mettra.

– Merci.

– Et je suis sûr que mes frères t'aideront aussi.

– Encore mieux.

10

CLARA

J'étais debout à l'aube et je m'endormais peu après le crépuscule. Ainsi vivaient les Éthéréens, leurs journées axées autour des rayons du soleil qui perçaient la canopée. Un peuple de fermiers qui travaillaient la terre, cultivaient les plantes, s'épanouissaient au soleil comme tous les êtres vivants.

Mais maintenant que je vivais avec les vampires, nous dormions le jour et travaillions la nuit.

Une heure avant le coucher du soleil, j'étais assise sous un arbre avec Cobra. Nous étions à l'écart des autres, tout comme Larisa et Kingsnake, isolés sous leur propre bouquet d'arbres. Il n'y avait que Vipère qui était seul, souvent en compagnie du serpent domestique de Kingsnake.

Cobra était adossé à l'arbre. Il tenait sa gourde d'eau entre ses doigts, son bras reposant sur son genou. De jour en jour, il s'affaiblissait, se fatiguait. Son sourire charmeur avait disparu, tout comme son humour.

– Bois mon sang.

Il garda le regard fixé sur le paysage et les montagnes au loin.

– Non.

– Tu es faible...

– Les autres le sont aussi. Je ne me nourrirai pas tant qu'ils mourront de faim.

– Ils peuvent aussi se nourrir de moi.

– Jamais.

Son regard dur mit fin à la discussion.

Je regardai les trois pierres qui étaient encore profondément enchâssées dans la roche dure de la montagne. Les autres avaient été renversées par nos pelles, mais ces trois-là semblaient indestructibles.

– Tu as des regrets ?

– Non.

Je ramenai mes genoux sur ma poitrine et les encerclai de mes bras.

– Je pense qu'on a causé suffisamment de dégâts de toute façon.

Nous avions enlevé la plupart des pierres, donc le procédé ne fonctionnait sans doute plus, ou alors avec une capacité minimale. La gourde que j'avais apportée contenait de l'eau des ruisseaux, des âmes liquides qui alimentaient mon immortalité en ce moment même. L'idée me rendait malade.

– Je t'admire. La plupart des gens n'auraient pas été aussi courageux.

– Je ne suis pas courageuse. Je suis mal.

Cobra m'avait raconté comment il avait perdu sa mère, et savoir que mon peuple l'avait privée d'une vie dans l'au-delà me faisait me détester moi-même, haïr mon père au-delà de la mort.

– Tu es mal parce que tu as une conscience. La plupart des gens n'en ont pas.

– Je pensais que tout le monde en avait une, mais je me trompais.

Je m'interrogeais sur ma propre mère. Lorsqu'elle était morte, avions-nous aussi ingéré son âme ? Mon père le savait, mais il s'en fichait ?

– Vous allez pouvoir rentrer, tu crois ?

– Si ces explosifs fonctionnent, dit-il. Et s'il n'y a plus de rebelles en embuscade.

– Je pense que c'était le dernier d'entre eux.

– Espérons-le.

Le soleil se coucha enfin, disparaissant derrière les branches des arbres. Le ciel se teinta de rose et d'orange. La fraîcheur s'abattit instantanément sur la terre.

– C'est l'heure.

Je me levai, tout comme les autres.

Nous marchâmes vers les piliers et Vipère se mit au travail.

– Reculez.

Il plaça un explosif de chaque côté de la première pierre, puis il se mit à l'abri derrière le bloc suivant.

Nous fîmes tous de même.

Vipère attrapa une pierre et la jeta sur l'explosif. À la seconde où il toucha la cible, une explosion de feu et de terre érupta. Des roches furent projetées dans les airs et retombèrent en pluie sur nous. Puis nous entendîmes le bloc basculer et tomber lourdement sur le sol.

Même les oreilles bouchées, le bruit était impressionnant.

Vipère baissa les mains.

– Une de moins.

Nous abattîmes la dernière pierre, détruisant à jamais l'obélisque. Les blocs gisaient au sol. La terre était creusée en divers endroits. Certaines des pierres s'étaient cassées à la base, leurs arêtes tranchantes comme des rasoirs.

Cet endroit qui jadis abritait des monolithes énigmatiques n'était plus qu'un cimetière de pierres.

C'était fini. Il n'y avait pas de retour en arrière possible.

J'inspirai à fond, puis j'expirai, choisissant d'accepter ma mortalité. Si je ne mourais pas immédiatement, j'allais commencer à vieillir naturellement à partir d'aujourd'hui. Mais au lieu de vieillir avec des pattes d'oie et des rides, je me rapprocherais de la mort.

La main de Cobra se posa sur mon dos.

– Ça va ?

– Oui.

J'avais trahi mon père avant sa mort et au-delà de la tombe. Mais je devais faire ce qui était juste.

– Faire le bien est généralement le plus difficile.

Kingsnake me regarda, imposant comme ses frères, avec la gravité d'un roi, mais la douceur d'un homme.

– Et tu l'as fait courageusement — et avec grâce.

Le voyage de retour à Fallon prit plusieurs jours, même si nous connaissions le chemin. Les vampires étaient tous fatigués, y compris Cobra puisqu'il refusait de se nourrir tant que ses frères devaient jeûner.

À notre arrivée, l'atmosphère dans la forêt avait changé du tout au tout. Le poids des jours avait remplacé la sérénité. Mes semblables ne profitaient plus des rayons du soleil, ils ne cueillaient plus de fleurs et n'apportaient plus leurs récoltes au marché. La plupart des elfes étaient assis, désespérés, les yeux dans le vide, réfléchissant à la décision qui se présentait à eux.

Une décision que je les avais forcés à prendre.

Nous gagnâmes le centre-ville, où les décombres de mon ancien palais étaient toujours au sol. Les Éthéréens auraient normalement déblayé les débris et dégagé la terre et l'herbe en dessous, mais il n'y avait plus aucune motivation à faire quoi que ce soit.

– Je vais demander des volontaires pour vous nourrir. Je sais que vous avez faim.

– Merci, reine Clara, dit Kingsnake en hochant la tête.

Je demandai aux hommes qu'il me restait de rassembler ceux qui souhaitaient nourrir nos sauveurs. Ce fut les mêmes volontaires que la première fois qui se proposèrent, et les vampires disparurent immédiatement s'abreuver de leur proie. Cobra et moi nous retirâmes dans ma cabane dans l'arbre pour qu'il puisse se nourrir, et au lieu de retirer mes vêtements et de me prendre brutalement, il se contenta de boire mon sang. Il était trop affamé et trop faible. Il s'endormit peu après, s'effondrant sur le lit à côté de moi.

Je me préparai une tasse de thé et une salade de fruits. Je devais manger après la saignée pour reconstituer mes forces. Je m'assis seule à la table à manger et je regardai par la fenêtre cet endroit qui ne serait plus jamais ce qu'il avait été. Notre vie était basée sur des mensonges, et maintenant que la vérité avait éclaté, elle n'était plus rien.

Les heures s'écoulèrent tandis que je restais perdue dans mes pensées, réfléchissant à ma nouvelle vie et au chemin que je devais choisir. Mon thé avait refroidi, et il s'était passé tellement de temps que la faim me tiraillait à nouveau.

Cobra se leva du lit et me rejoignit à la table, en caleçon.

– J'ai dormi longtemps ? demanda-t-il d'une voix rauque.

– Je ne sais pas… quelques heures.

À présent, j'avais une marque de morsure sur le cou, encore visible, car elle était fraîche.

Il se renfonça dans la chaise en me regardant, ses yeux toujours fatigués.

– Et maintenant ?

Il se racla la gorge comme s'il dormait encore.

– On va rentrer à Grayson. Kingsnake et Larisa doivent distribuer le remède aux Royaumes, on doit parler à mon père... et je pressens qu'il y aura un mariage.

Il me regarda un instant.

– Je te suggère de prendre ce temps pour discuter avec ton peuple et décider de ce qui est le mieux pour lui. Je sais que la décision ne sera pas unanime, donc tu devras édicter des règles pour que cette dichotomie fonctionne. Ceux qui choisissent de devenir des noctambules devront nous rejoindre à Grayson et dans les autres royaumes vampiriques. Ceux qui choisissent de rester mortels... resteront dans la forêt.

– Pourquoi les nouveaux vampires ne pourraient pas rester ici ?

Il inclina la tête.

– Tu crois que les humains voudraient vivre parmi eux ? Avoir pour voisin un noctambule qui se nourrit de leur sang ? Les vivants et les morts ont des modes de vie très différents, des cultures différentes, des règles différentes. Ils peuvent être alliés, mais pas voisins.

C'était probablement vrai.

– Les nouveaux noctambules prêteront allégeance à Kingsnake. Et ceux qui choisissent de rester mortels te suivront en tant que reine… ou devront désigner un nouveau souverain.

Si je devenais vampire, je perdrais le pouvoir. Être reine n'avait jamais été mon ambition, mais maintenant que je portais la couronne, il était difficile d'y renoncer.

– Tu as une lourde réflexion à mener.

– Oui… je sais.

– À mon retour, j'accepterai ta réponse, quelle qu'elle soit. Il faut mieux que tu réfléchisses à tes options sans ma présence pour te distraire. Et tu sais à quel point je peux être une source de distraction.

Un subtil sourire se dessina sur ses lèvres. Et sur les miennes.

– Mais je tiens à te dire une chose, Clara.

Ses yeux se baladèrent un instant avant de revenir vers moi.

– Si tu choisis l'immortalité… je te demanderai de m'épouser.

Les papillons gros comme des dragons étaient de retour, crachant le feu et carbonisant tout.

– Pourquoi ?

– Pour que tu ne renonces pas à ta mortalité pour un homme, mais pour un mari. Et pas n'importe quel mari… un mari qui est roi. Tu abandonnerais ta couronne pour en porter une autre. Tu quitterais la seule vie que tu as connue, mais tu serais en sécurité dans la nouvelle.

– On ne se connaît pas si bien.

– On aura l'éternité pour mieux nous connaître.

Je détournai le regard et je déglutis, excitée par cette perspective, mais aussi terrifiée. Je pourrais rester mortelle, espérer tomber amoureuse de mon égal, fonder une famille. Ou je pourrais renoncer à mon âme et épouser ce séduisant roi vampire.

– Ton cœur bat à tout rompre.

Il sourit.

– C'est une décision lourde.

– C'est pourquoi je te laisse tout le temps nécessaire, bébé.

11

LARISA

Nous fîmes nos adieux avant d'entreprendre le voyage de retour. Cobra s'attarda, comme s'il ne voulait pas quitter Clara. Il prit son visage en coupe et l'embrassa langoureusement — le genre de baiser qui se donne en privé. L'intimité brûlante entre eux me fit détourner le regard, car ça ressemblait trop à la façon dont son frère m'embrassait.

Cobra finit par nous rejoindre, les épaules affaissées, la tête baissée.

– Et si la quitter était une erreur ?

Je m'attendais à ce qu'il s'adresse à Kingsnake ou à Vipère, mais c'est à moi qu'il posait la question.

– Pourquoi ce serait une erreur ?

– Deux bandes de rebelles ont tenté de l'assassiner.

– On les a tous trucidés, Cobra. Et je suis sûre qu'elle restera sur ses gardes.

Il hocha lentement la tête.

– Oui, tu as sans doute raison.

Il avança pour rejoindre Vipère en tête, déterminé à franchir la frontière sans se retourner.

Je me retournai pour voir Clara. Les yeux tristes, elle fixait un point fictif entre les omoplates de Cobra en s'interdisant de pleurer, le regardant s'éloigner comme si elle le voyait pour la dernière fois.

– Prête, ma chérie ?

La voix de Kingsnake me ramena à la réalité.

– Oui.

Je sentis Croc glisser le long de ma jambe, s'enrouler autour de mon buste, puis se percher sur mes épaules.

Un petit sourire se dessina sur les lèvres de Kingsnake.

– Il préfère tes épaules aux miennes maintenant.

– Croc n'a pas de favori.

Le sourire persista.

– Si, il en a une. Et ça ne me dérange pas.

Nous traversâmes le désert au coucher du soleil et chevauchâmes à vive allure dans la nuit noire. Il faisait chaud et aride en plein jour, mais les températures chutaient immédiatement en l'absence de soleil. L'armure et les vêtements me tenaient chaud, et je préférais de toute façon le froid à la chaleur insupportable.

Au lever du jour, nous avions dépassé le domaine des loups-garous et approchions des Royaumes. Nous fîmes halte et nous installâmes pour l'après-midi.

Je me forçais à accepter ma nouvelle condition, car je n'avais pas le choix. Autant apprécier ce que le vampirisme offrait plutôt que de regretter ce que j'avais perdu. Mais être cantonnée à l'ombre sans droit au soleil me causerait toujours du chagrin. L'astre roi était autrefois mon ami. Lorsque j'étais arrivée à Grayson, je m'asseyais sur le balcon pour me recharger à ses rayons. Désormais, je devais me cacher de lui comme d'un vieil ami devenu un étranger.

En voyage, les garçons sortaient toujours leurs flasques et buvaient à l'ombre en se racontant des conneries. Malgré les insultes qu'ils s'envoyaient, il y avait une vraie camaraderie entre eux.

Et j'avais l'impression d'en faire partie.

– C'est au tour de Larisa, dit Cobra. On joue à « L'as-tu fait ou non ? »

Kingsnake se tourna vers moi.

– Tu n'es pas obligée de jouer.

– Si, elle est obligée, protesta Cobra. C'est notre sœur... ou presque.

– Ignore-le, me conseilla Kingsnake.

Cobra lança sa question.

– As-tu ou non couché avec deux personnes différentes le même jour ?

Kingsnake se tourna vers Cobra, les yeux brûlants de rage.

– Qu'est-ce qui ne va pas chez...

– Oui.

Cobra sourcilla.

Kingsnake tourna brusquement la tête dans ma direction.

Vipère hocha subtilement la tête en signe d'appréciation.

– Fichtre.

– Oui ? s'étrangla Cobra. *Toi* ?

– Ce n'est pas une histoire sexy, expliquai-je. J'étais avec un type qui m'a quittée pour une autre. Mais avant de me dire qu'il me larguait, il a couché avec moi. Un vrai salaud. Alors je suis entrée dans un bar et j'ai dragué un mec pour me venger. Mais ça n'a pas changé grand-chose.

Kingsnake était furieux, devinant immédiatement de qui il s'agissait.

Cobra leva sa flasque vers moi.

– Respect. Et si jamais mon frère t'énerve et que tu veux te venger...

– Tu veux mourir ? siffla Kingsnake en le fusillant du regard.

Cobra sourit et but une gorgée.

– C'est tellement facile de t'énerver.

– Tu as une femme.

– Et je suis sûr qu'elle trouverait ça hilarant.

Kingsnake aspergea Cobra d'alcool en agitant sa flasque ouverte.

– T'es fou ? s'offusqua ce dernier en s'essuyant le visage de la main. Cette saloperie vaut de l'or. Et je ne te donnerai pas la mienne.

Kingsnake lança la flasque sur sa tempe.

– Bon, là, tu deviens vraiment lourd.

– À mon tour, dis-je. Cobra, tu veux bien répondre à ma question ?

Il acquiesça.

– OK, je joue.

– Creuse-toi les méninges, dit Vipère, car je connais déjà toutes ses transgressions.

– C'est ce que tu crois, ricana Cobra avant de prendre une autre gorgée. Vas-y, chérie.

– Appelle-la encore chérie, et tu verras ce qui t'arrive, grogna Kingsnake.

– D'accord. Vas-y, sœurette.

Je préférais ce terme affectueux.

– As-tu déjà ou non été amoureux ?

Un silence tendu tomba immédiatement sur le camp, et l'arrogance moqueuse de Cobra disparut. Il blêmit au-delà de la pâleur des vampires et agita sa gourde pour s'occuper les mains.

– C'est une question indiscrète...

– Et la tienne ne l'était pas ? demanda Kingsnake. Réponds maintenant.

Cobra détourna le regard tout en se massant la nuque.

– Vous êtes des salauds...

– Je pense que la réponse est oui, déduisit Vipère. Sinon, il aurait déjà dit non.

Cobra garda les yeux ailleurs, comme s'il n'avait pas l'intention de répondre.

J'attendis, en vain.

Je passai à Vipère.

– As-tu ou n'as-tu pas...

– Oui, murmura Cobra, de façon presque inaudible. Oui... j'ai déjà été amoureux.

Nous espérions arriver à Grayson avant que le soleil ne soit trop haut dans le ciel, mais nous étions encore loin du but. Nous fûmes contraints de camper à l'ombre, de l'autre côté de la montagne, à plusieurs lieues de la ville.

Nous défalquâmes nos sacs, donnâmes des flocons d'avoine et de l'eau aux chevaux, et nous installâmes confortablement à l'ombre des arbres.

Cobra était d'humeur sombre depuis notre jeu, et je me sentais coupable d'être à l'origine de sa tristesse.

– Je n'aurais pas dû lui poser cette question.

– Il n'aurait pas dû te poser sa question en premier.

– Je n'étais pas obligée de répondre.

– Lui non plus.

Kingsnake plaça nos nattes côte à côte. Nous ne partagions pas la même couche en présence de ses frères, surtout quand nous avions aussi un énorme serpent à loger pour le maintenir au chaud.

Cobra appuyé contre un arbre, buvait de l'alcool, préférant manifestement se détendre à l'écart du groupe.

– Je vais aller m'excuser.

– Tu n'as pas à faire ça, ma chérie. Tu n'as rien fait de mal.

– Je culpabilise quand même.

Je quittai Kingsnake pour m'asseoir à côté de Cobra, le dos appuyé contre le même tronc d'arbre.

Au début, il m'ignora. Il n'entama pas la conversation en se moquant de son frère ou en commentant mon aventure sexuelle d'un soir. Le seul frère qui n'avait jamais sa langue dans sa poche était comme un puits asséché.

– Excuse-moi, je n'aurais pas dû te poser cette question.

Il continua de fixer la flasque dans sa main.

– Je ne suis pas fâché contre toi.

– Mais je vois bien que tu es contrarié.

– C'est compliqué.

– Eh bien... tu peux me parler.

Il ne répondit pas — à croire que mon invitation resterait lettre morte.

Je gardai le silence et observai le couple formé par Kingsnake et Croc. Même si aucun mot n'était audible, je savais qu'ils se parlaient. Le serpent s'était enroulé autour d'une jambe de Kingsnake et posait son menton sur sa cuisse.

– La vie était beaucoup plus simple autrefois.

Je me tournai lentement au son de sa voix.

– Aujourd'hui, je m'inquiète. Aujourd'hui, j'ai peur. Des émotions que je n'ai jamais ressenties de ma vie.

– Tu as peur de quoi ?

– Qu'il arrive malheur à Clara. Je veux la protéger, mais je ne peux pas le faire si on vit dans des endroits différents. Je ne peux pas le faire si elle choisit de rester mortelle et sur ses propres terres. Je lui ai demandé de devenir vampire, mais j'ai peur qu'elle refuse.

– Tu semblais confiant avant.

– C'est juste une façade, dit-il, les bras sur les genoux. Je ne sais pas ce que je ferai si elle dit non.

– Vous pourrez toujours être ensemble.

– Pendant une dizaine d'années... puis elle vieillira, et tout changera.

– Tu ne l'aimeras plus ?

– Je l'aimerai toujours. Mais notre relation changera et prendra un tour dont je ne veux plus. Si elle choisit d'être mortelle, je préfère qu'on se quitte plutôt que de subir cette torture. Aucune femme n'accepterait d'aimer un homme s'il y avait une date d'expiration, alors pourquoi je l'accepterais ?

J'opinai pour indiquer que je comprenais.

– Si elle refuse, je retournerai à mon ancienne vie. Des aventures sans lendemain avec des femmes qui veulent ma morsure autant que ma bite. Mais ça ne sera jamais tout à fait pareil, car je sais maintenant qu'il aurait pu y avoir plus.

– Dis-lui ce que tu ressens.

– C'est trop tard.

– Pourquoi ?

– J'aurais dû lui dire avant de partir, mais je me suis dégonflé. Je lui ai proposé de l'épouser à la place. Elle est intelligente, alors j'espère qu'elle réalise que c'est à peu près la même chose. Elle est censée me donner sa réponse quand je reviendrai. Et en attendant, je ne peux pas influencer sa décision. De toute façon, c'est trop tôt pour dire ce genre de truc.

– Il n'est jamais trop tôt si c'est vraiment ce que tu ressens.

– Je n'ai jamais dit ça à une femme auparavant, et je n'ai pas envie de le dire trop vite. Je préfère prendre mon temps, m'assurer qu'elle ressent la même chose. Sincèrement, je ne suis pas sûr qu'elle en soit là.

– Je pense le contraire ; elle t'a laissé la mordre.

– C'est vrai.

– Je pourrais peut-être lui parler.

Il me dévisagea.

– Et lui dire quoi ?

– Lui parler de mes réserves initiales au sujet du vampirisme... et du fait que j'ai changé d'avis.

– Vraiment ?

J'acquiesçai.

– Je veux être avec Kingsnake, peu importe le prix.

– C'est vraiment ce que tu ressens ? Ou tu te sens obligée de le ressentir ?

Je me figeai face à cette question perverse.

– Je ne lui répéterai pas.

– C'est ton frère.

– Et tu es ma sœur.

En vérité, les frères de Kingsnake avaient rendu cette transformation bien plus facile. Je ne pourrais pas fonder ma propre famille, mais je les aurais toujours.

– J'aurais choisi de devenir vampire, avec le temps, mais c'est un choix difficile. J'aimerais qu'il y ait une autre solution.

– Tu préférerais que vous soyez tous les deux mortels ?

– Dans un monde parfait.

– Pourquoi ?

– Parce que c'est censé être notre destinée. On pourrait avoir des enfants.

– Imagine si c'était possible. Tout le monde voudrait être un vampire.

– Je ne sais pas pour les autres, mais je trouverais ça génial.

Il laissa ses bras sur ses genoux.

– Perso, je trouve qu'on surestime les enfants.

– Vraiment ?

– Enfin, regarde-nous. On est juste une bande d'enfoirés.

– Vous n'êtes pas des enfoirés.

Il me donna un petit coup de coude.

– Allez. Ne fais pas comme si Aurelias n'était pas le plus gros enfoiré que tu connais.

– En fait, je l'aime bien.

Il me regarda avec incrédulité.

– Enfin, je ne l'ai pas aimé tout de suite...

Il rit puis prit une autre gorgée d'alcool.

– Est-ce que Clara a des réticences à ce sujet ?

– Non. Elle n'est pas du genre à vouloir à tout prix des enfants. Elle dit qu'elle s'en fout.

– Alors elle te laissera probablement la transformer.

Il haussa les épaules.

– Peut-être. J'espère bien parce que c'est la première fois que je ressens ça, et je doute que ça se reproduise un jour.

Nous finîmes par atteindre Grayson. Nous avions l'impression de ne pas être venus ici depuis une éternité. La cité restaurée avait retrouvé sa splendeur d'antan, celle d'avant les batailles. Les cendres des bûchers avaient été emportées par la pluie, tout comme le sang des morts. Le ciel était couvert et frais, les nuages formant une épaisse couverture. Il ne pleuvait pas, mais quelques gouttes atterrissaient sur notre peau de temps en temps.

– J'ai besoin d'une douche, dit Cobra. Et d'un verre.

– Et moi d'un vrai lit, renchérit Vipère.

– Vieux machin, murmura Cobra.

Vipère lui asséna un violent coup de poing dans l'épaule, faisant sursauter Cobra.

Ils étaient rois et généraux, mais avant tout des frères.

– Je partirai pour les Chutes du Croissant demain matin et je parlerai à Père, annonça Kingsnake.

– Ça semble être une mission pour nous trois, dit Cobra. Nous quatre, si Aurelias était dans le coin.

– Je souhaite lui parler en privé, trancha Kingsnake comme s'il n'était pas question de négociation. Larisa restera ici. Veillez sur elle en mon absence.

– Hé... minute papillon, protestai-je, les voyant se tourner vers moi. Primo, je n'ai pas besoin que quelqu'un *veille* sur moi, et deuzio, pourquoi je ne viens pas avec toi ?

Kingsnake retint sa colère face à ses frères, mais il ne put me la dissimuler.

– Je ne suggérais pas qu'ils te surveillent. Juste qu'ils soient là si tu as besoin de quelque chose en mon absence.

– Et la deuxième question ? demandai-je.

Il soutint mon regard pendant un long moment.

– J'ai besoin de lui parler en privé.

Cela n'expliquait pas pourquoi je ne pouvais pas attendre dans les appartements qu'il ait terminé. Il devait s'attendre à ce que leur discussion soit houleuse.

– C'est un autre long voyage qui s'ajoute à celui qu'on vient de faire, dit-il. Repose-toi.

J'avais besoin de comprendre, mais je savais que je devais respecter sa vie privée. Sa relation avec son père était encore plus compliquée que celle qu'il avait eue avec Ellasara.

– Très bien.

Cobra me tapota le dos.

– T'inquiète, on veillera bien sur toi.

Il s'éloigna, rejoignant Vipère qui se dirigeait vers les chambres au palais.

Kingsnake me fixait toujours.

– Ne le prends pas mal. C'est une chose que je dois faire seul.

J'acquiesçai en signe d'accord.

– Je te souhaite bonne chance.

– Merci, soupira-t-il avant de baisser les yeux.

Une fois douché, Kingsnake me rejoignit sous les couvertures dans le lit moelleux et m'enlaça la taille pour me coller contre lui. Il me serra tendrement et déposa un baiser chaud sur mon front. Au lieu de me ravir les sens, il préférait me tenir dans ses bras, une main dans mes cheveux et l'autre sur mes fesses.

Il sentait le pin, parfum du savon qu'il avait utilisé sous la douche.

– Tu seras parti combien de temps ?

– Deux ou trois jours. Peut-être plus. Ça dépend comment ça se passe.

Je voulais obtenir des informations, mais je choisis de ne pas insister.

– Tu devrais emmener Croc.

– C'est prévu. Et toi, tu devrais te préparer pour notre mariage.

– Notre mariage ?

– Je t'ai demandé de m'épouser, n'est-ce pas ?

– Eh bien, techniquement, tu me l'as dit, tu ne me l'as pas demandé. Et je ne savais pas que ça arriverait si vite.

– Ce serait plus rapide si je n'avais pas besoin de lui parler d'abord.

– Tu crois qu'il viendra ?

Il ne répondit pas.

Je comprenais maintenant pourquoi il tenait absolument à avoir une conversation avec son père.

– La couturière va confectionner ta robe de mariée. Assure-toi que l'étoffe te dénude plus qu'elle ne t'habille.

Je pouffai, pensant que c'était une blague.

Mais il resta silencieux, signe qu'il était sérieux.

– La cérémonie aura lieu en privé, juste nous et ma famille, suivie d'un couronnement public.

– Est-ce vraiment nécessaire ?

– Oui. Si je meurs, tu gouverneras notre peuple.

– La couronne ne reviendrait pas à Vipère ?

– Vipère est le général de Grayson — et il te servira comme il m'a servi.

L'idée du mariage m'enthousiasmait. J'allais passer du statut de proie à celui d'épouse. Mais visiblement, j'allais aussi hériter d'une multitude de responsabilités.

– Tu penses vraiment que je suis la bonne personne pour…

– Absolument. En t'épousant, je te confie ma vie. Et je te confie la vie de mon peuple.

Cela me touchait. Le fait qu'il veuille m'épouser après son dernier mariage, qui avait été une véritable imposture... et qu'il me confie le destin de son peuple, qu'il faisait toujours passer avant lui.

– Merci.

Il tourna légèrement la tête et pressa les lèvres sur mon front. Ses doigts s'enfoncèrent plus profondément dans mes cheveux tandis qu'il me serrait contre lui. Il émanait de son corps une chaleur profonde, non pas en température, mais en degré d'affection. Une chaleur paisible comme un matin de printemps, dorée comme la lumière du jour. Elle n'était pas passionnée comme les flammes crépitantes d'un brasier, mais douce comme des braises rouges d'un feu éteint. Comme la dernière pièce d'un puzzle qui s'emboîte, il se sentait complet.

C'était bien plus puissant que les mots qu'il n'avait pas prononcés.

– J'aimerais que tu puisses ressentir ce que je ressens...

J'aurais voulu qu'il sente la façon dont je l'aimais, la façon dont je sentais qu'il m'aimait.

– T'inquiète, ma chérie, chuchota-t-il. Je le vois.

Il fit son sac une nouvelle fois et se prépara à partir, vêtu de son armure complète comme s'il anticipait des rencontres hostiles en chemin. Croc était enroulé autour de ses épaules, prêt à l'accompagner dans son périple.

J'étais déçue, mais je savais que je ne pouvais pas accaparer Croc tout le temps.

J'accompagnai Kingsnake jusqu'à l'entrée du palais, où l'un de ses hommes prit son paquetage et le porta jusqu'aux écuries pour l'arrimer à son cheval.

Le regard que Kingsnake me lança... c'était comme s'il me disait adieu pour toujours.

Je voulais qu'il reste. Ou je voulais me joindre à lui. Mais je n'osai pas lui demander.

Une chaleur brûlante émanait de lui, comme s'il voulait me serrer dans ses bras et ne jamais me lâcher. Il me possédait par son seul regard, me liant à lui pour toujours sans aucune bague. Il s'approcha de moi et glissa une main dans mes cheveux alors que son bras se resserrait autour de mon dos. Il me tira contre lui et m'embrassa, étouffant ma bouche de son désir désespéré. Nos lèvres s'enflammèrent et bientôt un feu nous consuma tous les deux.

Puis il s'éloigna brusquement, et j'eus l'impression qu'un vent d'hiver s'abattait sur mon visage. Il dévala les escaliers sans se retourner, sa cape flottant derrière lui dans la brise, ses épaules massives soutenant les plates de son armure, les écailles de Croc iridescentes malgré la couverture nuageuse. Il arriva en bas et disparut.

Je continuai de fixer le vide, même si je savais qu'il ne reviendrait pas.

La couturière me montra différentes étoffes pour que je fasse mon choix. Ivoire, perle, dentelle... des teintes et des matières rivalisant d'élégance et de délicatesse. Elles pouvaient toutes convenir, mais aucune ne m'inspirait.

– Vous n'avez rien en noir ?

– Pour une robe de mariage ? s'étonna la couturière. La mariée porte toujours du blanc.

– Parce qu'elle est vierge, ce qui n'est pas mon cas, rétorquai-je. D'ailleurs, la plupart des mariées ne sont pas vierges en réalité.

C'était une tradition archaïque, d'autant que je n'étais même plus en vie et qu'aucun dieu ne m'accueillerait au ciel à ma mort.

Elle cligna des yeux, incrédule, avant de ramasser les tissus et de partir.

– Je vais voir ce que je peux trouver.

Une fois seule, j'eus envie de parler à Croc, le compagnon que j'avais toujours à mes côtés lorsque Kingsnake était parti. Mais il n'était pas avec moi cette fois. Je supportais mal la solitude, et même si Kingsnake n'était parti que depuis un jour, ça me semblait une éternité.

La couturière revint avec différents tissus noirs.

Je pris le premier.

– Celui-ci est parfait. Mon choix est arrêté.

Il était soyeux et brillant, sans dentelle, quelque chose de simple et élégant.

Elle me regarda comme si je n'avais aucun goût, mais elle se résigna à mon choix.

– Vous avez une idée du style de robe ?

– Simple. Juste deux bretelles. Serrée à la taille. Une petite traîne.

– Laissez-moi prendre vos mesures.

Je me mis en sous-vêtements et elle déplaça son mètre ruban sur mon corps, prenant les mesures de mon buste, de mes hanches et de ma taille. Lorsqu'elle eut terminé, elle nota tout dans son carnet.

– Je vous la ferai essayer dans quelques jours.

– Merci.

Elle se retira, et je me retrouvai à nouveau seule avec ma solitude.

Jusqu'à ce qu'on frappe à la porte.

– Entrez.

C'était Cobra, vêtu d'un pantalon décontracté et d'une chemise noire. Même sans son armure, c'était un grand gaillard, ses muscles tendant le tissu de ses vêtements.

– Ça te dit de faire une partie ?

Il me tendit un paquet de cartes.

Je serais probablement en train de jouer avec Croc s'il était là.

– Tu n'es pas obligé de me tenir compagnie…

Il s'adressa à quelqu'un dans le couloir.

– Elle a dit oui.

Puis il s'avança dans la pièce et s'installa confortablement dans le canapé.

Vipère entra à son tour, avec des bouteilles d'alcool à la main.

Je les rejoignis et regardai Cobra distribuer les cartes.

– Vous jouez pour de l'argent ?

– Ouaip, confirma Cobra.

Il ouvrit une boîte et en sortit trois cigares. Il m'en tendit un.

– Non merci, dis-je. Je n'ai pas d'argent.

– Mais Kingsnake en a, dit Cobra en remuant ses sourcils. Et ce qui est à lui est à toi, n'est-ce pas ? Le troisième tiroir en bas, ajouta-t-il en désignant la commode du menton.

– Comment tu le sais ?

Je m'approchai et l'ouvris, trouvant effectivement une liasse de billets. J'en pris quelques-uns et refermai le tiroir.

– C'est là qu'il gardait son argent de poche quand il était petit.

Cobra finit de distribuer les cartes et regarda sa main, son cigare pendouillant sur le côté de sa bouche.

Nous jouâmes plusieurs parties. Ils fumaient et buvaient tous les deux, me traitant comme si j'étais un homme, alors que j'étais une femme qui savait à peine jouer. Croc et moi jouions à un jeu très différent, mais ces gars-là aimaient le poker. Cependant, je compris rapidement et regagnai l'argent que j'avais perdu, et même plus.

La puissance nourricière 175

Il régnait entre nous une saine camaraderie, comme si j'étais l'une des leurs et non pas une désœuvrée dont ils avaient pitié. Ils m'acceptaient comme leur propre sœur, la sœur qu'ils n'avaient jamais eue. Je craignais qu'une vie sans enfants soit marquée par la solitude, mais il n'en était rien. J'avais perdu ma famille à cause des noctambules et de la peste, et aujourd'hui, j'en avais trouvé une nouvelle.

Cobra posa une carte.

– Merci.

Il leva les yeux vers moi, étonné.

– Merci pour quoi ?

Vipère me fixa.

– Pour... (je ne trouvais pas les mots.) Merci d'être mes frères.

12

KINGSNAKE

Mon cheval fut conduit aux écuries, puis on m'escorta à ma chambre. J'y logeais chaque fois que je venais aux Chutes du Croissant, et lors de ma dernière visite, Larisa l'avait partagée avec moi. Je lâchai mon sac, pris une douche, puis je dis au serviteur que je souhaitais parler à mon père lorsqu'il serait prêt à me recevoir.

Croc était sur le lit, la tête dressée vers moi.

Tu es anxieux.

Oui.

Tu n'es jamais anxieux.

Parce que je m'apprête à avoir une conversation que j'aurais dû avoir il y a mille cinq cents ans.

Tu vas lui demander ssson pardon.

Oui.

Et tu crains qu'il ne te l'accorde pas.

C'est très improbable qu'il le fasse.

Croc me fixait, sa langue sortant de sa bouche fermée de temps en temps.

Un père qui refuse de pardonner à ssson fils n'est pas un père.

Il n'est plus mon père depuis longtemps.

C'est absssurde.

Il a refusé d'assister à mon mariage avec Ellasara. Je lui avais dit que ça m'était égal... mais c'était faux. Maintenant que je sais que Larisa est la bonne, je ne veux pas regretter son absence.

Tu ne peux pas regretter la décision de quelqu'un d'autre, Kingsssnake.

Le serviteur ouvrit la porte.

– Il est prêt à vous recevoir dans son bureau.

Je me dirigeai vers la porte tandis que Croc ondulait par terre. Il remonta le long de ma jambe, s'enroulant autour de mon corps, puis il se percha sur mes épaules.

Je t'accompagne.

Pas la peine. Je sais que tu ne l'aimes pas.

Mais je t'aime toi.

Je pris le couloir jusqu'à son bureau et j'entrai. Un feu brûlait dans l'âtre noir, et mon père était assis dans son fauteuil, son corps massif prenant toute la place. Il avait un verre à la main, sans doute de scotch, son alcool préféré. Il ne se leva pas pour me saluer comme il l'aurait fait avec Aurelias, or il semblait moins hostile que d'habitude.

Je m'assis, Croc toujours sur les épaules.

Le serviteur m'apporta à boire, puis disparut.

– Tu devais vraiment l'amener ? dit-il en regardant dans son verre, puis buvant.

Je ne dis rien.

Tueur de ssserpents.

– Je déteste son odeur.

J'ignorai ce commentaire aussi.

Croc lâcha un petit grognement.

Mon père posa son verre.

– Les Éthéréens ont perdu leur roi, et une reine néophyte porte sa couronne. La victoire est aussi certaine que le lever du soleil. On se rendra jusqu'à leur royaume, et s'ils refusent de nous affronter au combat, on brûlera leur forêt et tous ses habitants.

Il parlait déjà de guerre et de massacre, les seules choses qui lui importaient.

– Ou bien on peut aller de l'avant et trouver la paix.

Ses yeux se posèrent sur moi, deux charbons noirs.

– Mes commandants m'ont informé de votre visite. Vous êtes restés longtemps, dit-il d'un ton désapprobateur, avec un soupçon de menace. Très longtemps.

– Je suis venu discuter d'un autre sujet. Les Éthéréens peuvent attendre.

Il but une autre gorgée, prenant délibérément son temps.

– Leur extinction est inévitable. Je suppose que ça peut attendre, en effet.

Il posa son verre et me regarda dans les yeux pour la première fois depuis mon arrivée.

– Parle, Kingsnake.

Si j'avais un cœur, je le sentirais battre la chamade dans ma poitrine. Les mots d'Aurelias me revinrent, une conversation que nous avions eue dans le froid glacial du royaume lointain où il se trouvait toujours.

– Tu avais raison sur tout. Et je suis désolé.

Je croyais que j'aurais plus à dire, mais je n'arrivai pas à émettre un son de plus. Il y avait tant d'années de rancune entre mon père et moi. Tant d'années de froideur. C'était pénible d'affronter la tempête glaciale dans ses yeux et d'espérer qu'elle fonde comme la neige au soleil du printemps.

Il ne dit rien.

Moi non plus.

Nous restâmes ainsi pendant plusieurs minutes.

Mais il ne détourna jamais le regard de moi. Il ne me congédia pas. Il se contenta d'absorber mes excuses.

– Ma rage était injustifiée. Tu voulais épargner ton fils — et j'étais trop naïf pour le voir. Cette vie était notre seule option, et j'aurais dû reconnaître la valeur de ce don.

– D'où est-ce que ça sort ?

Je détournai le regard.

– Plus de mille ans ont passé dans le silence. Et tu parles maintenant. Pourquoi ?

– Larisa, répondis-je en le regardant de nouveau. Je voulais qu'on soit ensemble pour l'éternité, mais elle voulait garder son âme. Je l'aimais bien avant de le lui avouer, mais je savais que ma déclaration mettrait fin à notre relation au lieu de la renforcer. Puis durant la bataille, Ellasara a failli la tuer... et je me suis retrouvé devant un choix difficile. Soit je la laissais mourir avec son âme... soit on était ensemble pour toujours. Tu sais ce que j'ai choisi.

Il me fixa, son regard dur sans un soupçon d'émotion.

– Elle était déçue... et ça m'a dévasté.

Pour la première fois d'aussi loin que je me souvenais, il s'attendrit légèrement.

– Elle a fini par l'accepter. Elle comprend que j'ai pris la bonne décision. Mais ça a pris du temps, et maintenant je vois la situation de ton point de vue. Les ténèbres éternelles sont le seul choix. J'aurais aimé le réaliser avant de te dire toutes les choses horribles que je t'ai dites.

C'était le moment où il devrait parler, mais je ne reçus que son silence.

Je détournai le regard, coupant le contact visuel.

– Tu ne me pardonnes pas.

– Tu ne comprendras jamais ce que c'est d'être détesté par son propre fils. Le pardon n'est pas la question.

– Je ne te déteste pas...

– Mais tu m'as détesté. Pendant très longtemps. Jusqu'à ce que tu réalises que les Éthéréens étaient réellement des monstres. Ce que je te disais depuis longtemps.

Je gardai les yeux sur le feu.

– Je me suis excusé. J'ai reconnu que tu avais raison. Que veux-tu de...

– Tu ne peux rien faire de plus, Kingsnake.

Ses mots me firent l'effet d'une gifle.

– Je suis prêt à laisser le passé derrière nous.

Je relevai la tête et croisai son regard.

– Je t'ai accordé mon pardon bien avant que tu le demandes. J'ai seulement été têtu... aussi têtu que toi.

Je fixai mon père, le voyant me regarder d'un œil nouveau. Le moment était si cathartique que j'ignorais quoi dire.

– Et Aurelias ?

Mon père était accablé depuis son départ — et il m'en tenait responsable.

– Aurelias a pris sa décision tout seul. Sa force nous le ramènera.

Je hochai la tête, espérant que ce soit la vérité.

– Je le crois aussi.

Le silence s'ensuivit, mais au lieu d'une tension insoutenable, le calme régnait.

– Larisa a changé d'avis beaucoup plus vite que toi.

Il ne me posait pas de question avec ses mots, mais il m'en posait certainement une avec son regard. Il savait que j'étais resté à l'intérieur des frontières d'Evanguard pendant plusieurs semaines, et bien sûr, il se demandait ce que j'avais appris durant mon séjour.

Mais lorsque je confirmerais ses soupçons, il péterait un câble.

– À mon retour à Grayson, je l'épouserai. J'aimerais que tu sois présent.

Ses yeux restèrent durs quelques instants ; il refusait de laisser tomber le sujet précédent. Mais il finit par lâcher prise.

– Je regrette d'avoir manqué ton premier mariage.

– Tu n'as rien manqué.

– Ton frère a dit que tu l'avais tuée de tes propres mains. Ça a dû être difficile.

– Pas du tout.

L'amour de ma vie gisait dans une flaque de sang, au seuil de la mort. Décapiter Ellasara est le geste le plus facile qui m'avait été donné de faire. J'aurais pu la blesser grièvement et lui épargner la vie, mais je la voulais morte et enterrée.

– On pourrait dire qu'elle t'a rendu service.

Mes yeux trouvèrent ceux de mon père alors que la colère s'emparait de moi.

– Si elle ne l'avait pas fait, tu crois que Larisa t'aurait laissée la transformer aussi facilement ?

C'était une question à laquelle je n'aurais jamais la réponse.

– Elle a toujours voulu des enfants.

Si les vampires pouvaient en avoir, il y aurait sans doute eu beaucoup moins de résistance de sa part.

– Comme la plupart des femmes. Les enfants sont une bénédiction. Il n'y a rien de plus satisfaisant que le fait de voir son garçon devenir un homme, devenir son égal. La fierté en vaut les nuits blanches, les crises et la discipline.

Là, je me sentais mal d'avoir privé Larisa de ce bonheur.

– Tu as des regrets ? demanda-t-il.

Je soutins son regard, à court de mots.

– Tu ferais les choses différemment si tu le pouvais ?

Je fronçai les sourcils alors qu'il continuait la conversation.

– Je sais comment inverser les effets — si c'est ce que tu souhaites.

Si j'avais eu un cœur, il aurait chaviré dans mon estomac. Je sentis une terreur envahir mon corps, et tous mes muscles se contracter. Je déglutis, même si j'avais la bouche sèche.

– Je ne comprends pas...

– Il y a plusieurs années, j'ai capturé une sorcière sur mes terres. Après des mois de torture, j'ai découvert que c'était sa magie qui avait créé les loups-garous. J'ai aussi découvert qu'il est possible d'inverser les effets du vampirisme, de ramener une âme dans son corps.

Sssorcellerie.

Le visage de mon père disparut de mon champ de vision. Je ne voyais plus que Larisa, sa peau dorée alors qu'elle se tenait au soleil, ses yeux comme des émeraudes dans la nuit. Son cœur battait d'un pouls si faible que j'étais le seul à remarquer la pulsation sur son cou. Le goût de son sang emplit soudain ma bouche, exquis.

Mon père lut l'expression sur mon visage.

– Gardons-le pour nous, alors.

Croc était enroulé en colimaçon sur le plancher devant le feu, les yeux posés sur moi dans le fauteuil.

Des heures passèrent et je restai immobile, sans même toucher à mon verre, les yeux focalisés sur les flammes.

Croc n'avait pas parlé, mais il me regardait fixement comme s'il s'attendait à ce qu'on discute de ce que nous avions appris.

J'avais l'intention de me remettre en route pour Grayson le lendemain matin. La robe de Larisa devait être prête, et notre mariage aurait lieu peu de temps après mon arrivée. Bien qu'il n'y ait pas d'urgence, je ne pensais qu'à l'épouser depuis que je lui avais dit.

Tu dois lui avouer.

Je me tournai vers lui.

Tu ne peux pas garder ce sssecret.

Je regardai le feu de nouveau.

Kingsssnake.

Je l'ignorai pour une troisième fois, et il insista.

Elle a le droit de sssavoir — et tu le sssais.

Je me levai du fauteuil et je m'éloignai, faisant les cent pas alors que ma joie s'évaporait. Après mille ans de mésentente, mon père et moi avions enfin mis le passé derrière nous, et maintenant j'étais accablé par cette nouvelle.

– Tu veux qu'elle soit humaine ? C'est ce que tu souhaites ? Qu'elle meure dans soixante ans ?

Non. Mais c'est à elle de prendre cette décisssion.

J'arpentais toujours la pièce.

Je sssais qu'elle te choisira.

Je fis face à l'autre mur, torse nu et en pantalon de coton, fixant une toile qu'un serviteur avait accrochée au mur.

– Alors pourquoi lui dire ?

Parssse que tu l'aimes, et tu ne la trahirais jamais.

Je me retournai vers Croc, voyant qu'il avait redressé la tête maintenant que la conversation s'envenimait.

– L'omission n'est pas une trahison.

L'omisssion est ausssi traître que le mensssonge.

Elle avait enfin accepté son sort. Elle me regardait enfin comme elle le faisait avant sa transformation. Elle me désirait comme avant. Le fait de ne pas avoir à choisir facilitait sa transition, et avoir la possibilité de redevenir humaine ne ferait que compliquer les choses.

— Je ne vais pas lui dire — et toi non plus.

Kingsssnake...

— Je peux te faire confiance ?

Il me fixa de ses yeux jaunes perçants, sa désapprobation aussi chaude que les flammes derrière lui.

— Croc.

Tu veux que je lui mente ?

— Ça ne ferait que l'embrouiller. Tu le sais.

Croc me fixait toujours, impitoyable.

— Cette conversation était entre mon père et moi. C'est mes affaires — pas les tiennes. Tu m'es loyal ou pas ?

Toujours.

Le soulagement me balaya.

— Alors cette conversation est terminée.

Croc me regardait comme si j'étais sa proie, comme s'il s'apprêtait à exposer les crochets et me déchiqueter le visage.

Tu dois lui faire confiansssse, Kingsnake. Elle ne te quittera pas.

Je m'arrêtai au centre de la pièce, les mains sur les hanches.

— Ce n'est pas ce qui m'inquiète.

Alors quoi donc ?

Je gardai les yeux sur le feu.

Parle.

– Elle va me demander quelque chose que je ne peux pas donner...

Je ne comprends pas.

À une époque, je pensais vouloir cette existence. Je pensais la vouloir plus que tout au monde. Je croyais que la vie devait être vécue ainsi. Mais j'avais vite réalisé la vérité — je voulais vivre éternellement. Et maintenant que j'avais Larisa, je le désirais plus que jamais.

– Elle va me demander de renoncer à mon immortalité — et de vivre une vie de mortel avec elle.

Je repartis pour Grayson en pleine nuit, profitant du couvert de l'obscurité pour parcourir le plus de distance possible. Mon père devait s'occuper de quelques affaires dans son royaume, mais il partirait le lendemain pour pouvoir assister au mariage.

Croc et moi ne dûmes nous arrêter qu'une fois en chemin, seulement parce que la journée était particulièrement ensoleillée.

Il était différent avec moi maintenant. Il me battait froid — un froid glacial. Il ne m'adressa pas la parole durant le trajet. Au lieu de s'enrouler autour de mes épaules, il choisit de s'enrouler dans son sac comme s'il n'était même pas là.

Lorsque je montai le camp, il resta dans son coin, à croire que ma compagnie était insupportable.

Je refusais de réagir à sa colère. S'il voulait me dire quelque chose, il n'avait qu'à me le dire.

Quelques heures passèrent, puis il sortit de son sac en ondulant et dressa la tête de sorte que nos yeux soient au même niveau.

Tu ne peux pas l'épouser.

Je l'ignorai.

Pas sssans lui dire la vérité.

J'étudiais la lumière du soleil qui s'infiltrait entre les arbres.

Le mariage est sssacré.

— Croc, dis-je en le regardant en face. Tu veux que je devienne un mortel ?

Il me fixa.

— Parce que c'est ce qui arrivera. J'atteindrai la fin de ma vie en un clin d'œil, et tu continueras d'exister sans moi pendant une éternité. Oui, j'aurai des enfants, mais leur vie sera terminée aussi rapidement que la mienne. Tu connaîtras chacun de mes descendants, mais tu ne pourras plus jamais me voir. C'est ce que tu veux ?

Croc rompit le contact visuel et tourna légèrement la tête.

— C'est ce que je pensais.

Tu pourrais refussser.

– Alors elle me quittera. Je préfère mourir plutôt que la perdre, alors je n'aurais pas d'autre choix que de vivre une vie dont je ne veux pas.

Tu ne le sssais pas.

– Si... je le sais.

13

LARISA

Je contemplai ma silhouette dans le miroir. La robe de satin épousait mes formes comme une seconde peau. Elle était simple, sans aucun chichi, mais c'était exactement ce que je voulais. L'étoffe de haute qualité chatoyait lorsque je me tournais vers la lumière. La robe était froncée sur le devant, le tissu délicat tombant comme des pétales de rose.

Cobra émit un sifflement admiratif en me regardant de haut en bas.

– Fichtre, c'est une sacrée robe.

– Une robe de mariée noire, nota Vipère en croisant les bras. Ça va lui plaire.

– Putain, il va adorer, éructa Cobra en se déplaçant pour m'inspecter sous un autre angle. Garde tes cheveux lâches. Tu sais, avec ces grosses boucles. Il aimera.

– Des boucles ? demandai-je.

– Oui, dit-il en claquant des doigts. Clara fait ça avec ses cheveux parfois. C'est très sexy.

Je me regardai une dernière fois dans le miroir avant de me tourner vers eux deux.

– J'ai besoin d'une faveur — de vous deux.

– Tout ce que tu veux, ma belle, dit Cobra.

Vipère se rapprocha.

– Tu sais qu'on te soutiendra.

Ils taquinaient Kingsnake et se chamaillaient entre eux, mais leur loyauté était transparente lorsqu'ils s'occupaient de moi. Je savais qu'ils m'aimaient bien, et leur empressement à satisfaire mes besoins témoignait de leur affection.

– Traditionnellement, c'est le père de la mariée qui l'accompagne à l'autel, mais mon père est mort quand j'étais petite. Alors… je me demandais si vous vouliez bien le faire ?

Les sourcils de Cobra bondirent de surprise jusqu'en haut de son front.

Le visage de Vipère se figea comme de la pierre, non pas de manière froide, mais c'était, semble-t-il, sa façon d'exprimer sa stupéfaction.

– Nous ? glapit Cobra en plaquant sa main sur sa poitrine. Tu veux qu'on t'emmène à l'autel ?

– Vous n'êtes pas obligés. Je pensais que…

– On serait honorés de le faire, déclara immédiatement Vipère. On est juste surpris que tu veuilles de nous.

– On est des abrutis, s'esclaffa Cobra.

– Vous n'êtes pas des abrutis, protestai-je. Vous êtes les frères que je n'ai jamais eus... et votre gentillesse et votre camaraderie m'ont beaucoup apporté. Je sais que vous le faites pour Kingsnake, mais ça me va quand même droit au cœur.

Cobra regardait ses chaussures, comme s'il n'était pas à l'aise avec ces déclarations touchantes.

– Quand il était marié à Ellasara, aucun de nous n'a fait d'effort avec elle. Aurelias la détestait carrément. Alors on n'est pas gentils avec toi uniquement pour Kingsnake. On est gentils avec toi parce qu'on t'aime bien.

Il releva la tête et me regarda.

– Tu es la sœur la plus sexy qu'un homme puisse souhaiter, dit-il en souriant pour me signaler que c'était une blague. Mais ne lui dis pas que j'ai dit ça.

Je souris.

– Motus et bouche cousue.

– On fait un câlin ? demanda Cobra. On s'est déjà pris dans les bras ?

– Euh, non, je ne pense pas.

Les deux hommes me serrèrent dans leurs bras et cela se transforma en un câlin collectif maladroit.

Puis la porte s'ouvrit, et Kingsnake entra.

– Merde, sors ! s'écria Cobra en me cachant avec son corps. Tu ne frappes jamais ?

– Ne regarde pas.

Vipère tenta de couvrir les yeux de son frère avec sa main. Kingsnake la saisit brutalement.

– Qu'est-ce que vous foutez avec ma fiancée ?

– Je suis en robe de mariée, expliquai-je. Ça porte malheur si tu la vois avant la cérémonie.

Kingsnake lâcha la main de son frère et ferma les yeux.

– Ah, d'accord. J'ai cru que j'allais devoir vous tuer tous les deux.

Vipère le fit sortir de force avant de refermer la porte.

– Bon sang, c'était moins une, soupira Cobra en cessant de me cacher pour se tourner vers moi. Change-toi avant qu'il te voie. Sinon, il va devoir t'épouser sur le champ et on ratera la noce.

Il me fit un clin d'œil avant de sortir dans le couloir.

– Pourquoi est-ce que vous matez ma femme en robe de mariée ? demanda Kingsnake de l'autre côté de la porte.

– Elle voulait qu'on la voie, dit Cobra. Elle nous a demandé notre avis.

– Vous n'avez pas d'avis sur la mode, répliqua-t-il froidement.

– Va savoir… répondit Cobra. J'avais un avis assez tranché sur cette robe…

– Je viens à peine de rentrer chez moi et tu cherches déjà la merde ? s'emporta Kingsnake.

– Uniquement parce que c'est trop drôle.

Lorsque Kingsnake entra de nouveau dans la chambre avec Croc, je m'étais changée. Ma robe de mariée était accrochée dans le placard sous une housse de protection pour qu'il ne puisse pas la voir. J'étais en petite tenue et je ne pris pas la peine de m'habiller, car après quelques jours de séparation, je me doutais qu'il allait m'arracher mes fringues de toute façon.

La mauvaise humeur provoquée par ses frères disparut immédiatement lorsqu'il me regarda. Il s'approcha de moi et il m'étreignit avec une telle force que je crus qu'il allait me broyer. Il était en armure, donc ma peau touchait l'acier, mais je préférais le métal froid à la douceur du lit vide. Sa bouche prit la mienne avec fougue, créant une nuée ardente autour de nous. Toutes ces émotions m'enveloppèrent comme le plus protecteur des cocons, et je sentis à quel point je lui avais manqué.

Ses mains se mirent à l'œuvre, glissant dans mes cheveux, sur mon corps, m'arrachant ma culotte et dégrafant mon soutien-gorge. Il m'embrassa tout en se déshabillant, laissant tomber son armure pièce par pièce en me poussant à reculons vers le lit. Il posa son épée au bord, et il enleva ses bottes avant de retirer son pantalon.

Nu comme un ver, il se mit sur moi et plia mon corps sous le sien. Même sans voir son visage ni le toucher, j'étais excitée à mort. Ce qu'il ressentait pour moi... était la plus grande source d'excitation du monde. Un désir lourd, pressant, désespéré. Il me faisait mouiller sans le moindre contact, sans même que j'entende sa voix.

Sa main prit sa place habituelle autour de ma gorge, et il la serra lorsqu'il me pénétra.

– Je t'ai manqué, ma chérie ?

– Oui.

Il s'enfonça profondément en moi, glissant dans ma mouille. Son pouce se cala au coin de ma bouche tandis qu'il me repliait un peu plus sous lui. Puis il commença à donner des coups de reins, lents et réguliers au début, pour ensuite accélérer jusqu'à ce que la tête de lit tape contre le mur.

– Tu m'as tellement manqué...

La nuit passionnée se mua en matinée, et lorsque je m'éveillai, il était toujours à mes côtés, ses bras formant ma couverture. Je flottais dans son odeur, qui m'évoquait les grands pins après une pluie d'après-midi. J'avais eu un sommeil irrégulier et perturbé pendant son absence, mais à ses côtés, j'avais dormi comme un bébé.

Réveillée avant lui, je le regardai dormir. Je sus qu'il émergeait, car ses émotions surgirent de leur sommeil et gagnèrent en puissance. Ses bras me serrèrent soudain et ses lèvres m'effleurèrent le front pour y déposer un baiser.

– Bonjour, ma chérie, me murmura-t-il à l'oreille de sa voix profonde.

– Bonjour...

Il me tira contre lui et planta un baiser sur mon épaule.

Je ne voulais pas perturber cette matinée paisible en parlant de choses sérieuses, mais je me demandais comment s'était déroulée la discussion avec son père.

– Comment ça s'est passé ?

Il s'adossa à la tête de lit, l'air encore endormi, et fixa un point indéfini.

– Il vient au mariage.

– Oh, c'est formidable.

– Je pense que le passé est désormais derrière nous.

Son corps s'allégea quand il prononça ces mots, comme si ses émotions flottaient sur de doux nuages qui dérivaient dans le ciel. La dernière fois que j'avais assisté à une conversation entre lui et son père, il lançait des éclairs de colère.

– Ça me fait plaisir de l'entendre.

Je ne demandai pas de détails, car peu importait la façon dont la conversation s'était déroulée. Tout ce qui comptait, c'était que mon futur mari s'était contre toute attente réconcilié avec son père.

– Peut-être qu'on pourra faire plus ample connaissance... dans de meilleures conditions.

Un petit sourire se dessina sur ses lèvres.

– Il reste un connard, donc ne te sens pas obligée de l'aimer.

– Je voudrais quand même essayer.

– Croc ne l'aimera jamais, mais c'est compréhensible.

– Oui. Alors... demain ?

– Je suis prêt si tu l'es aussi.

L'homme que j'avais autrefois détesté allait devenir mon mari. La vie était un voyage étrange, et jamais je n'aurais imaginé avoir un tel destin.

– Je suis prête. J'ai demandé à tes frères de m'accompagner à l'autel.

Il m'observa en silence pendant de longues secondes, le temps de réaliser le poids des mots que je venais de prononcer.

– Ils ont accepté ?

Je hochai la tête.

– Ils t'ont adoptée comme leur sœur, sans même que j'aie à leur demander.

– Ils sont adorables.

– Il ne faut pas exagérer.

– Pendant ton absence, ils ont joué aux cartes et dîné avec moi pour faire en sorte que je ne me sente pas seule. Et l'ambiance n'était pas pesante, car ils n'étaient pas seulement là pour te faire plaisir. Je t'ai dit que je voulais une famille... et j'en ai trouvé une.

La chaleur aurait dû envahir son corps à ce moment-là, mais je perçus un pincement de tristesse. Il apparut en un instant, comme une étoile filante dans le ciel, disparaissant aussi vite.

– Mes frères sont tes frères, ma chérie.

14

KINGSNAKE

La nuit précédant le mariage, nous décidâmes de faire chambre à part.

Je n'étais pas un homme de tradition, mais je préférais conserver tout mon désir pour le lendemain soir, quand je pourrais enfin déchiqueter la robe de ma femme en morceaux et les laisser parsemer le sol de la chambre. Je ne portais pas de couronne ; mon armure éraflée était le symbole de mon autorité royale, mais j'imaginais Larisa couronnée d'un diadème en or serti de rubis, ce qui rendait l'attente de ce moment encore plus insoutenable.

J'étais assis sur le canapé dans mon bureau, où le feu brûlait dans l'âtre derrière moi et des bouteilles étaient éparpillées sur la table. Lorsque je me retirais dans cette pièce, j'avais habituellement le cœur lourd, ou l'esprit ployant sous les responsabilités de la guerre ou du royaume. Mais ce soir, j'étais seulement là en attendant demain, en attendant le moment où j'épouserais la femme de ma vie. Celle que j'aurais dû épouser la première fois.

Cobra était assis en face de moi, en chemise de coton et pantalon décontracté, à se prélasser sur le canapé, son verre à la main. La tête appuyée sur l'accoudoir cylindrique, soutenue par le capitonnage moelleux, il sirotait son verre.

– La veille d'un mariage doit se passer dans la débauche totale...

– Tu veux qu'on aille à la taverne se nourrir des catins ?

Un sourire en coin se dessina sur ses lèvres.

– J'ai une nana maintenant — et elle est plutôt jalouse.

– Tu vas devoir te nourrir à un moment donné, dit Vipère, assis dans le fauteuil, le dos raide comme s'il était toujours en service.

– Le sang animal fera l'affaire d'ici à nos retrouvailles, répondit Cobra entre deux gorgées.

– Elle t'a demandé ça ? m'étonnai-je sachant que Larisa n'exigerait jamais un tel sacrifice.

– Non. Mais je sais que ça la dérange.

– Comment elle le saurait ? demanda Vipère. Nourris-toi. Tu as besoin de force.

– Elle ne le saurait pas — mais *moi,* je le saurais, répondit Cobra en se redressant et se calant dans le dossier. Ce n'est pas comme si la guerre était imminente, alors je n'ai pas besoin d'être au sommet de ma forme physique de toute façon. Ça va.

Vipère l'étudia un instant.

– Je ne t'aurais jamais imaginé à la merci d'une nana.

La puissance nourricière

Le sourire arrogant de Cobra revint au galop.

– Crois-moi… elle en vaut la peine, répliqua-t-il en faisant tourner son verre et me regardant. T'as des regrets ? Des hésitations ?

Je répondis aussitôt.

– Non.

– T'es à la merci de ta nana toi aussi, hein ?

J'ignorai la question en buvant une gorgée.

– Larisa, reine des Vampires, Dame des Ténèbres… dit Cobra, savourant le son des mots sur sa langue. J'adore. Quand tu la verras dans sa robe, tu vas flipper.

– Elle est jolie, ajouta Vipère. Parfaite pour elle.

J'espérais qu'elle montre sa peau radieuse, l'irrésistible creux de sa gorge, peut-être une épaule. Elle avait les jambes les plus sexy du monde, et j'espérais qu'une fente les mette en valeur. Une robe blanche donnerait à son teint une lueur qui rivaliserait avec l'éclat d'un diamant.

Un de mes commandants frappa à la porte avant de l'ouvrir.

– Le roi Serpentin est arrivé. Il souhaite vous parler en privé. Je vous l'envoie ?

J'opinai.

Le commandant disparut.

– J'arrive pas à croire qu'il soit venu, dit Cobra incrédule. Et il veut te donner un petit discours d'encouragement avant le grand jour.

– Il veut parler des Éthéréens.

C'était sa priorité absolue, jour et nuit, et il n'était même pas encore au courant des pires horreurs que ce peuple avait commises.

– J'ai évité le sujet aux Chutes du Croissant, et je sais qu'il veut reprendre notre conversation.

– Donc il ne sait rien ? s'enquit Vipère.

– Ses espions sont au courant de notre visite à Evanguard, dis-je. Je sais qu'il soupçonne ce que j'ai essayé de cacher. Il va me cuisiner, et je ne peux pas lui mentir. Larisa était résistante à sa nouvelle nature, mais elle a rapidement changé d'avis, et je sais qu'il a des soupçons à ce sujet aussi.

Cobra posa son verre vide sur la table.

– Qu'est-ce que tu vas faire ?

Une fois que mon père connaîtrait la vérité, la vengeance serait son idée fixe.

– Eh bien... atermoyer.

– Tu peux seulement le faire jusqu'au couronnement, dit Cobra. Ça ne nous fait pas gagner beaucoup de temps.

– Et il déclarera la guerre aux Éthéréens, ajouta Vipère. La guerre ultime.

– Ce sera un massacre, dit Cobra en posant les avant-bras sur les cuisses. On ne peut pas le laisser faire.

– Je ne sais pas comment l'arrêter, dis-je. À moins de lui mentir.

Je m'étais enfin réconcilié avec mon père, mais s'il apprenait que je lui avais caché la vérité, notre relation serait à jamais brisée. Des excuses n'arrangeraient pas les choses. Mais refuser de tuer les gens qui avaient mangé l'âme de mère serait aussi vu comme la plus abominable des trahisons.

– Je vais lui dire qu'on aura cette conversation après le couronnement... et à ce moment-là, on va devoir le convaincre de lâcher prise.

– Ça ne marchera pas, dit Vipère. Rien ne marchera.

– On doit bien essayer.

Pour une fois, Cobra était entièrement de mon côté, parce que l'élue de son cœur possédait le sang de l'ennemi.

– On doit lui faire entendre raison. On a nous-mêmes tué les Éthéréens qui étaient au courant de la pratique. Tous ceux qui restent sont des victimes innocentes. Il doit bien le comprendre. C'est l'homme le plus intelligent que je connaisse.

– Mais c'est aussi le plus sanguinaire — et on le sait tous, intervint Vipère. La mort de Mère est la raison de notre présence ici, mille cinq cents ans plus tard. Parce que des monstres nous l'ont enlevée. Lorsqu'il apprendra que les Éthéréens ont pris son âme, un crime bien pire, il ne reculera devant rien pour les exterminer.

– Alors qu'est-ce qu'on fait ? demanda Cobra. Qu'est-ce qu'on fait s'il décide de mettre Evanguard à feu et à sang ?

Je fixai mon verre vide.

Vipère baissa les yeux sur la table basse entre nous.

Cobra se mit à se masser les phalanges, mal à l'aise.

Je ne voulais pas penser aux moyens extrêmes que nous pourrions prendre pour arriver à notre fin.

– On verra en temps et lieu.

Les bouteilles et les verres vides furent débarrassés avant que mon père entre dans la pièce. Mes frères étaient retournés à leur chambre. Larisa dormait sans doute déjà à l'heure qu'il est. Ou bien mon absence avait laissé un froid dans le lit qu'elle ne pouvait pas ignorer.

Mon père entra dans le bureau, une pièce où il n'avait jamais mis les pieds, et il s'assit dans le fauteuil en face de moi. L'énergie changea instantanément. Même si son pardon avait été sincère, il émanait toujours de lui une hostilité silencieuse. Je savais aujourd'hui que ce n'était pas contre moi, seulement sa nature.

Il avait une posture raide, le dos droit. Le venin avait préservé son âge, et c'était encore un bel homme. Il n'était pas en aussi bonne forme physique que mes frères et moi, puisqu'il passait le plus clair de son temps à se faire servir par des domestiques. La plupart des batailles étaient menées en son nom, mais pas avec son épée.

Le silence s'éternisa. Le feu crépitait dans la cheminée.

Je pris une bouteille et je lui servis à boire.

Il fixa le verre avant de le porter à ses lèvres, le descendant d'un trait comme si c'était un shot.

Je le remplis de nouveau.

– Je me souviens de la veille de mon mariage. Je n'ai jamais aussi bien dormi.

– Tu as toujours su que c'était la femme de ta vie...

– Dès que j'ai posé les yeux sur elle, me coupa-t-il d'un ton tranchant, sans doute délibéré. Au marché public, avec trois courgettes dans les mains. Je savais qu'elle me donnerait mes fils. Et quand elle a croisé mon regard, j'ai su qu'elle ressentait la même chose. Ça a été le coup de foudre, comme on dit.

– C'est très beau.

– C'est ce que tu ressens pour Larisa ?

– Disons que ça n'a pas été le coup de foudre. En fait, on se détestait au début. Ça a commencé lentement, comme des braises qui se sont transformées en un brasier aujourd'hui plus chaud que toutes les forges du monde. J'aimerais qu'elle puisse me donner des enfants, mais elle me suffit amplement.

Il opina légèrement.

– Alors je suis heureux pour toi.

– Merci.

– Elle est infiniment mieux que...

– Je ne veux plus jamais entendre son nom, l'interrompis-je. Surtout si on parle de ma fiancée.

Il m'observa un instant, puis il hocha la tête.

– Très bien.

La dynamique qui s'était installée entre nous était exactement comme dans mon souvenir. J'avais l'impression d'être revenu à l'époque d'avant notre froid, quand nous pouvions avoir de vraies conversations, quand nous pouvions être pleinement nous-mêmes l'un avec l'autre.

– Je suppose que Larisa a choisi de rester immortelle avec toi.

Je ne pus faire autrement que de le fixer en silence.

– Elle a résisté à la tentation, ce qui veut dire que son dévouement envers toi est inébranlable, poursuivit-il. Votre mariage sera long et prospère et, je l'espère, éternel.

Je détournai le regard.

– Je ne lui ai pas dit, avouai-je.

Avant, je cachais mon jeu quand je parlais à mon père, mais je jouais maintenant cartes sur table comme je le faisais avec mes frères. Nous avions beau être quatre, il réussissait à entretenir une relation particulière avec chacun de nous. Il avait été plus présent après la mort de notre mère, même si nous étions tous déjà des adultes, car il devait désormais remplir le rôle de deux parents. Il n'avait pas toujours été l'homme froid et vide qu'il prétendait être aujourd'hui.

Il m'étudia un moment, sans colère ni jugement dans les yeux.

– Pourquoi ?

– Ça me compliquerait la vie.

– Alors tu crois qu'elle ferait le mauvais choix.

– Peut-être.

Tout ce que Croc avait dit était juste. J'avais tort de lui cacher cette information, de la priver de la possibilité de redevenir humaine alors qu'il s'agissait de sa vie et de son âme.

Mais ça m'était égal.

J'avais enfin obtenu tout ce que j'avais toujours voulu — et je n'allais le risquer pour rien au monde.

Rien du tout.

– Certaines personnes sont incapables de faire le bon choix, dit-il. C'est pourquoi les hommes comme nous devons le faire à leur place.

J'aurais dû me douter que mon père comprendrait exactement ma situation.

– Mais on a d'autres sujets à discuter. Ce n'est pas parce que c'est la veille de tes noces que tu n'as pas à assumer tes responsabilités de roi.

Le moment était venu.

– Tu vas me dire exactement pourquoi tes frères et toi êtes restés à Evanguard pendant aussi longtemps — et ce qui s'est passé durant votre visite...

– Père, le coupai-je ; si nous abordions ce sujet maintenant, il n'y aurait pas de mariage. On est en guerre contre les Éthéréens depuis toujours. Le sujet peut attendre jusqu'à ce que je me sois marié et que j'aie couronné ma reine. Puis on décidera quoi faire.

La colère traversa son regard, aussi vite que l'éclair.

– On a vaincu les Éthéréens au combat et on a exécuté leur roi. On ne peut pas savourer ce moment de paix ? continuai-je.

Son visage resta crispé et il soutint fixement mon regard.

– Les Éthéréens sont trop faibles pour nous attaquer. Ça peut attendre.

Un feu brûlait en lui, et la fumée lui sortait par les narines.

– Ça peut attendre.

15

LARISA

Je me tenais devant la glace, dans ma robe de mariée noire comme la nuit. L'un des serviteurs de Kingsnake avait ouvert le coffre-fort et m'avait présenté des bijoux à porter avec ma robe. J'avais choisi un collier alternant perles noires et diamants. J'avais suivi le conseil de Cobra et bouclé mes cheveux. Des anglaises souples m'encadraient la poitrine. Mes cheveux avaient beaucoup poussé depuis ma capture et ils m'arrivaient presque au nombril.

Croc était perché sur le lit derrière moi, son reflet visible dans le miroir.

Sssublime.

– Merci.

Je ne vais pas vous voir avant plusieurs jours.

– C'est probable, m'esclaffai-je.

On frappa à la porte, puis Cobra entra dans la chambre.

— Prête ?

Au lieu de son uniforme noir et or emblématique des vampires cobras, il portait l'habit des serpents-rois, noir et rouge, similaire à l'uniforme revêtu par Kingsnake. Il me zyeuta de haut en bas avec appréciation.

— Mazette, siffla-t-il. Tu es prête ?

— Comment il est ?

— Tu connais Kingsnake. Il ne parle pas beaucoup. Mais je sais qu'il a hâte de te voir remonter l'allée jusqu'à l'autel.

Je souris tendrement en l'imaginant au bout de l'allée, si séduisant dans son uniforme royal. C'était un moment que j'attendais avec impatience, mais je ne voulais pas l'idéaliser dans ma tête et être déçue par la réalité.

Cobra me tendit le bras.

Je le pris et le laissai me guider. Quand nous franchîmes la porte, Croc passa devant nous et fila rejoindre Kingsnake avant mon arrivée. Vipère nous attendait dans le couloir. C'était la première fois que je le voyais sans son épée et son arc. Je passai le bras sous le sien et nous marchâmes ensemble.

Le parc était illuminé par des torches, car il faisait nuit. Les étoiles brillaient dans le ciel comme de mini-soleils. La soirée était fraîche, mais il ne faisait pas assez froid pour que je mette une veste.

Ils me guidèrent le long du chemin pavé autour de la falaise, en suivant l'alignement de torches jusqu'à ce que nous atteignions la gloriette surplombant l'océan en contrebas. Un océan noir à l'exception de l'écume argentée des vagues qui se brisaient violemment contre le rivage, animées par l'énergie que leur insufflait la pleine lune.

Kingsnake ne m'avait pas encore vue. Il se tenait debout avec Croc drapé sur ses épaules, les yeux légèrement baissés comme s'il était plongé dans une conversation avec son serpent. Son père était présent, assis sur une chaise au premier rang.

Cobra et Vipère m'escortèrent vers l'autel, et c'est alors que Kingsnake se retourna.

Il contempla mon corps, éclairé par les flammes rugissantes de toutes les torches de la clairière. Il ne lui fallut qu'une seconde pour que son propre feu flamboie — et brûle plus chaud qu'un astre. Si chaud qu'il ferait fondre le soleil. Ses yeux restèrent rivés sur mon visage, comme s'il était trop fasciné pour baisser le regard et examiner la robe qui épousait mon corps à la perfection.

Comme je m'approchai, ses flammes ronronnèrent doucement, et une chaleur exquise se dégagea de lui. Au lieu de flammes rugissantes et de soleils en fusion, elle était la lumière qui caresse les fleurs de la prairie au printemps, une douceur qui rivalisait avec les ailes d'un papillon. La passion se mua en amour, un amour profond comme le fond d'un océan tranquille.

Je le sentis me toucher alors qu'il était encore loin. Je le sentis me serrer comme si nous étions au lit, me prendre dans ses bras pour me réchauffer dans la nuit froide. Mon cœur était resté vide pendant longtemps, sans famille. Un homme m'avait promis de combler ce vide avant de me remplacer par une autre. Mais Kingsnake avait exaucé tous mes vœux — et il avait tenu parole.

Je me rapprochai, souhaitant qu'il puisse ressentir tout ce que je ressentais.

Sans cligner des yeux, il m'admirait comme s'il ne m'avait jamais vue. Comme si nous nous rencontrions pour la première fois et qu'il avait un coup de foudre.

Quand je fus juste devant lui, à quelques centimètres à peine, ses émotions se turent. Son esprit se vida, comme s'il ne ressentait plus rien du tout.

Mais je savais ce qu'il éprouvait en réalité.

Un sentiment de paix.

Cobra et Vipère me lâchèrent la main et rejoignirent leur père au premier rang.

Kingsnake me prit la main, me tenant avec la même douceur qu'il manipulerait un papillon. Il m'attira près de lui et saisit mon autre main, me plaçant devant le vampire en soutane qui allait nous marier. Les vampires n'étaient pas religieux, pour autant que je sache, mais l'homme était habillé comme un prêtre.

Dans la nuit, à la lumière des torches et dans le rugissement de l'océan, l'officiant nous unit par les liens du mariage. Il présenta les alliances, et quand Kingsnake saisit ma main gauche pour placer l'anneau, je découvris émerveillée qu'il s'agissait d'un serpent sculpté dont les yeux étaient des diamants. La bague s'ajusta parfaitement à mon doigt, serrée mais assez lâche pour être enlevée si je le souhaitais.

Dès qu'elle fut à mon doigt, il me sembla qu'elle était à sa place.

Comme si je l'avais toujours portée.

Il me présenta son alliance, un simple anneau noir avec un motif d'écailles de serpent sur la surface.

Je l'examinai d'un coup d'œil puis je l'enfilai sur l'annulaire de sa main gauche, le faisant glisser jusqu'à l'articulation.

– En tant que morts-vivants, vos âmes ne peuvent pas être liées l'une à l'autre, mais vous pouvez être unis par le sang.

Le prêtre présenta la petite dague.

Kingsnake la prit.

Je gardai un visage impassible, mais une légère crainte m'envahit.

Il entailla le creux de sa paume puis la leva vers ma bouche.

J'hésitai avant de passer ma langue dessus, recueillant son sang noir. Il me brûla, sombre et acide, avec des notes florales.

Il prit ma main et fit une toute petite entaille le long de mon doigt. On aurait dit une égratignure. Puis il porta mon doigt à sa bouche et aspira la goutte.

Mon hésitation se transforma en désir. La douleur de la coupure fut brève et anodine au regard de sa signification, primordiale. En un seul instant, je me sentis plus unie à lui que je ne l'avais jamais été.

Il rendit la dague et saisit à nouveau ma main.

– Le roi a revendiqué sa bienaimée. Je vous déclare mari et femme.

Dès l'instant où notre union fut officielle, son corps relâcha toutes ses tensions. Kingsnake me submergea d'un amour que personne ne pouvait voir, que moi seule pouvais ressentir. Comme si un serpent au corps massif s'enroulait autour de moi, je savais qu'il n'y avait pas d'échappatoire à son emprise. Si j'essayais de m'échapper, il me serrerait encore plus fort.

Il glissa la main dans mes cheveux et me plaqua contre lui, m'embrassant comme si nous n'avions pas de témoins. Écrasée par la force de ses lèvres et de ses mains, je sentis son désir me brûler vive. Son émotion était si grande que ses mains tremblaient.

Je pris son visage en coupe et je le laissai me revendiquer, me livrant totalement à cette nuit éternelle. J'avais épousé un vampire — mais j'étais moi-même un vampire. Ce n'était pas la vie que j'avais souhaitée au départ, mais c'était une vie que j'embrassais pleinement.

Il recula d'un pas, ses lèvres effleurant presque les miennes.

– Je t'aime.

Il ne m'avait dit ces mots qu'une seule fois, la toute première fois qu'il m'avait déclaré sa flamme. Les mots étaient inutiles quand je pouvais ressentir son amour comme je percevais la chaleur de sa peau, la façon dont il me lovait dans ses bras puissants.

Et puis, je ne lui avais dit ces mots qu'une seule fois aussi, alors que j'aurais dû les dire chaque jour. Il ne percevait pas mes émotions comme je ressentais les siennes, la façon dont mon cœur se relevait d'entre les morts et battait pour lui et lui seul. Si seulement il pouvait ressentir lui aussi la profondeur de mes émotions, il saurait que je donnerais ma vie pour la sienne sans hésiter.

Mais il ne pouvait pas, alors je lui dis.

– Je t'aime aussi.

La chambre était parsemée de pétales de rose noirs.

Croc s'éclipsa et choisit de passer la soirée ailleurs. C'était la première fois qu'il nous accordait véritablement de l'intimité.

Des bougies à la flamme basse étaient disposées sur les meubles et le manteau de cheminée, occupant toutes les surfaces disponibles. J'eus à peine le temps d'apprécier ce rituel romantique qu'il se pressait déjà derrière moi et baissait une bretelle de mon épaule.

Il embrassa la peau dénudée, ses douces lèvres se rapprochant de mon cou. Il m'enlaça la taille d'un bras et me plaqua fermement contre lui, pressant son sexe bandé contre ma colonne vertébrale.

L'autre bretelle tomba. D'autres baisers suivirent.

Ma robe bâillait sur l'avant, mais elle était encore trop serrée pour tomber toute seule.

Kingsnake descendit la fermeture éclair et c'est alors qu'elle dégringola sur le sol. Il dégrafa mon soutien-gorge et embrassa ma poitrine nue. Ses baisers affamés se firent haletants, et il se mit à frotter vigoureusement son érection contre moi, meurtrissant presque ma peau sous la pression. Il m'arracha mon string noir et je me retrouvai complètement nue alors qu'il était entièrement habillé.

– Allonge-toi sur le lit, m'ordonna-t-il dans l'oreille avec autorité et douceur.

Je me dirigeai vers la couche nuptiale et je m'assis au bord, nue et émue.

Sans me quitter des yeux, il se déshabilla. Il déboutonna son uniforme, puis arracha sa chemise, dévoilant le corps dur comme la pierre qui m'avait écrasée contre le matelas à maintes reprises.

Son strip-tease me fit saliver.

Ses bras étaient d'épais troncs d'arbre, dont les rivières sous sa peau constituaient les racines. Même sans vie, sa peau n'était pas pâle comme la mienne. Elle avait une couleur dorée, comme s'il avait passé la majeure partie de son temps au soleil avant d'être transformé. Il défit sa ceinture, puis son pantalon, s'effeuillant lentement avant de terminer par les bottes.

Puis il se tint devant moi, dans sa glorieuse nudité.

Je ne pouvais pas croire que c'était *mon* mari.

Il s'avança vers moi, le sexe au garde-à-vous, puis il prit ma nuque entre mes mains pour m'en rapprocher.

Mes lèvres s'ouvrirent automatiquement, et j'inclinai la tête pour embrasser son gland humide. Mon baiser s'intensifia, puis ma langue se promena sur sa longueur, aspirant sa chaleur chaude dans ma bouche.

Il m'empoigna les cheveux d'une main et il renversa la tête en arrière, savourant le mouvement de succion de ma bouche. Le voir prendre du plaisir me poussait à redoubler d'efforts pour l'amener au bord, mais il interrompit le jeu en retirant son sexe de ma bouche. Il saisit mes hanches et me tira violemment, me plaçant au bord du lit de manière à pouvoir me plier sous lui à sa guise. Puis sa grosse bite me pénétra, sa tête chercheuse étirant mon canal étroit, et il s'enfonça jusqu'à ce qu'il n'y ait plus d'endroit où aller.

Il s'immobilisa pour me regarder, ou plutôt plonger ses yeux dans les miens. Ses iris étaient bruns comme la terre, et jamais plus ils ne brilleraient de ce vert qu'ils arboraient quand il se nourrissait de mon sang. Mais ils étaient magnifiques dans leur intensité, surtout lorsqu'il me regardait ainsi.

Au bord du matelas, sur un lit de pétales de rose, Kingsnake me fit l'amour, m'enveloppant de l'adoration qui brûlait dans tout son corps. Il effaça les cicatrices invisibles, répara un cœur brisé qui ne battait plus. Il me fit oublier ce que c'était que de se sentir rejetée et remplacée. Il était difficile de croire que quelqu'un m'avait fait du mal... quand un homme m'aimait de cette façon.

16

KINGSNAKE

J'avais du mal à croire que j'avais déjà été marié.

Toutes les sensations étaient nouvelles, autant la voir marcher vers l'autel que le fait de lui piquer le doigt et de goûter son sang sur ma langue. Je sentais qu'elle était la seule femme qui ait jamais existé pour moi, la seule que j'aie aimée de ma vie.

La nuit des noces se passa dans une béatitude érotique. Je lui fis l'amour encore et encore, à croire que c'était la première fois que je la possédais. Je la laissais dormir quelques heures entre nos ébats, puis je la réveillais avec mes baisers chauds et mes mains avides. Nous n'échangions aucun mot. Seulement des regards et des caresses torrides.

Au matin, j'eus l'impression que quelques minutes seulement s'étaient écoulées. L'épuisement se fit enfin sentir, et nous dormîmes tous les deux pendant des heures. Je me réveillai le premier, la trouvant lovée contre mon corps comme si une tempête de neige faisait rage à l'extérieur.

Je caressai ses cheveux en l'admirant.

Ça avait pris mille cinq cents ans... mais c'était enfin arrivé. J'avais trouvé mon amante, mon égale, mon épouse.

Elle ouvrit bientôt les yeux, les plissant, car la lumière du soleil s'infiltrait par la fente entre les rideaux.

– Il est quelle heure ?

– Midi, sans doute.

Elle passa ses doigts dans ses cheveux, faisant glisser la couverture et exposant ses seins plantureux.

– J'ai adoré notre nuit.

Elle me regardait les yeux endormis et un sourire espiègle aux lèvres.

– Moi aussi.

Je me rapprochai d'elle, la faisant rouler sur le dos et m'insérant dans la tendre chair de ses cuisses.

– Je crois que notre matinée sera encore meilleure.

La journée passa en un clin d'œil, même si nous n'avions pas quitté la chambre. En soirée, nous prîmes une douche ensemble avant de nous remettre au lit, reprenant notre marathon de sexe. Dans mes moments les plus sombres, je passais mes journées au bordel, à baiser toutes les femmes qui le demandaient, perdu dans l'abrutissement des plaisirs de la chair.

Mais maintenant j'avais une femme qui pouvait assouvir tous mes désirs.

La soirée se transforma en nuit, puis le matin arriva, et pas une seule personne ne vint à notre porte pendant ce temps. Vipère régnait sur Grayson à ma place, et Croc se tenait occupé de son côté, sans me déranger par sa présence ou son esprit.

C'était l'heure de reprendre ma vie ordinaire, même si la phase de lune de miel semblait éternelle. Mais j'avais mes responsabilités, et maintenant elle aussi.

– Le couronnement aura lieu ce soir, devant tous les citoyens de Grayson, dis-je. Tu promettras ta vie et ta loyauté aux vampires Serpents-rois.

– Comment je peux me préparer ?

– Aie l'air sexy, c'est tout.

Elle esquissa un petit sourire avant de boire son café, même s'il devait être midi.

– Je dois mémoriser un discours ?

– Non. Vipère t'accordera le titre et te donnera la couronne.

– Je dois porter une couronne ? s'étonna-t-elle. Tu n'en portes pas.

– Mon épée est ma couronne.

– Alors je peux avoir une épée à la place ?

– Je crois que tu serais séduisante avec une couronne.

Dorée et sertie de diamants, elle coifferait magnifiquement son visage ravissant.

Larisa sourit en coin de nouveau.

– Je ne suis pas du genre à porter une couronne.

– Très bien. Tu auras une épée.

Cette fois, elle sourit de toutes ses dents, victorieuse.

– Je dois vaquer à quelques obligations, dis-je en me levant de table, la laissant seule avec son café et son maigre petit-déjeuner.

La nourriture n'assouvissait pas la faim, mais elle satisfaisait nos papilles. C'était une façon de se rappeler notre vie d'humain, les petits plaisirs quotidiens.

– Quoi donc ?

Ne voulant pas gâcher le moment en lui disant la vérité, je la gardai pour moi.

– Je dois parler à mon père. Je ne l'ai pas vu depuis le mariage. Il doit avoir hâte de retourner aux Chutes du Croissant, au cas où Aurelias soit rentré.

– Je devrais me joindre à toi ?

– Non. J'ai besoin de lui parler en privé.

J'étais marié à une femme qui pouvait lire mes émotions, une femme qui pouvait ressentir tout ce que j'essayais de cacher. Je pouvais fermer mon esprit, mais c'était d'autant plus difficile puisqu'elle le connaissait aussi bien que moi.

Elle me fixa, l'air circonspect, mais elle n'insista pas.

– À plus tard, alors.

Je l'embrassai avant de partir et d'arpenter les couloirs du palais à la recherche de mes frères ou de mon père. Croc tourna le coin devant moi, son long corps ondulant derrière lui.

Ils sssont dans le bureau.

– Merci.

Ton père est impatient.

– Tu m'étonnes.

Quand nous nous croisâmes, Croc enroula son corps autour de ma jambe, puis de mon torse avant de se percher sur mes épaules. Comme un perroquet, il se laissa porter jusqu'à ma destination.

J'entrai dans le bureau et je trouvai mes frères en train de boire devant le feu.

– Il est midi.

Cobra leva son verre et but une lampée.

– Ben, pendant que tu passais les deux meilleures journées de ta vie, on a passé les deux pires de la nôtre.

– Comment ça ? fis-je en m'asseyant dans le fauteuil.

– Père, répondit Vipère, calé dans un coin du canapé, les bottes sur la table. Il est très impatient de s'entretenir avec nous.

– Qu'est-ce que vous lui avez dit ?

Dans ma béatitude, j'avais oublié que mon père me marquait à la culotte.

– On lui a dit qu'on aurait seulement cette conversation tous ensemble, répondit Cobra. Et maintenant qu'on est tous là, c'est inévitable. Il va nous falloir un plan, parce qu'une fois qu'on lui dira la vérité, il va flipper sa vie.

– Quel genre de plan ? demanda Vipère.

– On reste solidaires, dit Cobra. On a décidé de conclure une trêve de paix avec les Éthéréens et on sait comment il va réagir à la nouvelle ; on doit contenir sa colère. On s'entend tous sur le fait que les Éthéréens restants sont innocents dans l'histoire.

– Ce serait plus facile si Aurelias était là.

Le fils préféré.

Cobra secoua la tête.

– Aurelias lui ressemble autant sur le plan physique qu'idéologique. Il voudrait l'extermination des Éthéréens encore plus que Père. C'est sans doute mieux pour nous qu'il ne soit pas encore rentré.

Il veut sss'entretenir avec toi.

– Merde.

J'étais sorti de ma chambre depuis à peine dix minutes et il le savait déjà.

Qu'essst-ce que je lui dis ?

– Qu'y a-t-il ? demanda Vipère.

– Il demande à me voir.

Cobra finit son verre.

– C'est parti.

Qu'essst-ce que je lui dis ?

– Ouais, acquiesça Vipère. Finissons-en.

Dis-lui de venir ici.

Je soupirai en me laissant choir dans mon fauteuil. Je me massai la tempe alors que le stress m'envahissait, chassant les vapes de plaisir des dernières quarante-huit heures.

Il sss'en vient.

La porte s'ouvrit quelques instants plus tard et mon père entra, un mastodonte même sans son armure et ses armes. Grand et musclé comme ses fils, il exsudait une présence si forte qu'on la sentirait même les yeux bandés. Il me regarda le premier.

– Tu te montres enfin, dit-il en s'approchant et s'asseyant dans le fauteuil en face du mien.

– Je viens de me marier, Père.

– Je le comprends, dit-il les mains sur les accoudoirs. Mais un roi a des obligations.

– Vipère était le roi pendant mon absen...

– Il n'est pas le roi. Toi si.

Notre relation se détériorait aussi vite qu'elle s'était améliorée. Il ne se souciait pas de mon mariage, seulement de son insatiable soif de sang.

Mes frères restaient silencieux, comme si mon père oublierait leur présence s'ils se faisaient assez discrets.

Il me fixa.

Je soutins son regard.

– C'est l'heure de discuter de notre stratégie pour anéantir les Éthéréens, dit Père. À moins que tu aies d'autres affaires plus importantes à régler.

J'appuyai le menton sur mon poing fermé.

– Je n'ai rien d'autre, Père.

– Bien.

Il joignit les mains devant lui en me regardant comme si mes frères n'étaient pas dans la pièce.

– Je sais que tu sais comment infiltrer leur forêt. On va entrer dans leur royaume, les tuer jusqu'au dernier, puis s'approprier le territoire.

– Pourquoi ? lâchai-je. Pourquoi on voudrait leur territoire ?

Père rompit le contact visuel et prit un instant pour regarder mes frères.

– C'est un endroit idéal pour notre espèce, un climat tempéré sans exposition au soleil. C'est aussi plus proche des Royaumes — les royaumes des humains qu'on dominera bientôt.

Un frisson silencieux traversa la pièce, nous glaçant le sang.

– Dis-moi ce que tu as découvert sur leurs terres.

Il parlait d'un ton autoritaire, comme s'il en avait marre de devoir poser la même question encore et encore.

Cobra me regarda.

Vipère fixa la table basse.

Je fis une longue pause avant de prendre la parole.

– À notre arrivée, on a été accueillis par la reine Clara, la nouvelle souveraine du royaume. Elle nous a accordé gentillesse et hospitalité.

Père m'écoutait sans même cligner des yeux.

– Ils sont une espèce pacifique. Ils vivent de la terre et ils ne mangent même pas les animaux dans leur forêt...

– Je me contrefiche de leurs préférences alimentaires, Kingsnake, me coupa-t-il en se redressant dans son fauteuil. Tu n'es pas resté là-bas pendant des semaines sans raison, et le fait que tu évites de me donner cette raison indique que tu as une lourde nouvelle à me communiquer. Un roi ne procrastine pas. Il affronte les défis en face au lieu de les esquiver.

J'inspirai lentement, me sentant carbonisé par les flammes dans les yeux de mon père.

– La seule raison pour laquelle on a gagné la guerre, c'est parce que Clara nous a donné la victoire. Elle nous a dit exactement où ils seraient, et quand.

– Et pourquoi elle a fait ça ? demanda mon père, les yeux sur moi.

Cobra ne parla pas.

– Dans sa lettre, elle a confirmé nos présomptions sur son espèce.

Je ne pouvais pas lire les émotions comme Larisa pouvait le faire, mais je sentais la colère de mon père en ce moment, comme des charbons ardents.

– Dégoûtée par les actes de son père et de quelques membres de son cercle, elle nous a aidés parce que c'était la bonne chose à faire. Elle a mis fin à la guerre éternelle entre nos espèces et a enfin établi la paix. C'est une héroïne.

Mon père était tellement enragé par ce que j'avais confirmé plus tôt qu'il ignora tout le reste.

– À notre arrivée dans leur royaume, elle nous a d'abord demandé de signer un traité de paix. Après ce qu'elle avait fait pour nous, je sentais qu'elle le méritait. Alors, Cobra et moi avons signé...

– Vous avez fait *quoi* ?

La pièce devait être silencieuse comme une tombe, car sa voix tonna sans même qu'il hausse le ton.

– On devait le faire, intervint Cobra. Sinon, elle n'aurait pas partagé les secrets de son peuple avec nous.

– Alors ce n'est pas une héroïne, dit Père. Elle est tout aussi manipulatrice que son père l'était.

Cobra se redressa.

– Elle voulait seulement protéger son peuple...

– Je suppose que tu as couché avec elle aussi, répliqua Père en se tournant vers lui. Puisque tu prends si ardemment la défense d'une fille qui ne le mérite pas.

Cobra soutint son regard avec un air de défi.

– Tu veux savoir ce qu'elle nous a dit ? intervins-je pour détourner son attention de mon frère.

Non sans résistance, les yeux de mon père passèrent de Cobra à moi.

– Avant que je te dise ce qu'elle nous a confié, il y a des choses que tu dois savoir, continuai-je, redoutant chaque mot prononcé alors que je me rapprochais de ceux qui l'enflammeraient au-delà de toute raison. La reine Clara et les habitants d'Evanguard n'étaient pas au courant de cette pratique. Ils croyaient les mensonges que son père leur avait racontés, les mêmes que leurs ancêtres avaient répétés avant leur temps. Ce sont des victimes dans l'histoire.

Père était froid et immobile comme une statue de marbre. Mes mots n'avaient aucune importance pour lui.

– Ils ont détruit la source même de leur immortalité. Voilà ce qu'on a fait durant notre séjour là-bas. Avec Clara, on a travaillé en équipe pour détruire l'obélisque qui leur accordait la vie éternelle. Ils ne sont plus différents maintenant des humains dans les Royaumes. Leur force vitale s'amenuisera, et ils vieilliront jusqu'à ce que le temps les emporte.

Le visage de mon père se crispa ; il bouillait de rage que je refuse de lui avouer l'histoire en entier.

– C'est pourquoi on a décidé de coexister en paix avec les Éthéréens, de tourner la page du passé et de marquer le début d'une ère nouvelle. Je comprends ta colère...

– Tu ne comprends pas ma colère, Kingsnake, éructa-t-il en postillonnant. Mais je te promets que tu la comprendras très bien une fois que tu auras les couilles de me dire la vérité. La vérité que je connais déjà, car je la lis sur ton visage.

Je baissai la tête.

– Dis-le-moi.

Je relevai les yeux vers lui, malgré moi.

– Regarde-moi dans les yeux et parle, putain.

Je serrai les poings si fort que mes jointures blanchirent.

– Dis-moi ce qu'ils ont fait à ta mère.

J'essayai de soutenir son regard, en vain. Les vagues de la culpabilité déferlaient sur moi, m'entraînant sous l'eau. Mes deux jours de bonheur passés au lit avec Larisa s'effacèrent, remplacés par la souffrance pure.

Je n'avais jamais vu mon père aussi en colère, pas même après la mort de Mère.

– Elle a perdu son âme — parce que ces salauds l'ont mangée. Et tu vas rester là à ne rien faire ? À te contenter de signer la paix ? Tu vas pardonner à ces monstres leurs crimes contre l'humanité alors que ta propre mère n'a jamais pu se rendre dans l'au-delà par leur faute ? J'ai été en colère contre toi plus d'une fois dans ma vie, mais je n'ai jamais eu honte avant maintenant. J'ai honte de toi, Kingsnake. Tu me dégoûtes. Je regrette que tu sois né.

Je fermai instinctivement les yeux, son insulte me giflant comme une claque au visage.

– Si tu as honte de lui, alors tu as honte de nous tous.

C'était la voix de Cobra, étrangement calme malgré la tension.

Je rouvris les yeux et je le regardai subir lui aussi la colère de mon père.

– On a pris la décision tous ensemble, continua-t-il. On s'est entendus, en toute connaissance de cause. C'est un acte horrible et on est furieux, mais tous les Éthéréens qui étaient au courant de la pratique ont été tués. On les a tous tués pendant qu'on était dans leur forêt. Pourquoi mener une guerre contre un peuple qui ignorait la source de son immortalité ? Ils s'étaient fait bourrer le crâne de mensonges par leur roi, parce que c'était le seul moyen pour qu'ils restent dociles. Quand ils ont appris la vérité, ils ont détruit l'obélisque de leur plein gré. On n'a même pas eu à les y obliger, car ils étaient tout aussi dégoûtés que nous.

– Ça ne va pas la ramener, Père, dit Vipère. Son âme est partie depuis longtemps. Tuer les Éthéréens n'y changera rien.

J'étais tellement reconnaissant de ne pas être seul dans ce combat. Je ne saurais pas quoi faire sans mes frères. Je n'avais pas la force de défier mon père tout seul. Ses paroles m'avaient profondément blessé, comme une épée transperçant mon armure et m'embrochant le cœur.

– On est en guerre contre les Éthéréens depuis le début, dit Cobra. Imagine une vie libre de combats incessants. Imagine une vie de paix. Les Éthéréens peuvent rester dans leur forêt, on peut rester sur nos terres, et les choses peuvent être comme elles le devraient.

Mon père ne disait rien, ne regardait personne, ses mains bougeant légèrement alors qu'il se massait les phalanges. Lorsqu'il parla de nouveau, sa voix était plus basse que plus tôt, mais toujours aussi venimeuse.

– Notre plan était de vaincre les Éthéréens, puis de régner sur les Royaumes.

– C'était *ton* plan, dis-je. Les Royaumes ne nous ont jamais déclaré la guerre…

– Parce que les Éthéréens ont fait le sale boulot à notre place, s'énerva-t-il. Mais quand ils seront éradiqués, les Royaumes auront peur et s'en prendront à nous. Quand les humains sauront qu'on a tué leurs dieux, ils voudront nous tuer en retour.

– Alors la solution la plus simple est de ne pas tuer les humains, intervint Vipère. Le problème est réglé.

– Ils vont quand même nous attaquer lorsqu'ils réaliseront que les Éthéréens sont trop faibles pour le faire eux-mêmes.

Un brouhaha de voix échauffées s'éleva alors que nous parlions tous en même temps, chacun essayant de faire valoir ses arguments.

– Je vais régner sur ce continent et dépouiller les familles royales de leur titre. C'est la seule façon.

Cobra pencha légèrement la tête d'un côté, l'air sagace.

– Ce n'est pas à propos de Mère. C'est ta cupidité. C'est ton désir obsessif de régner sur le monde entier.

Père le fixa.

– Même si les Éthéréens n'avaient pas pris l'âme de votre mère, mon plan serait le même. Mais le fait de savoir qu'ils l'ont fait ne me laisse pas d'autre choix. Ceux qui vivent toujours ont bénéficié des âmes de gens innocents. Peu importe s'ils le savaient ou pas. Ils méritent quand même la mort. Et je vais leur donner.

Je devais mettre fin à cette folie.

– Père...

Il se leva brusquement.

– Les vampires Serpents-rois et les vampires Cobras ont peut-être déclaré la paix aux Éthéréens, mais pas les Originels. Je vais faire ce que vous auriez dû faire dès le moment où vous avez mis le pied sur leurs terres. Ne vous mettez pas en travers de mon chemin.

17

LARISA

La couturière me confectionna une robe plus couvrante que ma robe de mariée. Des serpents étaient brodés sur le tissu, et avec sa bretelle unique, elle ressemblait au corps d'un serpent. Une longue fente remontait sur une jambe, dévoilant mes bottines à talons. Par-dessus, je portais un manteau ouvert, noir à l'extérieur, avec une doublure rouge à l'intérieur. C'était sexy, mais aussi très impressionnant, une tenue royale en écho à l'uniforme de Kingsnake, avec des accents féminins.

J'attendais le retour de Kingsnake, mais cela faisait des heures que je n'avais pas de nouvelles. Les serviteurs m'avertirent qu'il était temps que la cérémonie commence, que tout Grayson était rassemblé au bas des marches du palais, attendant que je fasse mon apparition.

J'étais nerveuse à l'idée d'endosser ce rôle, de m'emparer d'un pouvoir que je n'avais pas mérité, mais seulement obtenu par le mariage. J'avais l'impression d'usurper la couronne et je me demandais si je ne pouvais pas simplement être sa femme et non sa reine, mais je savais ce qu'il répondrait.

Je tendis mon esprit vers Croc.

La cérémonie va commencer. Où est-il ?

Le silence fut ma seule réponse.

J'avalais ma salive, attendant sa voix, terrifiée par ce que signifiait ce rejet.

Croc, tu me fais peur.

On a besssoin de temps.

Que se passe-t-il ?

Nouveau silence.

Les serviteurs me guidèrent jusqu'en haut des marches du palais. Cent marches plus bas se trouvait le premier palier, où Vipère aurait dû se tenir pour me couronner par une épée. Mais il n'était pas là, et tout Grayson attendait. Des torches brûlaient. Les vampires étaient silencieux. Ma confiance fut ébranlée par l'absence de mon mari et de mes frères.

Mon mari... c'était la première fois que je le disais. J'aurais souhaité que ce soit une occasion heureuse.

Kingsnake apparut enfin, franchissant les doubles portes au pas de course dans son uniforme royal, son épée à la hanche. Cobra et Vipère le suivaient, vêtus à la hâte pour la cérémonie qui aurait dû commencer quinze minutes plus tôt.

Kingsnake s'approcha de moi, visiblement perturbé.

– Qu'est-ce qui s'est passé ?

Je sentis Croc glisser le long de ma jambe et s'enrouler autour de mon corps pour prendre place sur mes épaules, faisant partie de mon uniforme.

Kingsnake me tendit le bras.

– On en parlera plus tard.

– Tout va bien ?

– Oui.

– Où est ton père ?

Il grimaça, comme si ma flèche avait touché sa cible.

– Plus tard.

Je lui pris le bras, ce qui déclencha des roulements de tambours. Ils accompagnèrent le rythme de notre descente, battant la mesure de chaque pas, tandis que ma robe et mon manteau traînaient derrière moi.

Le bras gauche replié dans son dos, Kingsnake me guida jusqu'en bas, le regard tourné vers l'avant, le visage stoïque et royal.

Vipère se tenait sur le premier palier, l'épée à plat sur ses paumes ouvertes, son manteau légèrement agité par la brise du soir.

Au moment où nous atteignîmes la dernière marche devant Vipère, les tambours se turent.

Mais si j'avais eu un cœur, il aurait continué de battre la mesure.

Vipère éleva la voix pour que l'assistance puisse entendre.

– Larisa, cette couronne t'est décernée, non seulement en raison de ton mariage avec Kingsnake, roi des Vampires et seigneur des Ténèbres, mais aussi pour ta bravoure lors de nos deux dernières batailles. Nous aurions perdu le premier combat si tu ne nous avais pas prévenus de l'arrivée des Éthéréens. Je te présente ta couronne, une épée forgée avec les diamants rouges des vampires Serpents-rois.

Il me tendit l'épée pour que je la prenne.

Je la soulevai à deux mains et j'examinai le pommeau en or orné de diamants et de rubis, un bijou qui prendrait la vie de mes ennemis.

– Gloire à Larisa, reine des Vampires et dame des Ténèbres.

La cérémonie fut suivie d'une grande célébration. C'était la première fois que je voyais les vampires participer à des festivités. Nous étions si souvent en guerre qu'il n'y avait pas de temps à consacrer à la détente.

Comme ils ne mangeaient pas comme les humains, il n'y avait pas de buffets chargés de cochons rôtis, de pommes de terre écrasées et d'autres mets délicats. Au lieu de cela, il y avait de l'alcool — il coulait à flots. Un orchestre jouait de la musique, et certains dansaient.

Mais en les regardant tous, je vis une différence dans leur physique. Leur peau était plus pâle, de la couleur des nuages gris, et ils paraissaient... maigres.

Comme s'ils étaient affamés.

J'avais été si absorbée par les Éthéréens que j'en avais oublié mon propre peuple et leur calvaire. Les humains continuaient d'être décimés par la maladie qui refusait de disparaître — et je disposais d'un remède, enfermé dans mes appartements. Les deux races souffraient à cause de mon égoïsme. J'avais passé deux jours au lit avec mon mari sans penser à personne, et aujourd'hui, ce comportement me semblait inacceptable.

– Qu'est-ce qui ne va pas ? s'enquit Kingsnake en me tendant un verre de vin.

– Ils sont tous si... maigres.

Personne n'entendait mes paroles, car la musique était forte.

– On a mené beaucoup de batailles.

– Les prisonniers...

– On en a perdu d'autres. C'est dans l'ordre des choses.

Les prisonniers étaient des humains, des humains de mon propre village, ce qui rendait la situation encore plus révoltante.

– Il faut distribuer le remède aux humains immédiatement. On doit atténuer leurs souffrances — ainsi que celles de notre propre peuple.

Un sourire apparut sur ses lèvres.

– Quoi ?

– Tu as dit notre peuple.

– Eh bien, c'est le cas.

Son sourire persista.

– Je sais. Mais j'aime t'entendre le dire. Dès demain matin, on se mettra en route.

– Je me sentirais coupable de porter cette épée si je ne le faisais pas.

Il but un verre en passant son bras autour de ma taille.

– Désormais, tu penses comme une reine. C'est très sexy, *ma femme*, me susurra-t-il à l'oreille avant de m'embrasser sur la bouche tout en me serrant contre lui.

C'était la première fois qu'il m'appelait ainsi et cela me fit frissonner.

– Mon mari.

Il frotta son nez contre le mien, chose qu'il n'avait jamais faite auparavant.

– Kingsnake.

Cobra, au milieu d'un groupe de vampires assis à une table, attira son attention.

– Je reviens, dit-il.

– T'as intérêt.

Je détestais le voir s'éloigner de moi, car il me manquait dès la première seconde.

Il rejoignit Cobra qui lui claqua le dos comme si tout allait bien.

Je voyais comment Kingsnake se comportait avec son peuple, conservant une distance régalienne tout en étant accessible. Ce n'était pas le cas lorsque j'étais arrivée ici ; les gens déviaient de leur chemin pour l'éviter. Mais après les deux batailles, il semblait être devenu un homme du peuple.

Je devais en faire autant.

Mon verre à la main, je me frayai un chemin à travers la foule de vampires, les torches éclairant les fêtards qui semblaient fêter mon couronnement... même si, à mon avis, je n'avais pas fait assez pour mériter ces célébrations.

– Votre Altesse.

Je me retournai à l'appel de ce nom, un nom qui ne me convenait pas du tout.

C'était le père de Kingsnake, un homme que je n'avais connu que sous le nom de « roi Serpentin ». S'il avait un prénom, il ne me l'avait jamais confié. Je m'arrêtai net lorsque les torches révélèrent son visage. Il avait un verre, mais au lieu de boire du vin comme tout le monde, il s'envoyait quelque chose de plus fort.

– Je suis désolé de t'avoir fait peur.

Ce n'était pas sa présence inattendue qui me prenait au dépourvu. C'était son humeur. Infinie et insondable, une douleur qui s'étendait dans toutes les directions, comme s'il était mortellement blessé sous ses vêtements.

– Tu ne m'as pas fait peur.

Un sourire apparut sur son visage, similaire à celui de son fils.

– Tu n'es pas la seule à pouvoir ressentir, Votre Altesse.

– Larisa suffira.

– Ce n'est pas une façon de s'adresser à une reine.

– J'espère que tu ne t'attends pas qu'on se fasse des courbettes... maintenant que tu es mon beau-père.

Il était grand comme ses fils, avec les mêmes cheveux noirs et le menton saillant. Il avait des décennies de plus que moi, mais il était encore jeune et fort.

– Serpentin suffira.

– Tu devais t'appeler autrement... avant.

Ils ne pouvaient pas être obsédés par les serpents lorsqu'ils étaient humains. Cela dut venir plus tard, au gré des transformations et des changements de nature.

– Peu importe, je ne m'en souviens pas.

Il porta son verre à ses lèvres et but une gorgée.

– Kingsnake m'a dit qu'il a décidé de faire la paix avec les Éthéréens. Ses frères également. Je suppose que tu es d'accord avec eux.

J'avais anticipé sa colère, mais pas sa tristesse. C'était comme s'il se sentait trahi.

– Je comprends à quel point ça doit être difficile pour toi, continuai-je. Il serait irréaliste de croire que tu l'accepterais sans réserve.

– Et pourtant, c'est exactement ce que mes fils espéraient.

– Quand Ellasara m'a envoyée ad patres, Kingsnake m'a transformée pour me garder en vie. J'étais d'abord fâchée contre lui, mais une fois que nous sommes partis pour Evanguard, j'ai réalisé que sans son intervention, non seulement ma vie aurait été perdue, mais mon âme aussi. Il m'a sauvée, et je suis désolée que ta femme n'ait pas été sauvée elle aussi.

Son visage de pierre resta impassible, mais la douleur dans sa poitrine sembla s'accentuer.

– Mes fils ont été bien moins compatissants.

– Je sais que ce n'est pas vrai. Ils se sentent concernés. Profondément.

Il détourna le regard un moment.

– Mais ils ne se sentiront jamais concernés comme je le suis. Le seul qui pourrait comprendre est Kingsnake, maintenant qu'il est marié à une femme qu'il aime manifestement. Et si cela avait été différent ? Et s'il ne t'avait pas transformée — et que tu avais subi le même sort ?

Je soutins son regard, sachant exactement ce qui se serait passé.

– On connaît tous les deux la réponse, dit-il avant de boire une gorgée. Kingsnake aurait brûlé vif jusqu'au dernier Éthéréen. Et pourtant, il nie ce qu'il aurait fait lui-même. C'est de sa mère qu'il s'agit, mais apparemment sa mémoire est défaillante, car il a oublié tous les sacrifices qu'elle a faits pour lui et ses frères.

Je baissai les yeux, me sentant étrangement coupable.

– Larisa.

Je le regardai à nouveau.

– J'ai besoin que tu le fasses changer d'avis.

Mon nouveau beau-père venait de me demander une faveur, une faveur qui nous rapprocherait et lui permettrait de m'accepter, mais le nœud dans mon estomac m'indiquait que je ne pouvais pas le faire. Même si je souffrais de savoir ce qui était arrivé à sa femme, nous devions faire la paix.

– J'ai perdu mon père quand j'étais petite. Puis j'ai perdu ma mère de maladie il y a quelques années. Leurs âmes... sont parties. Je ne les reverrai jamais. Même si j'avais encore mon âme, ils ont déjà perdu la leur.

– Alors, fais-le pour eux, Larisa.

– Mais ça ne les ramènera pas.

Je vis la lumière s'éteindre dans ses yeux.

– Ça ne changera rien, insistai-je. On massacrera des innocents qui méprisent cette pratique autant que nous. Ce serait un génocide injustifié.

Il n'avait pas cillé depuis mon refus de l'aider et la profondeur de sa tristesse atteignit soudain de nouvelles limites. Un feu s'alluma, projetant des étincelles comme lorsque les flammes touchaient le bois.

– Je comprends ton raisonnement.

J'avais escompté une réaction bien différente au regard de la colère qui couvait en lui. Peut-être qu'il n'était pas aussi barbare que Kingsnake le prétendait. Il avait un contrôle sur ses émotions bien plus ferme que son propre fils la plupart du temps.

– J'admire ta loyauté envers mon fils. Maintenant que ton âme n'est plus en danger, tu choisis de rester avec lui dans les ténèbres éternelles. C'est un témoignage fort de ton amour que de renoncer à une vie avec des enfants pour une vie avec lui. Élever quatre fils a été l'entreprise la plus difficile de ma vie, mais aussi la meilleure.

Mon cœur s'écrasa sur le sol de pierre et explosa en mille morceaux. Je sentis la panique monter, comme si j'étais piégée dans un immeuble en flammes. La fumée m'empêchait de respirer. Je m'efforçai de garder mon sang-froid et de contrôler les émotions qui s'étaient libérées, mais c'était une bataille perdue d'avance.

– Tu parles comme si c'était réversible…

– Parce que ça l'est.

Le feu continuait de m'entourer. Mes poumons luttaient pour respirer. Ma chair fondait sur mes os.

– Et il le savait ?

– Il l'a toujours su. Quand on a parlé aux Chutes du Croissant, je lui ai dit que j'avais découvert comment inverser la transformation. C'est un processus compliqué, mais que très peu entreprennent, car personne ne voudrait jamais redevenir mortel.

Il prit une gorgée en me regardant, et son expression se durcit.

– Il ne t'a rien dit, je suppose ?

Je ne pouvais pas me résoudre à parler. C'était trop difficile. Je me contentai de secouer la tête.

– J'imagine que c'est parce qu'il connaissait déjà ta réponse.

Je ne pouvais plus le regarder. Je ne pouvais plus du tout me concentrer sur ma réalité. La rage était si profonde qu'aucune quantité de pluie ne pourrait éteindre mes flammes.

– Tu veux bien m'excuser ?

Avant même d'attendre son assentiment, j'étais partie. Je posai mon verre sur un muret de pierre et pris les escaliers pour retourner au palais, soulevant ma robe ridicule qui soudainement me semblait lourde comme un rocher.

Tous les serviteurs me regardèrent lorsque j'entrai, inclinant rapidement la tête pour me saluer.

– Votre Altesse.

Je les ignorai, entrai dans la chambre où Kingsnake et moi avions fait l'amour passionnément pendant des jours, et attrapai un sac que je bourrai de tout ce que je trouvais. Je pris les fioles du venin que nous avions recueilli lors de notre voyage de l'autre côté des mers, puis je me dirigeai vers les écuries.

Le maître d'écurie était de service, mais il me lança un regard interrogateur à mon arrivée.

– Va me chercher un cheval.

Mon ordre resta sans effet. Il jeta un coup d'œil vers les festivités où se trouvait Kingsnake.

– Votre Altesse...

– Je t'ai donné un ordre. Exécute-le.

Il finit par seller un cheval et attacha mes affaires sur les flancs.

– Votre Altesse, je ne pense pas que vous devriez...

Je le poussai contre le bord de l'une stalle et j'attrapai la corde qui pendait là. Je lui liai les poignets et l'attachai à la porte. Par peur de désobéir, il me laissa faire. Je voyais à son expression qu'il courrait vers Kingsnake dès que je serais partie, et je ne pouvais pas l'avoir à mes trousses.

– Je n'ai rien contre toi personnellement.

Je montai sur le cheval et je le talonnai vivement pour partir au galop.

Mais alors je réalisai... que je n'avais nulle part où aller.

Grayson était devenu ma maison.

Mon monde.

Et maintenant... je n'avais plus rien.

18

KINGSNAKE

Ma conversation terminée, je me mis en quête de ma reine.

Je la croyais avec Vipère, mais lorsque je le trouvai, il était enlacé avec sa proie favorite dans une ruelle sombre. Cobra était resté là où je l'avais laissé et il discutait avec mes soldats, car il refusait de se nourrir d'un autre sang que celui de Clara. Il traînait ici et là des carafes de sang animal, un piètre substitut, mais un coupe-faim efficace.

Je circulai dans la foule en observant les groupes de vampires pour voir si Larissa bavardait avec les hommes et les femmes aux côtés desquels nous avions combattu lors des deux dernières batailles. Elle n'était nulle part. Je ne voyais ni son épais manteau ni sa magnifique chevelure.

Croc ?

Kingsssnake ?

Tu as vu Larisa ?

Non.

Un frisson d'effroi me parcourut, mais je me rassurai en me disant qu'il n'y avait rien à craindre. Larisa n'était plus humaine, donc mes propres hommes ne me trahiraient pas pour se nourrir de son sang. Les Éthéréens ne souhaitaient plus sa mort, donc elle n'était plus une cible. Aucune menace ne planait au-dessus de sa tête.

Mais mes craintes n'étaient pas apaisées pour autant.

Elle sss'est peut-être retirée pour la sssoirée.

Je me dirigeai vers le palais, grimpant les marches quatre à quatre. Puis j'entrai et je montai jusqu'à nos appartements, espérant la trouver au lit, de préférence nue et assommée par tout ce vin.

Mais le lit était vide.

Elle n'est pas là.

Elle est forcément dans le coin, Kingsssnake. Calme-toi.

J'aperçus son manteau jeté sur le fauteuil. *Elle était ici.* Je me dirigeai vers la salle de bain et je poussai la porte si violemment qu'elle heurta le mur, y laissant une marque. La pièce était vide.

J'allai ensuite dans le dressing et j'allumai la lampe.

Il manquait son armure.

Pourquoi son armure avait-elle disparu, bordel ?

L'horreur s'insinua dans mes veines alors que j'observais l'emplacement vide, le souffle soudain court, pris d'une panique incontrôlable. J'essayais de résoudre un puzzle sans la moindre pièce. Sa disparition n'avait aucun sens.

Elle est partie.

Comment ça ?

Elle est partie, putain. C'est simple à comprendre.

J'ouvris le placard où se trouvait la fiole du venin des serpents d'or que nous avions recueilli ensemble — elle avait disparu.

Parle-lui. Elle est peut-être pas très loin.

Je défalquai mes habits d'apparat et j'enfilai mon armure. Ce soir, alors que j'étais censé célébrer ma nouvelle reine, je me préparais pour une guerre que j'étais terrifié à l'idée de perdre.

Je vais essssayer.

Je dévalai les marches du palais. En bas, tous les regards se braquèrent vers moi et mon armure qui reflétait les torches. Elles devaient également se refléter dans mes yeux, des flammes furieuses prêtes à carboniser quiconque entraverait mon chemin. Je filai vers les écuries, les yeux fixés droit devant, enfermé dans une vision en tunnel.

Cobra me rattrapa lorsqu'il comprit que quelque chose n'allait pas.

– Qu'est-ce qui se passe ?

– Larisa est partie.

– Comment ça ?

– Elle a pris ses affaires et s'est barrée, répliquai-je sèchement.

Un silence de trois secondes s'ensuivit, comme si Cobra était aussi perdu que moi quelques minutes plus tôt.

– Pourquoi ?

– Je n'en ai aucune idée.

– Et si on l'avait enlevée ?

– Ce n'est pas le cas.

– Comment tu le sais ?

– Parce qu'elle a pris le venin. Elle est partie de son propre chef.

– Demande à Croc de lui parler...

– On a essayé. Mais soit elle est trop loin, soit elle le bloque.

Cobra me suivit sur le chemin menant aux écuries.

– Tu as dit quelque chose qui aurait pu la...

– Non.

– Quel a été ton dernier échange avec elle ?

– Je lui ai servi un verre de vin, je l'ai embrassée, puis j'ai discuté avec toi.

– Et tout semblait bien aller ?

– Oui.

Toutes ces questions m'épuisaient, car je savais qu'elles ne mèneraient à rien. Je parvins finalement aux écuries, mais il n'y avait pas de palefrenier pour me renseigner. J'entrai dans les stalles pour chercher mon propre cheval.

– Votre Altesse.

Le maître d'écurie gisait au sol, les poignets liés autour d'un poteau métallique.

Mes yeux faillirent sortir de leur orbite.

Cobra dégaina son couteau et le libéra.

– Merde, c'est grave.

– Qu'est-ce qui s'est passé ?

Je le tirai sur ses pieds, puis je le plaquai contre le mur.

– Qu'est-ce qui est arrivé à ma femme ?

Cobra posa sa main sur mon épaule et me retint pour que je ne lui arrache pas la tête.

– Elle... elle a exigé un cheval...

– Et tu le lui as donné ?

– Elle... c'est la reine...

Il s'affaissa le long du mur, tremblant de peur.

– Elle m'a attaché avant de partir parce qu'elle savait que je vous préviendrais de son départ.

Je voulais me jeter sur ce salopard.

Cobra me tira en arrière.

– Kingsnake, il n'a rien fait de mal.

Je le repoussai et j'entrepris de seller mon cheval.

– Mais qu'est-ce qu'elle a en tête ?

Cobra posa une question inutile à l'homme.

– Elle a dit quelque chose ?

Le maître d'écurie secoua la tête.

– Je dois prendre mon armure et mes armes, dit Cobra. Je vais chercher Vipère…

– Il doit gouverner Grayson en mon absence.

Je n'avais jamais sellé un cheval aussi rapidement, exploit remarquable, car je ne l'avais pas fait moi-même depuis très longtemps.

– Je n'ai pas le temps de t'attendre.

– Kingsnake, tu ne devrais pas y aller seul…

– Je m'en fous.

Je saisis le cheval par les rênes et le tirai hors de l'écurie. Croc glissa le long de ma jambe et s'enroula autour de mes épaules.

– Laisse-moi juste prendre mon épée, au moins.

Je bondis sur le cheval et je m'élançai au galop.

– Kingsnake !

19

LARISA

Alors que j'approchais de Latour-Corbeau, je vis le village éclairé par les torches qui longeaient la muraille extérieure. Le sentier était boueux comme s'il avait plu ces derniers jours. Je m'avançai vers les portes principales de l'endroit que j'avais appelé mon chez-moi toute ma vie.

Il n'y avait personne devant les portes.

– Bonsoir ?

Aucune réponse.

– Il y a quelqu'un ?

Les torches vacillèrent, mais il ne se passa rien.

– Ce n'est pas bon signe...

Arrivais-je trop tard ? Tous les habitants avaient-ils déjà succombé à la maladie que j'aurais pu endiguer il y a des semaines déjà ? Je descendis de ma monture, puis je gravis le rempart jusqu'au sommet, où je me redressai et regardai autour de moi.

Il n'y avait personne.

Je balayai des yeux le village, voyant quelques torches dans les ruelles et autour du château. Même avec ma vision nocturne aiguisée, je ne pouvais pas distinguer les détails. Je n'arrivais pas à déterminer si l'endroit était encore habité.

Je descendis de l'autre côté avant d'ouvrir les portes et de prendre mon cheval, le faisant entrer dans le village. Il y avait de la nourriture dans les auges des écuries, aussi j'attachai mon cheval et je lui remplis un seau d'eau avant de reprendre mon chemin.

Mes bottes tapaient contre le pavé alors que je marchais sur la rue principale. L'endroit était tellement silencieux que chaque pas était audible. Un vent fort souffla et faillit éteindre toutes les torches, soulevant mes cheveux au passage.

Puis il retomba.

Au lieu de me diriger vers le château le plus vite possible, je pris mon temps, en regardant dans les maisons sombres sur mon chemin, ne voyant aucun mouvement à l'intérieur. L'endroit semblait abandonné. À croire qu'ils étaient tous morts, ou partis vivre ailleurs.

Alors que j'approchais du château, je commençai à apercevoir des signes de vie. Des gardes étaient postés autour du donjon de pierre. Des hommes étaient stationnés au sommet du rempart entourant le château. Tous les habitants du village semblaient être concentrés dans cette zone.

Je ne comprenais pas pourquoi.

Les gardes étaient tellement distraits qu'ils ne me virent pas approcher. Même ceux postés devant la porte étaient dos à moi, et ils ne me remarquèrent pas lorsque je tirai sur les portes verrouillées.

Je frappai — ce qui attira enfin leur attention.

Ils se précipitèrent vers moi en dégainant leur épée.

– Vampire !

Quatre hommes arrivaient en même temps, leur lame brandie.

Je dégainai mon épée à mon tour, parant le premier coup, puis en esquivant un autre. Un combat contre un humain était beaucoup plus facile que contre un Éthéréen ou un orc, et éviter leurs lames était un jeu d'enfant.

– Je suis venue m'entretenir avec le roi Elias. J'ai un remède contre la maladie.

Les gardes s'arrêtent aussitôt. Ils reculèrent en baissant leur épée, échangeant des regards comme si l'un d'eux pourrait confirmer la véracité de ma déclaration.

– J'ai besoin de lui parler.

L'un des gardes se dirigea vers la porte et frappa, un enchaînement de toc-toc qui créa un rythme distinct. Cela semblait être le mot de passe, car quelqu'un ouvrit immédiatement.

Le garde posa les yeux sur moi, l'air démuni comme les autres.

– Je dois parler au roi Elias, dis-je. Tout de suite.

On me conduisit à son bureau.

La pièce où il m'avait baisée sur son plan de travail. Celle où il m'avait annoncé qu'il épouserait une autre femme. Celle où il avait suggéré qu'on ait une aventure pour qu'il puisse avoir le beurre et l'argent du beurre.

J'étais une personne bien différente maintenant que je remettais les pieds ici — et pas seulement parce que j'étais devenue vampire.

Debout derrière son bureau, il me regarda entrer dans la pièce, le regard vide au début, puis son expression s'assombrit. Il inspira profondément et ouvrit la bouche pour parler, puis il la referma, les mots lui manquant.

Je savais que j'avais changé. J'avais non seulement la peau plus pâle et les yeux plus clairs qu'avant, mais aussi le corps plus découpé à cause de mon nouveau mode de vie. Mes bras et mes jambes étaient musclés. Je portais une armure et une cape au lieu d'un vieux pantalon.

Il avait changé aussi. Il était maigre, beaucoup trop maigre pour un roi.

Je m'avançai vers son bureau, me sentant supérieure à lui pour une fois.

– Qu'est-ce qui s'est passé ici ? Il n'y a personne au village. Pourquoi les gardes sont tous autour du château ?

Même son esprit était moins vif qu'avant, sans doute car il était épuisé... et mort de faim. Il ne put qu'émettre qu'un faible son.

– Les loups-garous.

– Quoi ?

Il posa les mains sur son plan de travail pour garder l'équilibre.

– La population humaine continue de dégringoler à cause de la maladie. Alors la source de nourriture des loups-garous diminue aussi...

– Pourquoi tout le monde nous bouffe ? m'énervai-je.

D'abord les vampires, puis les Éthéréens, et maintenant les loups-garous. Était-ce notre seule utilité ? De nourrir les monstres ?

– Ils ont menacé d'attaquer Latour-Corbeau à moins qu'on leur fasse des dons. Je n'avais pas le choix.

Le cauchemar ne faisait qu'empirer.

– J'ai supplié les Royaumes de nous aider, mais ils ont leurs propres problèmes.

– Quels problèmes ?

– Les loups-garous leur font la même chose.

Après avoir vaincu les Éthéréens, je présumais que le pire était derrière nous.

– Les Éthéréens n'ont pas répondu à notre appel non plus.

– Ils ne le feront pas.

Le peu d'espoir qu'il restait dans ses yeux s'éteignit.

– Il ne nous reste plus rien à donner. Le roi des Loups-garous viendra demain — et on n'aura pas d'autre choix que de se battre.

Les Éthéréens avaient empoisonné les humains, et sans ce remède pour lequel Kingsnake et moi avions risqué nos vies, les Royaumes se seraient transformés en un paradis des loups-garous. La colère du roi Serpentin semblait encore plus raisonnable maintenant. Les crimes des Éthéréens étaient peut-être réellement impardonnables. Ils auraient pu détruire le monde.

– J'ai apporté un remède pour la maladie. Mais je ne suis pas sûre que ça aidera beaucoup.

– Moi non plus, répondit-il honnêtement. Il reste si peu d'entre nous.

– Ta femme ?

Il baissa la tête et la secoua.

– Elle est tombée malade…

– Je suis désolée.

– Elle l'a attrapée d'une de ses domestiques. Je n'ai même pas pu prendre soin d'elle une fois que la maladie s'est emparée d'elle… et je ne l'ai plus jamais revue. Mais c'est ce que la plupart des gens avaient déjà subi. C'était mon tour.

– Je suis vraiment désolée.

J'ignorais quoi dire d'autre. La nouvelle était tout simplement horrible.

Il releva enfin les yeux vers moi.

– Quand on va perdre cette bataille... et on va la perdre... les loups-garous vont nous faire prisonniers. Puis ils vont nous manger un par un. Je vais dire à mes hommes qu'ils ont le droit de se suicider, si c'est ce qu'ils souhaitent. Un choix que je ferai peut-être moi-même.

– Non.

Son regard se durcit.

– On va se battre.

– Tu ne comprends pas, Larisa. Les loups-garous sont...

– J'ai combattu des loups-garous et des orcs, le coupai-je. Et je suis une vampire maintenant.

Il broncha à mes mots, puis un nuage de culpabilité monta en lui.

– Je suis désolé... de les avoir laissés te prendre.

Ça m'avait blessé de façon indicible, mais je lui avais pardonné sa trahison. J'étais tombée amoureuse d'un homme qui jamais ne...

Le fil de mes pensées se coupa lorsque j'arrivai devant un obstacle que je n'étais pas prête à franchir. Mon cœur se serra comme un poing à croire qu'il était vivant, et le peu de foi que j'avais encore en l'amour s'évapora. Kingsnake m'avait trahie trois fois maintenant. D'abord, il avait promis de me laisser partir, mais il avait rompu cette promesse. Ensuite, il m'avait transformée en vampire contre mon gré. Maintenant... sa trahison était bien pire que les autres. Je pouvais lui pardonner ses fautes passées, car elles étaient sans importance au final, mais celle-ci était impardonnable. Mon mari devrait être l'homme en qui j'avais le plus confiance au monde — et il m'avait menti.

Je revins à ma conversation avec Elias.

– Je te pardonne.

– Comment tu peux me pardonner après ce que je t'ai fait ?

J'avais pleinement embrassé mon immortalité jusqu'à quelques heures plus tôt. Maintenant, j'étais de nouveau perdue.

– Ce n'est pas si terrible.

– Je ne mérite pas ta clémence, Larisa, dit-il en inspirant douloureusement. J'ai trahi la seule personne qui se souciait réellement de moi. J'ai appris à aimer ma femme, mais elle ne m'a jamais aimé. Je n'étais qu'un beau parti pour elle. Je suis le pire roi de l'histoire de Latour-Corbeau. Tout le monde est mort... parce que j'étais incapable de régner. Je suis resté emmuré dans mon château comme un lâche.

– Elias, cette situation est inouïe. Une personne ne peut pas arranger les choses à elle seule.

– Tu viens de dire que tu as trouvé un remède — alors oui.

J'ôtai mon sac et je le posai par terre, faisant attention de ne pas briser les fioles de verre.

– Occupons-nous d'abord des loups-garous. Puis on pourra distribuer le remède aux survivants de Latour-Corbeau et passer aux autres royaumes pour faire la même chose.

– Larisa, tu ne vas rien changer toute seule, même si tu es un vampire. Si tu avais amené une armée de vampires Serpents-rois, peut-être que ça ferait une différence...

– Ils arrivent.

Il plissa les yeux.

Kingsnake déduirait vite où j'étais allée. Dès qu'il réaliserait que le venin avait disparu, il partirait à ma recherche. J'ignorais s'il viendrait avec une armée, mais ses frères seraient derrière lui.

– Ils arrivent quand ?

– Je... je n'en suis pas sûre. On n'a qu'à tenir les loups-garous à distance jusque-là.

C'était le moment le plus sombre de la nuit, une heure avant que les premières lueurs de l'aube éclaircissent le ciel de noir à bleu foncé. J'étais debout sur un rempart et je sondais l'obscurité. Les silhouettes des loups-garous se dessinaient au loin grâce aux torches que nous avions installées dans les champs.

Le loup-garou à la tête du groupe était tout de noir vêtu, et ses bottes reluisaient dans la lumière des flambeaux. Il était accompagné de deux hommes habillés de façon semblable, leur tête encapuchonnée comme pour se protéger de la lumière alors qu'il faisait encore nuit.

C'était une scène étrange de voir ces hommes s'avancer vers les portes sans armes ni armure, mais affichant l'air suffisant de la victoire.

Quelqu'un se joignit à moi sur le rempart.

Vêtu d'une armure trop grande pour lui, le roi Elias avait la peau si blême qu'on aurait dit qu'il n'avait pas vu le soleil depuis des années. Ses hommes se tournèrent vers lui comme si c'était la première fois qu'ils voyaient leur roi en chair et en os.

Les loups-garous s'arrêtèrent et le regardèrent.

– Votre Altesse, je suis content que tu aies pu te joindre à nous, dit le chef.

Le dos droit et les mains derrière le dos, Elias s'efforçait de projeter l'image d'un roi fort et non d'un homme affaibli.

– Tu sais pourquoi je suis là, continua le loup-garou en indiquant la porte. Allez, ouvre.

– On n'a plus rien à donner, dit le roi Elias. Je suis sûr que tu l'as réalisé à l'heure qu'il est.

Le loup-garou fit un pas en avant.

– Et je suis sûr que tu réalises ce qu'on fera si tu n'obtempères pas. Tu crois que ces misérables portes vont nous empêcher d'entrer ? On va envahir ce village et vous dévorer jusqu'au dernier.

– Tu peux toujours essayer, dis-je. Mais tu périras par ma lame.

Il posa le regard sur moi.

Le roi Elias et tous les autres firent de même.

Le loup-garou plissa les yeux, puis esquissa un sourire.

– Dis donc, t'es jolie, dit-il en penchant la tête d'un côté. Mais pas trop jolie pour être mangée.

– Il n'y aura pas de dons aujourd'hui, déclarai-je. On vous invite à vous battre si c'est ce que vous souhaitez.

– Ce n'est pas une partie de poker, Jolie. Ton bluff va te coûter bien plus cher que tu le crois.

– Heureusement que je ne bluffe pas, alors.

Le roi Elias parla tout bas.

– Sois prudente.

Le loup-garou s'avança.

– Si tu es si brave que tu le prétends, pourquoi tu ne descends pas me parler en face ?

– Ne le fais pas, chuchota Elias.

– T'inquiète, je ne te mordrai pas, dit le loup-garou.

– Alors moi non plus.

Son sourire disparut.

Je tournai les talons et descendis vers l'escalier, le roi Elias derrière moi.

– Larisa, je comprends que tu es une noctambule maintenant, mais ils sont trois contre une.

– Il ne se frottera pas à moi quand il saura qui je suis, dis-je en marchant vers la porte. Ouvrez.

– Non, intervint Elias.

Ses hommes lui obéirent et n'ouvrirent pas.

– Tu vas te faire tuer...

– La seule façon d'affronter un ennemi est de lui tenir tête. Tu les laisses prendre ton peuple depuis trop longtemps. Ce sont des tyrans. Ça me brise le cœur de voir que ma maison est devenue un village fantôme, et je ne vais pas les laisser prendre le peu qu'il en reste sans rien faire, dis-je avant de me tourner vers le garde. Alors ouvre-moi ces putains de portes.

L'homme regarda Elias.

Elias hocha la tête.

Les portes s'ouvrirent, révélant les trois loups-garous.

– Ouh là, Jolie a du cran.

Je m'avançai.

Elias m'emboîta le pas.

– Qu'est-ce que tu fais ? dis-je en m'arrêtant et le regardant.

– Je ne vais pas te laisser y aller toute seule...

– Je n'ai pas besoin de ton aide. Tu es tellement faible que tu tiens à peine debout. Je m'en occupe.

Je m'avançai sur le sentier, et il ne me suivit pas.

Alors que je marchais vers les trois loups-garous, leur chef sourit. Il me regarda des pieds à la tête, l'air approbateur.

– Peut-être que ça devrait être toi, le roi du village.

– Je ne peux pas, répondis-je. Parce que je suis déjà la reine des Vampires et la Dame des Ténèbres. Tu connais sans doute mon mari, Kingsnake, le roi de Grayson et le vampire le plus féroce de tous les temps.

Je sentis un pincement de culpabilité à l'idée d'invoquer son nom alors que je ne savais même plus ce que nous étions. Je ne voulais plus être sa reine, encore moins sa femme. Un homme qui refusait d'être honnête avec moi et m'avait caché un tel secret ne méritait pas d'être mon mari.

Le loup-garou ne trembla pas de peur comme je l'avais espéré.

– Kingsnake a de la chance, dit-il en continuant de reluquer mon corps avec son regard concupiscent, perçant mon armure comme s'il pouvait voir mes seins à travers le métal. Mais il n'est pas là. Parce que s'il l'était, il ne te laisserait pas t'approcher de moi. Alors j'ai une proposition pour toi, Jolie. Suis-moi et j'épargnerai ce village paumé dont tu te soucies tant.

– Non.

– Allez. Je te ferai oublier ce poltron...

– *J'ai dit non.* Maintenant, quitte ces terres et n'y reviens jamais, ou tu subiras notre courroux.

– Votre courroux ? pouffa-t-il. À toi et cette mauviette de roi qui t'a laissée venir me parler toute seule ?

– Je n'ai pas besoin de son aide.

Il pouffa en me regardant de haut en bas.

– Je suis peut-être un loup-garou, mais je suis aussi un gentleman avec les jolies filles. J'ai été poli avec toi jusqu'ici, mais j'en ai marre de tes petits jeux. Donne-moi ce que je veux, ou tu subiras *mon* courroux.

Je fis un pas en avant et je le toisai.

– J'ai. Dit. Non.

Ses yeux soutinrent les miens sans ciller.

Je l'imitai, tenant tête à ce monstre.

– Dommage.

En un clin d'œil, il se transforma, passant de l'humain ordinaire qu'il était avant à une bête qui rugit si fort que les portes en tremblèrent.

– Feu ! cria le roi Elias aux archers.

Tenant mon épée par le manche, je parai le premier coup de patte. La dernière fois que je m'étais battue contre un loup-garou, j'étais encore une simple humaine, et mes mouvements étaient lents et maladroits. Mais j'évitais maintenant les attaques à la vitesse de l'éclair. J'esquivai un coup de griffe avant de lui lacérer le torse d'un coup d'épée.

Ouuuh !

Il lâcha un hurlement dans la nuit, le sang dégoulinant sur sa fourrure. Il montra les crocs, tremblant d'une colère indomptable. Les flèches se mirent à pleuvoir, et les deux autres hommes se transformèrent à leur tour.

J'étais surpassée en nombre.

Le premier se rua vers moi.

Je fis un pas de côté pour l'éviter, mais il pivota sur lui-même et écrasa son poing fermé sur ma tête.

Je tombai à la renverse et perdis l'emprise sur mon épée.

Il se jeta sur moi, prêt à me déchiqueter le corps avec ses crocs et ses griffes.

Je roulai sur moi-même, ramassant mon épée au passage. Avant qu'il puisse me rattraper, je lui tailladai le talon.

Il hurla de rage et vacilla comme si je lui avais tranché le tendon d'Achille.

– Je vous ai dit de partir !

La salive gouttait de sa gueule ouverte et la soif de sang se lisait dans ses yeux. En titubant, il revint vers moi.

Je me relevai et je parai l'attaque d'un autre loup-garou.

Les flèches pleuvaient toujours, mais elles ne suffisaient pas à les chasser.

J'étais vraiment dans la merde.

L'un d'eux m'attaqua d'un coup de patte et je me penchai de justesse, manquant de perdre ma tête.

– Larisa ! cria le roi Elias. Derrière toi !

Je me retournai et je vis le premier type se précipiter sur moi, la victoire à portée de la patte. J'étais une vampire contre trois loups-garous enragés ; je n'avais aucune chance de gagner ce combat. Je croyais que mon statut de reine les ferait fuir comme des rats d'égouts, mais je m'étais horriblement fourré le doigt dans l'œil. Le nom de mon mari n'avait pas suffi à me protéger.

Quelque chose me frappa par-derrière, me projetant au sol. Je heurtai la terre, sonnée, et mon épée me tomba des mains.

Sssssssssssss.

Je me retournai au bruit que je reconnaissais si bien.

– Croc ?

Kingsnake asséna une rafale de coups d'épée à mon assaillant, sa cape dansant derrière lui alors qu'il bougeait. Il balafra le visage du loup-garou, puis son épaule. Sa lame reflétait la lumière alors qu'il découpait le monstre en morceaux jusqu'à ce qu'il s'écroule par terre.

Croc en tenait un autre par la gorge avec sa queue, le retenant en place pour que Cobra lui empale le cœur.

Kingsnake s'attaquait déjà au dernier. Il le poignarda le dernier dans le dos alors qu'il essayait de s'enfuir.

Tout se passa en quelques secondes seulement, et la bataille fut terminée aussi vite qu'ils étaient arrivés.

Je ramassai mon épée et je me relevai, encore tellement troublée que je sentais un battement de cœur fantôme dans ma cage thoracique.

Kingsnake se tourna vers moi, et au lieu de sembler soulagé que je sois saine et sauve, on aurait dit qu'il me voulait encore plus de mal que le loup-garou.

– Qu'est-ce qui t'a pris, Larisa, bordel de merde ?

Son épée à la main, il tremblait de fureur.

Cobra se tenait derrière son frère, à observer notre échange d'un air prudent.

Je fixai mon mari.

Il me fixa.

Puis il s'avança.

– Comment tu as pu me faire ça ? Tu as la moindre idée de ce que tu viens de me faire vivre ?

– Elle est bonne, celle-là.

Il s'enflamma de plus belle.

– *Pardon* ?

– J'ai quitté le royaume, ce que j'ai parfaitement le droit de faire parce que je ne suis pas une prisonnière. Mais c'est comparable à ce que tu m'as fait ?

– Qu'est-ce que je t'ai fait, putain ?

– Tu m'as menti.

– À quel sujet ?

Je criais, alors il criait. Nous nous engueulions sur le champ de bataille, entourés de Croc, Cobra et des loups-garous morts.

– Je peux redevenir humaine.

En un claquement de doigts, la rage en lui cessa. Un seau d'eau glacée avait éteint ses flammes, et il n'y avait plus qu'une faible fumée.

– Tu n'allais jamais me le dire, c'est ça ?

Ses émotions étaient impossibles à interpréter. Il y en avait tellement à la fois, qui tourbillonnaient autour de nous. Mais je percevais certainement la panique — la panique d'avoir été démasqué.

– Qu'est-ce qui cloche chez toi, bon sang ? crachai-je en le poussant, et il recula, sans défense. J'ai dû faire le sacrifice ultime pour qu'on soit ensemble à jamais, mais tu n'es pas prêt à faire la même chose pour moi, c'est ça ? Tu pourrais me donner des enfants si tu voulais — mais non.

Il resta silencieux.

Je voulais qu'il continue de crier, car la vérité était insoutenable. Je voulais qu'il me dise que c'était faux, qu'il m'engueule de l'avoir cru capable d'une telle trahison... mais non.

– J'arrive pas à croire que tu m'aies laissée t'épouser.

Il me fixait toujours, mais sans dire un mot. Ses émotions étaient une tornade indéchiffrable.

– Tu n'as rien à dire ?

– J'ai beaucoup à dire, répondit-il enfin, d'une voix basse et vaincue. C'est plus compliqué que tu le crois...

– Qu'est-ce que j'en sais ? Tu ne m'as jamais rien dit.

– Alors laisse-moi t'expliquer...

– La conversation ne devrait pas se dérouler comme ça. Tu devrais m'engueuler de t'avoir cru capable d'un acte aussi horrible. Tu devrais m'engueuler d'avoir quitté Grayson et de m'être exposée au danger. Tu devrais m'en vouloir de t'avoir trahi en gobant ce mensonge. Mais c'est vrai... c'est vrai, putain.

Les larmes chaudes s'accumulaient dans mes yeux, mais je refusais de les laisser couler.

– Pourquoi les hommes que j'aime me trahissent toujours ?

Il ferma les yeux, et c'est là que je le sentis.

Mon cœur se briser.

– C'est fini entre nous.

Je m'éloignai vers la porte, où se trouvait toujours le roi Elias. D'une expression solennelle, il me suivit du regard alors que je m'approchais. Je m'attendais à entendre le bruit des bottes de Kingsnake derrière moi, à le sentir m'attraper par le coude pour me retenir, mais il n'en fit rien.

Il me laissa partir.

20

KINGSNAKE

– Tu lui as dit.

Je lançai un regard noir à Croc, assis en colimaçon sur le tapis devant le feu de cheminée. Le roi Elias nous avait offert l'hébergement sans hésiter. Lors de notre dernière rencontre, il me regardait avec crainte, mais maintenant, il avait le regard vide.

Cobra était assis dans le fauteuil, une cheville croisée sur le genou, les doigts sur ses lèvres.

Non.

– Alors comment elle le sait ? aboyai-je. Tu es le seul à le savoir.

– Plutôt que de t'en prendre à Croc, tu devrais être en colère contre toi-même, dit Cobra. Parce que tu aurais dû lui dire la vérité.

Je regardai mon frère, la rage dans les yeux.

– Je n'ai pas besoin de tes remarques à la con en ce moment…

– C'est n'importe quoi, Kingsnake. Comment tu as pu ne pas lui dire ?

Je ne te trahirai jamais.

Maintenant je menais deux conversations à la fois.

– Tu étais le seul à savoir, Croc. (Je regardai mon frère.) Et ta gueule, Cobra. Elle s'était finalement adaptée à sa nouvelle vie, et je n'allais pas tout foutre en l'air…

– Ne me fais pas croire que c'est la raison, dit Cobra. Arrête de me raconter des salades.

– Je suis ton putain de frère, rétorquai-je. Ta loyauté est envers moi.

Je n'étais pas le seul à savoir.

– Ce n'est pas parce qu'on est de la même famille que tu as tous les droits, pesta Cobra. Larisa est ma sœur, n'est-ce pas ? Tu avais peur qu'en apprenant la vérité, elle te quitte pour une vie humaine. Ou pire, qu'elle te demande de la rejoindre.

– Et tu ne comprends vraiment pas pourquoi je n'ai pas envie de ça ? hurlai-je.

– Bien sûr que si ! Mais elle méritait de pouvoir choisir.

– Tu veux que je sois un humain ? demandai-je incrédule. Allons, Cobra.

– Non, mais je sais que Larisa t'aurait choisi. Et votre relation aurait été mille fois plus belle. Mais tu as tout foutu en l'air parce que tu ne lui fais pas confiance. Tu n'as aucune foi en elle.

Je me détournai, la rage circulant dans mes veines comme si j'avais encore un battement de cœur.

C'est un coup de ton père.

Je tournai lentement la tête vers Croc, soudain terrifié.

– Mon père ne me trahirait pas...

Sssi, il l'a fait — parce que ça ne vient pas de moi.

La pièce devint silencieuse, à l'exception du crépitement du feu. La douleur me plombait les épaules, et le fardeau était trop lourd à porter. J'étais blessé de toutes parts, combattant sans armure, poignardé dans le dos par mes alliés plutôt que par mes ennemis.

– Pourquoi il lui aurait dit ?

Il ignorait peut-être que c'était un sssecret.

– Il le savait.

– Probablement parce qu'il est furax qu'on ne lui ait pas donné ce qu'il voulait, expliqua Cobra. C'est une vengeance. S'il ne peut pas avoir ce qu'il veut, alors toi non plus.

– C'est vraiment un coup bas.

Mon père et moi avions enterré la hache de guerre, mais il n'hésitait pas à me trahir si je ne lui donnais pas ce qu'il voulait. C'était comme un coup de couteau dans le cœur plutôt que dans le dos.

– Il est obsédé par le désir de vaincre les Éthéréens, dit Cobra. Il n'arrive pas à penser clairement.

La trahison de mon père passa au second plan parce que je ne pouvais rien y faire pour l'instant.

– Je ne peux pas la perdre.

Croc et Cobra se turent à mes mots. Aucun d'eux ne parla. Aucun d'eux ne me donna des paroles d'encouragement.

– C'est à elle que tu devrais parler, pas à nous, dit Cobra. Fonce.

21

LARISA

Je me trouvais dans le bureau d'Elias, assise dans un fauteuil en face du sien, non loin du feu qui brûlait dans la cheminée, même en pleine journée. Les rideaux étaient fermés, comme par oubli, comme s'il n'y avait aucune raison de les ouvrir en plein jour alors qu'il n'y avait même pas de sens à être en vie.

– Le trajet depuis Grayson est relativement court, dis-je. S'ils partent avant le coucher du soleil, ils devraient arriver ici vers minuit. En attendant, on pourra ralentir les loups-garous lorsqu'ils nous repéreront.

– Ils n'ont pas pu rentrer les avertir, car ton mari les a tués. J'imagine qu'ils devineront ce qui s'est passé et marcheront en force sur notre cité — alors que nous n'avons rien pour nous défendre.

– Ils n'ont aucune chance contre les vampires de Kingsnake.

– Mais s'ils ne voient pas une véritable armée, ils ne te croiront pas, dit-il. Quelques vampires ne suffiront pas à les convaincre.

– Ils enverront peut-être des éclaireurs avant leur armée, dis-je. On aura peut-être du temps.

– J'espère que tu as raison.

Il s'enfonça dans son fauteuil, n'étant plus l'homme séduisant que je me rappelais. Le stress avait asséché sa peau, dégarni son crâne, terni ses yeux. Ses bras avaient perdu leurs muscles tant son corps s'était émacié.

– Tu n'es pas obligée de rester, Larisa. Tu n'as aucune raison de mourir pour nous. On ne t'a pas soutenue quand tu avais besoin de nous. Tu ne devrais pas nous soutenir.

– Je ne vais pas abandonner Latour-Corbeau.

– Il reste si peu d'entre nous. Ça ne vaut pas la peine.

– Ça vaut toujours la peine, Elias.

Nous tombâmes dans le silence, un silence confortable, quelque chose que je ne pensais pas possible après tout ce que nous avions traversé. Mes yeux se posèrent sur le feu, pensant à l'homme que je refusais de nommer.

– Je suis désolé… pour toi et ton mari.

– Ouais… merci.

– Je peux te demander ce qui s'est passé ?

Je pris une profonde inspiration avant de lui raconter.

– Il ne me l'aurait jamais dit. Il ne m'aurait jamais donné le choix. Et c'est tout simplement inacceptable, conclus-je.

Au lieu de réagir impulsivement et de maudire Kingsnake, Elias se contenta de hocher la tête.

– Qu'est-ce que tu vas faire ?

– Je ne sais pas.

– Il t'aime profondément.

– Tu ne le connais pas.

– Il t'a menti parce qu'il ne voulait pas te perdre. C'est de l'amour, même si ce n'est pas exprimé de la meilleure façon.

Mes yeux restèrent rivés sur le feu.

– Je vois que tu l'aimes aussi.

– Comment ça ?

– Tu l'as appelé ton mari alors que tu n'étais pas obligée de le faire. Il est toujours l'homme de ton cœur, même dans ta colère.

Je négligeai sa remarque.

On frappa à la porte, puis le garde passa la tête à l'intérieur.

– Kingsnake, roi des Vampires et seigneur des Ténèbres, souhaite parler à Larisa. Je lui ai dit qu'elle était en ta compagnie.

Je pouvais ressentir la rage de Kingsnake incendier le château. Cela commença comme une simple étincelle puis se transforma en brasier.

– Dis-lui de partir.

Je ne voulais pas lui parler. Quelques heures s'étaient écoulées depuis notre dernière conversation, et ce n'était pas suffisant pour que je me calme.

Le garde referma la porte et disparut.

Le roi Elias resta silencieux.

– Vous ne pouvez pas entrer !

La porte s'ouvrit violemment, comme si Kingsnake l'avait enfoncée d'un coup de pied. Il entra dans le cabinet, les yeux enflammés, fixant immédiatement le roi Elias et la distance entre nous, qui était celle de la longueur de la pièce. La colère s'atténua légèrement, mais seulement légèrement.

– Sors.

Elias se leva immédiatement.

Je roulai les yeux devant la scène qu'il venait de provoquer.

– Je ne veux pas te parler…

– C'est dommage. Je t'ai dit de partir, lança-t-il à Elias.

Le roi Elias se dépêcha de sortir de son bureau et referma la porte derrière lui.

Kingsnake saisit le fauteuil abandonné et le tira à travers le tapis jusqu'à ce qu'il soit juste devant moi. Il s'effondra dans le siège et me fit face.

– On ne quittera pas cette pièce avant d'avoir résolu notre différend.

– Tu n'as pas le droit de dicter les conditions de ma colère. Je suis furieuse, et je le resterai aussi longtemps que je le voudrai. La réconciliation ne se produira pas parce que tu l'as décidé.

– Mais elle aura lieu.

Ce n'était pas une question, mais cela en avait l'intonation, son espoir transparaissant.

Je détournai le regard.

– Comme tu le dis toi-même, il ne faut jamais présumer de la victoire avant même que la bataille ne commence.

Son regard resta résolu, mais les émotions qui bouillonnaient en lui étaient comme les vagues de la marée montante sous la pleine lune. Elles s'amplifiaient et s'intensifiaient en s'écrasant contre le rivage.

– Pourquoi tu es seule avec lui dans son bureau ?

– Drôle de façon de t'excuser, renâclai-je.

– Je ne comprends pas...

– Parce qu'il est le roi de Latour-Corbeau, ma cité.

– Ton ancienne cité. Grayson est maintenant ta demeure.

– Désormais aussi mon ancienne demeure.

Une étincelle de colère l'embrasa.

– Et on fait face à une attaque imminente des loups-garous. On essaie de trouver des solutions logistiques.

– Et c'est tout ? demanda-t-il méfiant.

Je le regardai droit dans les yeux, les jambes croisées, le coude appuyé sur mon genou.

– Kingsnake, peu importe à quel point je peux être en colère contre toi, il n'y a aucun moyen que je...

– Je ne m'inquiète pas pour toi. Je m'inquiète pour lui.

– Même s'il tentait quelque chose, le fait que ça te dérangerait signifie que tu t'inquiètes pour moi.

Il détourna les yeux.

– J'ai peur d'avoir tout gâché... et de t'avoir poussée dans les bras de ton ancien amant.

– Tu as effectivement tout gâché, Kingsnake.

Il détourna de nouveau les yeux.

– Mais tu es l'homme que j'aime... malgré tout.

Ces mots furent difficiles à prononcer simplement parce qu'il m'avait tellement blessée.

Ses yeux revinrent vers moi.

– Lorsqu'on a joué à ce jeu avec Cobra, tu as dit que tu avais couché avec un type au hasard dans un bar quand Elias...

– Tu vas vraiment me le reprocher maintenant ?

– Je ne te le reproche pas. Je t'explique simplement mes craintes. Et coucher avec Elias est le moyen parfait de te venger de moi...

Je détournai le regard, l'insulte me frappant comme une gifle.

– C'est toi qui m'as trahie, mais c'est à moi de te rassurer sur l'avenir de notre couple ?

Il détourna de nouveau le regard.

– Je ne ressens rien pour Elias, si ce n'est de la pitié. On est mariés, Kingsnake. Je prends cet engagement au sérieux. Beaucoup plus sérieusement que toi, puisque tu as choisi de m'épouser sans me laisser le choix.

Il ressentait une douleur si vive dans sa poitrine qu'elle irradiait la chaleur comme le soleil. Il gardait les yeux baissés, trop honteux pour croiser mon regard.

– On était heureux, et je ne voulais pas tout gâcher. On avait enfin surmonté toutes les difficultés. Tu avais enfin accepté ta nouvelle nature, et il aurait été cruel de te révéler cette information.

– Je n'arrive pas à croire que tu ne me l'aurais jamais dit...

Il fixa ses mains alors qu'elles se rejoignaient entre ses genoux.

– D'après ta réaction, je sais quelle sera ta réponse, alors je ne culpabilise pas de t'avoir menti. Pas du tout. Parce que je ne veux pas te perdre, et maintenant, je vais te perdre.

– Kingsnake.

Il garda les yeux baissés.

– Regarde-moi.

Il fit non de la tête.

– Je ne peux pas.

– Pourquoi tu penses que c'est ma réponse ?

– Pourquoi tu serais fâchée sinon ?

Il continua de fixer le sol.

– Je suis fâchée parce que tu as fait passer tes intérêts avant les miens — la dernière chose à faire dans un mariage. Je suis fâchée parce que tu m'as poussée à tout sacrifier pour notre amour, mais tu n'as pas voulu faire la même chose pour moi.

Il releva les yeux, les plongeant dans les miens.

– Ce n'est pas vrai.

– Qu'est-ce qui n'est pas vrai ?

– Je ferais le sacrifice, mais bon sang, je ne veux pas le faire.

Il se redressa dans le fauteuil puis s'enfonça dans le coussin, la douleur dans ses yeux faisant écho à celle dans son cœur.

– Je ne veux pas passer une courte vie avec toi, te voir tomber malade et mourir, ou me voir mourir d'une crise cardiaque. Soixante ans. Soixante-dix, si on a de la chance. Faibles et vulnérables face à des êtres plus forts que nous. Ce n'est pas la bonne décision.

– C'est quand même une décision qu'on aurait dû prendre ensemble, sur un pied d'égalité, mais tu as choisi de la prendre seul. Comment je peux être ta reine si tu ne partages pas le pouvoir ? Comment tu pourras me laisser gouverner en ton absence si tu n'as pas confiance en mon jugement ?

Il n'avait rien à répondre à cela.

– Kingsnake... je ne te fais pas confiance.

Il ferma les yeux.

– Ce n'est pas la première fois que tu me mens.

– Tu ne peux pas me reprocher ça. Je ne pouvais pas te laisser mourir...

– Parce que tu as décidé que c'était mieux ainsi. Tu ne m'as pas laissé le choix...

– Et c'est ce choix qui nous a conduits ici, mari et femme, follement amoureux, pour toujours. Je ne le regrette pas.

Il releva la tête et me regarda droit dans les yeux.

– Je ne regrette rien de ce que j'ai fait pour que tu sois mienne et que tu le restes.

Je baissai les yeux, en signe de déception.

– Tu as raison... on aurait dû prendre cette décision ensemble. Mais je redoutais ton choix. J'avais peur de te perdre. Tu ne comprends pas à quel point ça m'aurait été insupportable. Tu n'as aucune idée de la force de mon amour.

– Si, dis-je doucement. Parce que je t'aime avec la même force.

Pour la première fois depuis le début de la conversation, il prit une inspiration, ses émotions s'apaisant comme un lac.

– Alors pardonne-moi... et oublions.

– Je... je ne suis pas prête à le faire.

Son cœur sombra à nouveau, le désespoir se propageant dans son corps comme une maladie.

Son désespoir me brisait le cœur alors que c'était moi qui venais d'avoir le cœur brisé.

– Je te promets que je ne te cacherai plus jamais rien. Tu as ma parole...

– Tu m'as déjà fait des promesses...

– Notre relation est complètement différente maintenant.

– J'ai dit que j'ai besoin de temps.

– Larisa...

– Je te pardonnerai. On oubliera. Mais pour le moment... c'est encore trop tôt.

Je lui donnai l'assurance dont il avait besoin, que cette relation était indestructible, que nous serions mariés aussi longtemps que nous vivrions tous les deux. Mais j'avais encore besoin de temps pour digérer sa trahison.

– Alors s'il te plaît, laisse-moi de l'espace. Et ne crois pas chaque fois que je parle à Elias que je vais coucher avec lui.

Il soutint mon regard, calme et féroce à la fois. Il sembla faire appel à toute la force de sa volonté pour accepter.

– D'accord.

– Si tu veux que je te pardonne, promets-moi quelque chose.

– Tout ce que tu veux.

– Promets-moi d'accepter ma décision, même si elle ne te plaît pas.

Je savais déjà quelle serait ma décision, la seule qui nous rendrait tous les deux heureux. Mais j'avais besoin de savoir qu'il ferait vraiment le sacrifice si c'était ce que je voulais, qu'il renoncerait à quelque chose d'aussi important pour lui que pour moi, que notre relation n'était pas à sens unique.

La peur revint, l'envahissant comme la chaleur.

– Je renoncerais à tout pour être avec toi. Mon titre. Mon immortalité. Ma famille. Tout. Parce que tu es la personne la plus importante au monde pour moi. Si c'est ce que tu décides, je l'accepterai sans poser de questions. Tant que nous sommes ensemble, réconciliés, le reste n'a pas d'importance.

22

KINGSNAKE

Je dormis seul dans le lit à baldaquin.

Enfin, pas tout à fait seul, car Croc était là. Il restait de son côté du lit, et je restais du mien. Comme un chien au pied de son maître, enroulé sur lui-même, il émettait des petits ronflements de temps en temps, profondément endormi.

Il faisait encore jour. Je voyais la lumière percer par une fente entre les rideaux fermés. J'avais du mal à dormir sans ma femme. Nous devrions être en pleine lune de miel en ce moment, ivres de bonheur, or j'avais l'impression que nous étions au bord du divorce.

Je renonçai au sommeil et je me redressai dans le lit.

L'un des yeux jaunes de Croc s'ouvrit.

– Tu peux aller voir Larisa. Tu n'as pas à rester ici.

Je veux ressster.

– Ça va, Croc. Je sais que tu préfères sa compagnie à la mienne.

En ce moment, je préfère la tienne.

Je m'adossai à la tête de lit et je fixai le feu mort.

Ça va aller, Kingsssnake.

– J'arrive pas à croire qu'il m'a fait ça... mon propre père.

Les sssecrets ne disparaisssent jamais. Elle aurait fini par le découvrir. Et tu aurais dû lui dire.

– Oui, je le réalise.

La lumière faiblit, virant au bleu foncé et plongeant la chambre dans l'obscurité. C'était difficile de me trouver ici, dans le même château où ce dégonflé s'était tapé ma femme avant de la larguer pour une autre. J'avais beau avoir couché avec mon lot de nanas, l'idée qu'elle ait été avec un autre... me rendait malade. Avaient-ils baisé dans une chambre vide ? Celle-là même où je me trouvais en ce moment ?

On frappa à la porte.

– Ils arrivent.

C'était Cobra.

Je poussai les couvertures et je bondis hors du lit.

Il entra dans la chambre.

– T'as dormi au moins ? T'as une sale gueule.

J'enfilai mon uniforme et mon armure en l'ignorant.

Cobra jeta un coup d'œil au lit vide avant de me regarder de nouveau.

– Elle se ravisera...

– Ils sont combien ? demandai-je.

– Douze, répondit-il. Ils doivent être venus enquêter.

– Tant mieux. Vipère aura le temps d'arriver.

Cobra m'étudiait toujours.

– Alors, elle a dit quoi ?

– À ton avis ? m'énervai-je. Elle me déteste.

– Mais ce n'est pas fini... n'est-ce pas ?

J'attachai mon épée à ma hanche et je pris la dague que j'avais laissée sur la table de chevet.

– Non.

Il soupira de soulagement.

– T'as qu'à bien la baiser, elle oubliera toute l'histoire...

– On a l'air de baiser en ce moment ?

Cobra laissa tomber.

– Allons-y.

Croc passa un bras autour de mes épaules et nous sortîmes de la pièce, prenant le long couloir menant à l'avant du château. Nous descendîmes l'escalier et arrivâmes dehors, où une muraille ceinturait les lieux. L'endroit était tellement désert et délabré qu'au point où on en était, j'ignorais pourquoi on se battait.

Nous nous approchâmes des remparts et je repérai Larisa, debout à côté du roi Elias, dos à moi alors qu'elle scrutait l'horizon.

Le simple fait de les voir l'un à côté de l'autre, malgré les deux mètres de distance entre eux, m'enrageait au plus haut point.

Elle sentit ma rage, car elle se retourna vers moi et ses yeux croisèrent les miens immédiatement.

Je soutins son regard.

Ma colère fut remplacée par un désir désespéré. Je pouvais essayer de contenir mes émotions en sa présence, mais je préférais qu'elle comprenne combien je l'aimais pour l'inciter à me pardonner plus vite.

Nous marchâmes jusqu'à eux. C'était étrange d'arriver devant elle sans passer la main dans ses cheveux ni l'embrasser. Je ne fis que la regarder comme si c'était une pure inconnue.

Les yeux de Cobra passèrent d'elle à moi.

– Ils sont là ?

Larisa détourna le regard et se tourna vers mon frère.

– Ils vont arriver d'une minute à l'autre. Cobra, je te présente le roi Elias, roi de Latour-Corbeau.

Le roi Elias serra la main de mon frère.

Je ne toucherai jamais à ce salaud.

Larisa me regarda de nouveau, sentant sûrement ma rage soudaine.

Je changeai de sujet avant de dire quelque chose que j'allais regretter.

– Quel est le plan ?

– On les menace, dit Larisa. Qu'est-ce que tu sais sur les loups-garous ?

– Pas grand-chose, répondis-je. Ils sont réservés, ce qui nous convient. Ils ne se sont jamais mêlés aux affaires politiques du monde. La maladie doit avoir changé leur mode de vie aussi. Ils sont humains au fond d'eux, et c'est le moment idéal de prendre le pouvoir.

– Ils sont combien en tout ? s'enquit le roi Elias.

– Je viens de dire que je ne sais pas grand-chose sur eux, m'énervai-je.

Il s'immobilisa à mon hostilité.

Larisa gardait les yeux sur moi.

– On est du même côté, Kingsnake.

– Non, m'énervai-je. Je suis seulement ici pour toi. Je me fiche de ce qui va arriver à ce connard.

Le roi Elias aurait dû trembler de peur, mais non.

– J'ai fait quelque chose qui t'a insulté ?

– *T'as baisé ma femme.*

Larisa ferma les yeux, morte de honte devant mon comportement.

– Kingsnake...

– Et tu lui as fait de la peine, continuai-je en regardant le trouduc tellement maigre qu'il ressemblait à un garçon. Oui, tu m'insultes. Ta tronche m'insulte. Je te sauve les fesses alors que tu devrais être mort et enterré...

– *Arrête,* s'énerva Larisa en me tirant en arrière. Des loups-garous approchent et tu ne penses qu'à ça ?

Je me tournai vers elle.

– Oui, je ne me soucie que de toi. Ça ne devrait pas t'étonner.

– Eh bien moi, je me soucie de ce village. Je me soucie des gens qui ont souffert pendant que le remède était dans mon sac. J'aurais dû venir plus tôt, et la culpabilité me ronge de l'intérieur. Alors si tu m'aimes, tu vas te soucier de Latour-Corbeau aussi. C'est l'endroit où j'ai grandi, l'endroit où le serpent d'or m'a mordue quand j'étais dans les champs... et l'endroit qui m'a conduite à toi.

Je sentis ma rage s'atténuer légèrement.

– Alors aide-moi, s'il te plaît, dit-elle en me suppliant du regard, ce qui me serra la poitrine. J'ai besoin de mon roi...

– Tu sais que tu as toujours mon épée, ma chérie, répondis-je, sondant les yeux de la femme que j'aimais de tout mon cœur.

Elle continua de me fixer.

L'un des gardes cria :

– Ils sont là !

Notre moment fut interrompu, et nous vîmes au loin des hommes ordinaires s'avancer vers les portes d'une démarche lente et arrogante. Les cadavres des loups-garous précédents avaient été brûlés dans un bûcher, et il n'en restait que des cendres, mais l'odeur infecte de chair et de fourrure flottait encore dans l'air. Le chef remarqua le bûcher éteint et réalisa vite ce qui s'était passé.

Il posa les yeux sur nous.

– Alors, vous avez choisi la mort.

Le roi Elias ouvrit la bouche pour parler, mais je savais qu'il ne montrerait que de la faiblesse, alors je pris la parole avant qu'il puisse le faire.

– C'est ce que vous choisissez aussi si vous ne partez pas.

Le loup-garou me regarda, les dernières lueurs du jour s'éteignant derrière lui.

– Une alliance entre les hommes et les vampires... C'est le monde à l'envers.

– Quittez ce village et ne revenez jamais, ou vous aurez affaire à ma lame.

– Vous n'êtes pas les seuls à avoir besoin de vous nourrir, Kingsnake.

– Ce n'est pas une question de nourriture, dis-je. C'est une question de pouvoir. Ne prétends pas le contraire.

Il sourit.

– On a conclu un marché avec Latour-Corbeau. Ils nous donnent des humains — ou on les massacre. Et on tient parole.

– Alors tiens parole. Et je tiendrai la mienne.

Les loups-garous regardèrent autour d'eux.

– Tu n'as pas d'armée. Un roi sans armée n'est qu'un homme. Et un homme ne nous fait pas peur.

– Ce n'est pas parce que tu ne vois pas d'armée qu'il n'y en a pas. Revenez avec votre armée, et vous verrez.

– C'est ce qu'on va faire, dit-il en souriant toujours. À bientôt.

– Combien de temps on a ? s'enquit Larisa.

– Quelques heures tout au plus, répondit Cobra. Je crois que leur tanière est dans les parages.

– J'en ai croisé un dans les bois quand j'ai fui Latour-Corbeau, dit-elle. Je n'étais pas très loin.

C'était le jour de notre rencontre. Je n'avais ressenti ni attirance ni affection ce jour-là, mais j'étais vite tombé follement amoureux d'elle.

– Vipère arrive quand ? me demanda Larisa.

– Bientôt. Il arrivera peut-être en même temps qu'eux.

– Sans les vampires Serpents-rois, on n'a aucune chance, dit le roi Elias, sondant l'obscurité le regard vide. D'abord la peste, puis les loups-garous... on est épuisés. On devrait peut-être se rendre, ou s'enfuir.

– Pas question.

Lâche.

– Vous ne devriez pas risquer votre vie pour nous...

– Mais on le fait, m'énervai-je. Parce que ma femme a plus de couilles que tu n'en auras jamais.

Larisa me lança des flammes avec les yeux.

Je ne regrettais pas mes paroles. Je ne le disais pas en tant que mari jaloux, mais en tant que souverain qui se dévouait à son peuple.

Le roi Elias me fixa.

– Tu n'as aucune idée de la souffrance qu'on a endurée. Tu n'as aucune idée des pertes qu'on a subies. Tu es venu ici et tu as pris le peu de citoyens valides qui nous restait... puis les loups-garous sont arrivés. Ça n'arrête jamais. On perd espoir à force d'être continuellement exploités.

Pendant une seconde, j'eus pitié de lui.

– Avec l'armée des vampires Serpents-rois, on les vaincra, dit Larisa. Et sans eux, on pourra les tenir à distance jusqu'à l'arrivée de l'armée. Alors préparons-nous pour la bataille.

Elle parlait comme une reine, donnant des ordres si naturellement qu'on aurait cru qu'elle l'avait déjà fait.

Le roi Elias opina.

– On va faire de notre mieux.

Quelques heures plus tard, nous vîmes l'armée des loups-garous au loin.

Vipère n'était pas encore arrivé.

Il aurait dû être là à l'heure qu'il est, et je m'inquiétais pour sa vie autant que pour la mienne.

L'éclaireur franchit au galop les portes qui se refermèrent derrière lui.

– Ils sont une centaine.

– C'est tout ? fit Cobra avant de me regarder. Ils savaient que tu ne bluffais pas, Kingsnake.

– Ils ont dû présumer que j'appellerais des renforts, mais que l'armée mettrait trop de temps à arriver.

Ce qui était idiot de leur part.

– Cent soldats, c'est rien, dit Cobra. On a dû affronter dix mille orcs la dernière fois.

– Ils étaient cinq contre un, dis-je. Mais cette fois, ils sont cent et on est trois.

– Quatre.

Larisa apparut, affichant un air de défi.

– Ça ne me plaît pas, continuai-je en regardant mon frère. On va devoir les tenir à distance jusqu'à l'arrivée de Vipère. La tranchée de feu ne fonctionnera que jusqu'à ce que l'huile soit consumée. Mais après, ils vont grimper les murs comme les chiens qu'ils sont.

Cobra hocha la tête.

– Tu as raison. On va devoir s'occuper de ceux qui franchissent le rempart, tous les deux.

– Tous les *trois,* s'énerva Larisa.

Les yeux de Cobra passèrent d'elle à moi, puis il parla.

– Je sais que vous avez des ennuis en ce moment, mais à ce sujet, je suis d'accord avec Kingsnake. Larisa, tu te débrouilles bien à l'épée, mais ce sont des loups-garous. Comme des orcs avec des griffes, tu vois ?

– Tu oublies que je suis une Originelle. Je suis plus forte que vous deux.

– Mais tu n'as pas d'expérience, arguai-je. Ne le prends pas comme une insulte.

– Ces loups-garous t'auraient tuée si on n'était pas arrivés à temps, ajouta Cobra. Kingsnake et moi, on peut t'entraîner quand on aura le temps, mais tu n'es pas aussi douée au combat que lui et moi. Ce n'est pas contre toi personnellement.

– Alors qu'est-ce que je fais pendant ce temps-là ? s'agaça-t-elle.

– Ne te mets pas en danger, répondis-je. Parce que sinon, je vais devoir te sauver. Tu veux que je me concentre sur quoi ? Gagner la bataille, ou te sauver ?

Je savais qu'elle était insultée par mes mots, blessée de savoir qu'elle n'était pas réellement l'une des nôtres parce que ses habiletés d'épéistes ne rivalisaient pas avec les nôtres. Mais elle accepta sans sourciller.

– Très bien. Mais s'ils défoncent la porte, je n'aurai pas d'autre choix que de me battre.

– Vipère sera là avant que ça arrive, dis-je, sachant que rien n'empêcherait mon frère de nous venir en aide.

– Ils sont là.

Le roi Elias portait son uniforme et son armure, son casque sur la tête.

Je vis les loups-garous s'avancer en portant des torches. Ils pouvaient voir dans l'obscurité, alors c'était une façon d'inspirer la peur. Ça ne marchait pas sur nous, mais les humains devaient être terrorisés.

– Allumez vos flèches et préparez-vous à tirer, ordonnai-je aux archers, prenant les commandes, car le roi Elias semblait trop faible et incompétent pour mener le bal.

Nous avions eu peu de temps pour creuser les tranchées autour du mur, et elles n'étaient pas très profondes, mais c'était mieux que rien. Les archers enflammèrent leurs flèches et les tirèrent, et le feu se répandit à toute vitesse le long de la tranchée. Les flammes s'élevèrent, dégageant une chaleur si puissante que je la sentis depuis le sommet du rempart.

Larisa arriva à côté de moi, Croc enroulé autour de ses épaules.

– J'arrive pas à croire que je me bats à côté d'humains.

– Une partie de nous sera toujours humaine, dit-elle en se tournant vers moi, me rappelant la conversation que nous avions eue à Evanguard. N'est-ce pas ?

J'étudiai ses yeux brillants et j'y vis un feu plus puissant que celui qui réchauffait ma peau à travers mon armure. Je baignais dans son assurance, m'imprégnais de son intensité. Si une armée de loups-garous ne marchait pas vers nous en ce moment, je prendrais son visage en coupe et je l'embrasserais.

– Oui.

Les loups-garous s'arrêtèrent derrière la barrière de feu, la gueule ouverte, me toisant comme s'ils voulaient ma tête. Les flammes étaient aussi hautes qu'eux, mais leur intensité ne durerait que quelques minutes. Elles faibliraient graduellement en consumant l'huile.

– Feu !

Les archers tirèrent leurs flèches au-delà des flammes et atteignirent quelques cibles. La lumière devait être trop forte pour que les loups-garous voient arriver les projectiles, car ceux qui furent touchés tombèrent dans la tranchée, alimentant le feu qui s'aviva en les dévorant.

Grrrrrrrrrrrrrrrrrrr.

Ouuuuuuh !

Ils rugirent et hurlèrent dans la nuit, leur cri de guerre.

– Là, on les a vraiment énervés, dit Cobra à côté de moi.

– Tant mieux.

Je regardai dans la direction opposée, sondant l'obscurité en espérant voir une armée de vampires à cheval, ou entendre le bruit de milliers de sabots.

Mais il n'y avait rien.

Nos projectiles avaient tué un bon nombre d'ennemis, mais les flammes étaient maintenant trop faibles, et le premier loup-garou franchit la barrière. Puis le suivant, et le suivant. Bientôt, ils couraient tous vers les portes.

– Merde.

Je ne croyais pas qu'ils se rendraient si loin.

Cobra sortit son arc et se mit à tirer.

– Feu ! criai-je. Tire aussi vite que tu peux.

Les flèches pleuvaient sur les loups-garous, certaines enflammées, d'autres non, certaines manquant leur cible alors que d'autres l'atteignaient. Mais maintenant qu'ils se rapprochaient, ils semblaient plus déterminés que jamais à escalader la muraille et nous réduire en bouillie.

Des dizaines de loups-garous atteignirent le rempart et se mirent à grimper.

Protège-la.

D'accord.

Je me dirigeai vers Larisa et me positionnai devant elle pour tuer tous les loups-garous qui s'en approchaient.

Ils arrivèrent au sommet et attaquèrent les gardes avec leurs griffes massives. Des cris à glacer le sang résonnèrent dans la nuit, et des entrailles se déversèrent sur les remparts. Je fis tomber un ennemi en bas d'un coup de pied, puis je tranchai la tête d'un autre. Cobra s'efforçait aussi d'en repousser autant que possible avant que nous ne perdions plus d'archers.

Larisa s'éloigna de moi pour combattre un ennemi, lui tailladant le torse, puis le visage avant de l'envoyer valser en bas d'un coup de pied. Lorsqu'un autre s'approcha d'elle, Croc surgit et lui arracha un œil. Le loup-garou s'écroula, et Croc lui trancha la gorge.

Me défendre tout en protégeant ma femme n'était pas du gâteau.

De plus en plus de loups-garous atteignaient le sommet du rempart.

– Qu'est-ce qu'il fabrique, putain ?

Cobra en abattit un, puis un autre, et deux autres apparurent de nulle part.

Je voulais ordonner à Larisa de s'enfuir, mais elle n'abandonnerait jamais ni moi ni son devoir.

D'autres gardes moururent. Le roi Elias n'était nulle part en vue.

C'était la catastrophe.

Je tuais ceux qui s'en prenaient à moi, déjà crevé parce que Cobra et moi faisions tout le boulot pour permettre aux archers de continuer à tirer. Larisa nous aidait, mais elle n'attaquait que ceux qui nous filaient entre les doigts.

Puis ils cessèrent de grimper.

Grrrrrrrrrrrrr.

Ouuuuuuh !

Ils hurlèrent dans la nuit.

– Qu'est-ce qui se passe ? cria Cobra.

Je regardai au loin et... je fus balayé de soulagement.

Vipère et l'armée des vampires Serpents-rois fonçaient sur l'ennemi, chassant les loups-garous à cheval. D'autres descendaient de leur monture et les assaillaient à pied. C'était le carnage. Les loups-garous étaient surpassés en nombre et n'avaient nulle part où aller.

Cobra essuya la sueur sur son front.

– Enfin...

Vipère essuyait son épée sur la fourrure de sa dernière victime quand nous nous approchâmes.

– T'en as mis du temps, dit Cobra. Qu'est-ce qui s'est passé ?

Vipère lui lança un regard noir.

Je lui claquai l'épaule.

– Merci d'être venus.

– J'ai épargné ceux-là au cas où vous vouliez les interroger. Entre-temps, je vais m'occuper des blessés et préparer l'armée pour le départ. Préparez-vous à partir, dit-il avant de s'éloigner prestement.

Cobra le regarda.

– Pourquoi il est si pressé ?

Trois loups-garous étaient alignés par terre, ligotés sous forme humaine. C'était ceux qui s'étaient enfuis les premiers, ce qui signifiait qu'ils étaient les plus lâches, et donc les plus susceptibles de parler.

Je bottai le premier.

– Voilà comment ça va se passer : vous allez tous être tués, que vous parliez ou pas. Mais celui qui parlera aura une mort rapide, un coup de lame dans la nuque. Ceux qui ne parlent pas... seront enduits d'huile et enflammés. Le choix vous revient...

– Qu'est-ce que vous voulez savoir ? demanda le premier, évitant délibérément les regards des camarades qu'il venait de trahir.

Je fis un signe de tête à Cobra.

– Occupe-toi de ces deux-là.

– Non !

L'un d'eux résista et essaya de lutter.

Larisa lui donna un coup de pied dans la tête, et il se calma.

Cobra la regarda tout sourire avant de soulever le type.

– Je vais revenir pour l'autre.

Celui qui restait n'était même pas blanc comme un linge. Il était vert comme la vomissure.

Je me concentrai sur le mien.

– Est-ce que les loups-garous font la même chose à d'autres villages ?

— Oui, répondit-il immédiatement. Le roi des Loups-garous prend le contrôle des Royaumes. Il a commencé par les petits villages, mais il s'est rendu jusqu'à la Capitale.

Tout cela s'était passé sous le nez des vampires, et nous n'en avions aucune idée.

— Pourquoi ?

— Pourquoi pas ? répliqua-t-il. Pourquoi être gouvernés par les humains quand les humains peuvent être gouvernés par les loups-garous ?

— Ça a commencé quand ?

— Il y a un mois.

— J'ignorais que vous étiez autant.

— On a plusieurs factions différentes. C'est pourquoi on reste discrets, pour que le monde ne sache pas la menace qu'on représente.

Je croyais que nous arrivions enfin au bout de nos peines, mais voilà que tout se compliquait. Nous ne pouvions pas entrer dans les Royaumes et distribuer le remède, pas si un loup-garou occupait le trône. Il était dans leur intérêt que la maladie continue de contaminer les humains.

— Vous pouvez les manger même s'ils sont infectés.

— Oui.

Merde.

J'entendis les hurlements de son camarade lorsqu'il fut embrasé. Mais les cris furent brefs, car il avait sans doute immédiatement perdu connaissance ou trouvé la mort. Je gardai les yeux sur le loup-garou qui avait coopéré.

– Vous êtes combien ?

– Difficile à dire... mais au moins dix mille.

Je soupirai. Je ne pouvais pas ignorer la situation. Aucun d'entre nous le pouvait, car les loups-garous deviendraient tellement puissants qu'ils s'en prendraient ensuite à nous. Ils détenaient également le monopole de notre source de nourriture. C'était la catastrophe.

Cobra revint chercher l'autre et le traîna vers le bûcher à son tour.

J'avais une dernière question.

– Comment est le roi des Loups-garous ?

Après une longue pause, l'homme répondit.

– Il est impitoyable. Encore plus que vous l'êtes.

Le seul moyen de chasser les loups-garous des Royaumes était de tous nous unir. Les vampires. Les Éthéréens. Même les orcs.

– Je n'ai pas d'autres questions.

Je m'avançai vers Vipère.

– On a un problème. Les loups-garous ont envahi les Royaumes. Ils sont dix mille. C'est arrivé pendant qu'on cherchait le remède et qu'on s'occupait des Éthéréens...

– On n'a pas de temps pour ça, Kingsnake. Prends tes affaires et partons.

– Tu n'as pas entendu ce que j'ai dit ?

– Nos éclaireurs m'ont informé du fait que les Originels ont quitté les Chutes du Croissant et foncent droit sur Evanguard. J'étais incapable de communiquer avec toi, et je ne savais pas quoi faire entre venir en aide aux Éthéréens ou à toi en premier. Tu sais ce que j'ai choisi. La bataille a été rapide, alors on a peut-être le temps d'atteindre Evanguard avant Père.

Je cillai quelques fois — le temps de digérer toute cette information.

– Il va tous les tuer.

– Oui.

Une autre idée me vint à l'esprit.

– C'est pour ça qu'il l'a dit à Larisa...

– Qu'est-ce qu'il lui a dit ?

– Qu'elle pouvait redevenir mortelle. Il savait qu'elle serait en colère... et que je serais tellement distrait que je ne remarquerais pas le départ de Père.

Vipère acquiesça d'un hochement de tête.

– Tu as sans doute raison.

Il avait saboté mon mariage pour avoir gain de cause. Il préférait risquer que je perde ma femme pour tuer des innocents. Mon père était un homme sans merci, mais je n'avais pas réalisé à quel point il était sans cœur.

– On part immédiatement.

Je trouvai Larisa en train de panser l'un des gardes blessés.

Le roi Elias était à côté d'eux, allongé sur le dos avec de la gaze enroulée autour de son épaule, où il avait reçu un vilain coup de griffe. Il était pâle ; sans doute qu'une infection se développait.

– Larisa.

– Oui ? fit-elle sans s'arrêter de travailler.

– On doit partir.

– Maintenant ? s'étonna-t-elle en se relevant.

Une rangée d'hommes avaient encore besoin de ses soins.

– Oui. Je suis désolé.

– Je vais rester ici...

– Qu'est-ce que mon père t'a dit exactement ?

Elle s'immobilisa à ma question.

Cobra s'approcha au même moment, ses yeux passant d'elle à moi.

– Il m'a demandé de te convaincre d'attaquer les Éthéréens, dit-elle. C'était une longue conversation.

– Et tu as refusé.

Elle hocha la tête.

– Je lui ai dit que leur exécution ne ramènerait pas les êtres qu'on a perdus.

Alors il avait essayé une approche différente, puis s'était résolu à l'impensable.

– Vipère vient de m'informer que mon père et les Originels se dirigent droit vers Evanguard.

Cobra écarquilla les yeux.

– Je soupçonne qu'il t'a parlé de mon secret en sachant que ça nous déchirerait. Que notre rupture me rendrait tellement malheureux que je ne remarquerais pas son départ.

La trahison était comme de l'acide dans mon ventre. Venger ma mère était plus important pour lui que sa relation actuelle avec son fils.

– Il est en route vers Evanguard en ce moment même ? demanda Cobra.

– Oui, répondis-je en me tournant vers lui. Prends tes affaires et ta monture. On doit partir immédiatement.

Cobra fila à toute vitesse. Il partirait sans doute avant tout le monde, déterminé à arriver chez les elfes le plus rapidement possible.

Je n'essayai pas de l'arrêter. Rien ne m'en empêcherait s'il s'agissait de Larisa.

– Je peux laisser quelques hommes ici avec toi, si tu veux.

J'ignorais ce qui se passerait à mon arrivée à Evanguard. J'espérais pouvoir faire entendre raison à mon père pour éviter le massacre, mais s'il m'avait poignardé dans le dos, alors pourquoi il m'écouterait ? La guerre serait sans doute déclenchée. C'était peut-être mieux si Larisa restait ici.

– Je peux dire à Croc de rester aussi.

Je présumais qu'elle accepterait l'offre immédiatement, pour profiter de notre séparation, mais non.

– Je veux aider Latour-Corbeau. Le roi Elias m'a dit que beaucoup de citoyens avaient fui le village pour la nature sauvage, car ils ne se sentaient pas en sécurité ici. Les blessés ont besoin d'aide, et j'étais une guérisseuse avant. Mais... je ne peux pas te laisser.

À ses mots, mon cœur s'épanouit comme une fleur.

– Je ne sais pas à quel point tu pourras nous être utile si tu viens. Il n'y a que mes frères et moi qui pouvons raisonner mon père. Et si on n'y arrive pas, une bataille va éclater... et je préfère que tu ne sois pas là si c'est ce qui arrive.

Elle baissa les yeux en inspirant, soupesant ses options.

Je l'observai, aimant la façon dont ses lèvres se pinçaient lorsqu'elle réfléchissait profondément. Son armure suivait les formes de son corps à la perfection. J'en avais toujours des frissons à la regarder, une femme si forte et si douce à la fois.

Elle releva les yeux vers moi, sentant sans doute la bouffée d'excitation qui me parcourait le corps.

– Alors je vais rester. Il y a beaucoup de travail à faire ici.

J'étais à la fois déçu et soulagé.

– Je vais laisser Croc avec toi. Comme ça, on peut garder le contact.

– Je sais que ton père a fait des choses horribles, mais il ne ferait jamais de mal à tes frères et toi.

– J'aimerais le croire aussi, mais je n'en suis plus si sûr.

Je n'étais plus sûr de rien — sauf de mon amour pour elle. Il y avait une distance entre nous, mais le fil qui nous unissait était indestructible. Tant de choses auraient pu nous briser déjà, mais nous tenions toujours bon.

– Je vais guérir les blessés. Puis rassembler les villageois. Donner le remède à ceux qui en ont besoin. On va avoir besoin de soldats valides pour reprendre les Royaumes aux loups-garous.

Je hochai la tête.

– Je reviendrai te chercher. Mais je ne te quitterai pas à moins que tu me fasses une promesse.

– D'accord.

– Si les loups-garous reviennent, prends un cheval et enfuis-toi.

Elle me regarda les yeux vides.

– Je ne crois pas qu'ils reviendront, continuai-je. Mais j'ai besoin de savoir que tu fuiras s'ils le font. On aurait perdu la bataille sans notre armée, alors tu n'as aucune chance de pouvoir les affronter de nouveau avec seulement des soldats blessés à tes côtés. Ça n'en vaut pas la mort.

Elle finit par opiner.

– Promis.

– Alors je pars.

Je me retournai sans lui dire au revoir, me préparant à prendre mon cheval et à m'éloigner sans regarder derrière.

Sa main m'attrapa le bras.

La joie me gonfla la poitrine, relaxant les muscles de mes épaules.

Elle me tira vers elle et se hissa sur la pointe des pieds, puis elle prit mon visage en coupe pour m'embrasser.

Dès que je sentis sa bouche sur la mienne, je lui enserrai la taille d'un bras et je l'attirai vers moi, pressant son armure rigide contre la mienne, ne sentant pas sa chair, mais ses courbes.

C'était le meilleur baiser de ma vie. Un désir déchirant entre nous, un désespoir montrant la profondeur de notre amour malgré la tourmente. Tous mes maux et mes douleurs s'envolèrent, certains de la bataille et d'autres de mon chagrin. J'enfonçai la main dans ses cheveux et je continuai le baiser comme si nous étions seuls au monde, enfermés dans notre béatitude de jeunes mariés.

Elle recula la tête et posa le front sur le mien.

– Je t'aime.

– Putain que je t'aime.

23

CLARA

Cobra était parti depuis des semaines.

Je pensais à lui tous les jours. J'avais hâte de voir son visage, son petit sourire lorsqu'il faisait un commentaire déplacé. Son absence censée m'aider à prendre ma décision ne faisait que me conforter dans mon choix.

Comment avais-je pu tomber amoureuse de lui aussi follement et aussi vite ?

Cela rendait-il ma passion moins réelle ?

Ou plus ?

En ce moment, mes semblables étaient occupés à réfléchir à leur destin, individuellement. Certains prisaient tant leur immortalité qu'ils n'avaient pas d'autre choix que de devenir vampires. D'autres choisissaient de vivre le reste de leur vie en tant qu'humains. Et d'autres... décidaient de disparaître. Trop horrifiés par la raison de leur immortalité, ils préféraient s'ôter la vie et mourir comme ils auraient dû le faire il y a des milliers d'années.

Le mode de vie millénaire des Éthéréens n'existait plus désormais.

Nous allions nous diviser en deux groupes : la moitié d'entre nous rejoindrait les vampires Serpents-rois dans leur ville côtière, tandis que les autres humains resteraient dans cette forêt ou iraient vivre dans les Royaumes. Rien ne serait plus jamais pareil. Et déjà, tout avait changé.

N'ayant plus de cabinet privé, je m'asseyais à une table près de deux troncs robustes. Notre civilisation étant sur le point de disparaître à jamais, il ne semblait plus nécessaire d'avoir un trône ou un bureau... ou quoi que ce soit. Nous étions déjà devenus un peuple désorganisé.

Au bout du chemin, l'un des gardes fonçait vers moi en courant.

Ma poitrine se serra et je me levai, sachant qu'un garde ne courrait pas vers moi à moins que ce ne soit important.

– Qu'est-ce qu'il y a ? demandai-je avant qu'il ne s'arrête complètement.

– Les Originels marchent sur Evanguard.

Il parlait en ahanant, épuisé par la course et l'armure qui l'alourdissait. Elle était blanche comme la nacre, mais lourde comme une pierre.

La peur me vrilla l'estomac.

– Tu dois te tromper.

– Ils portent l'armure noire.

Les Originels étaient bien plus coriaces que les Serpents-rois et les Cobras. Ils étaient plus puissants physiquement et plus rapides aussi.

– On a signé une trêve, dit-il. Et ils reviennent sur leur parole aussi vite ?

– La trêve concerne les autres vampires... pas les Originels.

Cobra et ses frères n'avaient violé aucun des termes de la trêve, mais ils avaient dû révéler à leur père, le roi Serpentin, la vérité sur l'obélisque et nos crimes... et il voulait se venger.

Le garde attendait des ordres.

J'étais trop choquée pour parler.

– Les vampires Serpents-rois et Cobras vont venir à notre secours ? s'affola-t-il.

– Oui... s'ils sont au courant.

Je pouvais envoyer un message maintenant, mais le temps qu'ils le reçoivent et quittent leurs royaumes, les Originels auraient déjà attaqué.

– Je crains qu'ils ne savent pas ce qui se passe...

Il attendait toujours un ordre.

– Envoie une missive à Kingsnake et demande de l'aide. Même s'il la reçoit trop tard, au moins il aura été alerté de ce qui se passe. En attendant, enrôle tous les Éthéréens dans la guerre. Les Originels ont beau être plus forts que nous, on est encore assez nombreux pour les défier.

Il partit en courant pour exécuter mes ordres.

J'allai chercher mon épée et mon armure, terrifiée à l'idée de ce qui allait suivre.

Je choisis d'affronter les Originels sur le champ de bataille plutôt que de rester cachée dans notre forêt. Si le roi Serpentin ne pouvait pas nous attaquer directement, il déchaînerait sa colère sur la forêt. Nous préférions tous mourir plutôt que de laisser les arbres et les créatures souffrir à cause de nos erreurs. Nous étions donc là, alignés pour la bataille, certains à cheval, d'autres à pied.

L'armée des Originels avait traversé le désert et les terres arides et elle s'approchait par les vallées ouvertes. Au début, on ne voyait que des points noirs au loin, puis leurs silhouettes se précisèrent, leur noirceur contrastant avec les herbes vertes qu'ils piétinaient. Plus ils se rapprochaient, plus mon cœur s'affolait.

Mon pouls résonnait dans mes oreilles.

Je savais que Cobra ne m'abandonnerait jamais, que Kingsnake ne reviendrait pas sur sa parole. Ils ne nous avaient pas abandonnés. Ils ignoraient simplement notre situation. Et le temps qu'ils s'en rendent compte, nous serions probablement rayés de la carte. Nous étions assez nombreux pour les affronter, mais nous n'avions plus la force ni la férocité nécessaire pour les repousser.

Le roi Serpentin était furieux, et il ne s'arrêterait pas avant que ma tête ne roule au sol.

– Reine Clara ! m'appela un de mes commandants, qui était positionné latéralement à nos forces.

Je l'aperçus alors — un cavalier solitaire. Il venait du nord, plutôt que de l'ouest. Il montait à califourchon un étalon brun qui galopait à toute allure comme s'il avait la mort aux trousses. Je fis tourner mon cheval pour mieux le voir, ne m'intéressant plus à l'armée qui me chargeait de front.

À mesure qu'il se rapprochait, je distinguai ses cheveux bruns... et ses yeux bruns.

– Cobra.

Je descendis de cheval et me préparai à l'accueillir.

Il ne ralentit pas son étalon avant de se trouver à quelques mètres de moi. Il tira fort sur les rênes et fit reculer son cheval de quelques pas avant de sauter de sa monture. Il trébucha presque d'épuisement en touchant le sol, comme s'il avait chevauché nuit et jour pour me rejoindre.

– Kingsnake et Vipère sont juste derrière moi avec l'armée. On a appris que notre père marchait sur Evanguard bien après son départ.

Il était presque à bout de souffle, même si le cheval avait fait toute la chevauchée.

– Je suis désolé de ne pas l'avoir arrêté...

Je me blottis dans ses bras et le serrai.

– Tu es venu. C'est tout ce qui compte.

Il me serra à son tour, fermement malgré la fatigue.

Nous nous abandonnâmes à cette étreinte plus longtemps que nous ne l'aurions dû, nous accrochant l'un à l'autre pendant de précieuses secondes.

Je me détachai de lui la première.

– On devait lui dire, expliqua-t-il. Il soupçonnait déjà la vérité.

Je hochai la tête.

– Je comprends. Tu ne devrais pas avoir à mentir sur nos transgressions. On assume la responsabilité des actes criminels commis par notre gouvernement — même si on ignorait tout à l'époque. On est prêts à réparer nos erreurs — si ton père est disposé à nous écouter.

– Vous avez détruit l'obélisque. Ce sont vos réparations.

Je me tournai pour le regarder à l'horizon, constatant le terrain déjà parcouru par leurs chevaux.

– Avec nos deux armées, on devrait l'emporter. Mais je préférerais ne pas tuer ton père — comme tu l'épargnerais toi-même. Je connais l'horreur de voir son père tué au combat, même si le mien le méritait. Je ne veux pas que tu vives ça.

Ses yeux s'adoucirent, deux nuages lourds de pluie.

– On peut essayer de lui parler.

– Je sais qu'il a perdu la raison en ce moment, mais je ne pense pas qu'il nous ferait du mal, à mes frères et moi.

J'acquiesçai.

– Sûrement. Sinon, c'est un fou.

Cobra remonta sur son cheval.

– Allons-y ensemble.

Je remontai sur ma jument blanche, et nous nous éloignâmes de l'armée des Éthéréens, chevauchant dans la vallée verdoyante. Nous arrêtâmes les chevaux et attendîmes que son père vienne à notre rencontre. Bientôt, le bruit des sabots s'intensifia et la terre trembla.

Sans nous parler, Cobra et moi observions les vampires qui arrivaient.

Mon cœur battait la chamade en voyant ces puissants noctambules débouler, résolus à détruire mon peuple et ma forêt.

Cobra dut entendre mon cœur s'affoler, car il tenta de me rassurer.

– Je ne laisserai rien t'arriver, ma chérie.

Il le dit sans me regarder, les yeux rivés droit devant.

Son père apparut, portant une armure noire étincelante et un heaume qui masquait tout son visage sauf ses yeux. Son armure était similaire à celle que portaient ses hommes, mais ses plates avaient des motifs plus élaborés. Sur sa poitrine se trouvait un Serpent d'or.

Pour ralentir son armée, il n'eut qu'à lever une main.

Ils s'arrêtèrent tous. Tous, sans exception.

Il s'avança, mettant son cheval au pas. Il prenait son temps, les yeux rivés sur Cobra. C'était comme si je n'étais pas là, ce qui me convenait parfaitement. Il arrêta enfin son cheval et regarda son fils droit dans les yeux.

Cobra soutint son regard.

Ni l'un ni l'autre ne parla. Les chevaux agitaient la queue et changeaient de jambe d'appui. C'était calme, bien trop calme.

Le roi Serpentin rompit le silence.

– Ôte-toi de mon chemin, Cobra.

– Non.

– Tu penses être assez fort pour m'arrêter ?

– Comme je suis ton fils, je l'espère.

Le duel de regards reprit.

– Ce que tu as fait est dégueulasse, dit Cobra. Trahir Kingsnake de cette façon.

– Je lui ai donné une leçon. Ne jamais cacher de secrets à sa femme, parce qu'elle finit toujours par les découvrir. Je l'ai éduqué à dire la vérité, non à mentir. Si elle est partie, c'est qu'elle n'était pas faite pour lui de toute façon.

– C'est des conneries, et tu le sais, rétorqua Cobra. Tu voulais juste le distraire.

Son père le fixa longuement.

– Un roi n'est jamais distrait de son peuple. C'était son erreur, pas la mienne.

Je n'avais aucune idée de ce dont ils parlaient. Je demanderais plus tard... s'il y avait un après.

– Tu es venu à Evanguard pour massacrer des innocents, dit Cobra. Ils n'ont rien à voir avec ce qui s'est passé ici...

– Ils sont toujours en vie, n'est-ce pas ? siffla le roi Serpentin avant me regarder. Je sais que Clara a vécu de très longues années, mille huit cents ans. Elle est plus âgée que toi. Même plus âgée que moi.

Son regard était plein de dégoût, comme si j'étais un asticot sur une charogne en putréfaction.

Il se tourna à nouveau vers Cobra.

– L'âme de ta mère est peut-être la seule raison pour laquelle sa chair est si douce. Tu y as pensé ? Au fait que cette femme ne vit que parce que ta mère est morte.

Cobra tenait fermement les rênes de son cheval. Droit et raide sur sa selle, il ne trouvait rien à dire.

– Nous avons détruit la source de notre immortalité pour expier ce que notre gouvernement a décidé en notre nom, intervins-je. Nous sommes maintenant de simples mortels, et une fois que les âmes ne nourriront plus nos corps, nous deviendrons faibles et humains. Ensuite, nous vieillirons... et nous mourrons. C'est le maximum que je peux t'offrir en réparation.

Ses yeux se reportèrent sur moi.

– Et ce n'est pas assez.

– Il faudra t'en contenter, dit Cobra. Parce qu'il n'y a rien d'autre à faire.

– Ces monstres nous attaquent depuis un millénaire...

– Le roi Elrohir a été tué, ainsi que les généraux à sa solde. Toute personne associée à ce forfait a été mise à mort. Tu dois tourner la page, Père. Si Kingsnake, Vipère et moi pouvons pardonner leurs péchés, tu le peux aussi. On a combattu dans toutes ces guerres. On a perdu des vampires qui nous étaient aussi chers que ceux que tu as perdus. Si tu veux détruire les Éthéréens, alors tu devras me tuer aussi, parce que je me battrai avec eux contre toi.

Le roi Serpentin ne trouva rien à rétorquer.

Les bruits de sabots de nombreux chevaux indiquèrent l'arrivée de Kingsnake avec son armée. Ils se rangèrent aux côtés de leurs anciens ennemis, nous soutenant contre notre assaillant. Le poing qui me comprimait la poitrine se desserra, car je ne perdrais pas d'autres membres de mon peuple aujourd'hui.

Deux chevaux nous approchèrent par-derrière. Kingsnake apparut à côté de moi à la droite de Cobra tandis que Vipère se plaçait de l'autre côté.

À présent, j'avais l'impression de ne pas avoir ma place dans cette discussion.

Le roi Serpentin fixa tour à tour ses trois fils.

J'imaginais qu'ils soutenaient son regard avec la même détermination.

Cobra prit de nouveau la parole.

– Il faudra d'abord nous tuer tous les trois avant de détruire Evanguard.

Ignorant son propos, le roi Serpentin me fixa. Son visage ne montrait aucune émotion, tout comme celui de ses fils, mais je devinais la lave qui coulait du fond de ses yeux. Il me tenait pour responsable de tous les péchés des elfes, même si c'était moi qui avais mis fin à ces atrocités.

– Je suis sincèrement désolée pour ce que mon peuple a fait, dis-je. Je ne peux rien offrir de plus que la promesse d'une paix éternelle et la destruction de l'obélisque. Cobra a raison. Nous tuer ne changera rien.

– Certes, mais tu ne mérites pas de vivre, répondit le roi Serpentin. On m'a traité de monstre d'innombrables fois, mais je n'ai jamais pris la vie après la mort de quelqu'un, seulement son sang. À ta place, je me poignarderais en plein cœur pour en finir.

– *Père*, le tança Cobra.

– Pour la dernière fois, dis-je d'une voix ferme, je n'ai pas commis ces crimes. Pas plus que les elfes qui se tiennent derrière moi. Dès que j'ai pu, j'ai réparé nos fautes et détruit l'obélisque. Si quelqu'un d'autre se trouvait dans la même situation, je ne suis pas sûre qu'il aurait fait de même. J'accepte que tu ne m'aimes pas, c'est légitime, mais reconnais que je n'ai pas cédé à la tentation comme d'autres l'auraient fait.

Le roi Serpentin regarda à nouveau Cobra, comme s'il pigeait un truc qui m'échappait.

– Je comprends mieux maintenant. Tu la baises.

Cobra ne dit rien.

Je me rappelais ce qu'il m'avait dit sur les Originels, qu'ils pouvaient percevoir les pensées. Le roi Serpentin avait dû ressentir ce qui se passait dans la tête de son fils à ce moment-là.

– Non, je ne la baise pas, préféra nier Cobra. *Je l'aime.*

Je ne cillai pas, mais un éclair irradia mon corps. Mon monde vacilla à cette déclaration, à la manière dont il confessait non seulement à son père, mais aussi à ses frères, un amour qu'il ne m'avait jamais avoué.

– Je la protégerai au péril de ma vie, continua Cobra. Et je protégerai son peuple comme s'il était le mien. Je préfère qu'on reste alliés plutôt que de te combattre en ennemi sur ce champ de bataille, mais je n'hésiterai pas à faire couler le sang si tu ne me laisses pas d'autre choix.

– Tu la préfères donc à moi, cracha le roi Serpentin. À ta propre famille.

– Non, dit Cobra. Je choisis le bien plutôt que le mal.

Un duel de regards s'ensuivit.

Kingsnake prit la parole.

– Pendant que tu étais obnubilé par les Éthéréens, les loups-garous se sont emparés des Royaumes. Le roi des Loups-garous est assis sur le trône et asservit les humains en ce moment même.

Le roi Serpentin reporta son regard sur son autre fils.

– Ils peuvent manger les humains pestiférés sans problème, continua Kingsnake. Rien ne les empêche de se renforcer, alors que toutes les autres espèces s'affaiblissent. Si on ne guérit pas les humains, on manquera de nourriture. C'est ce qui est prioritaire, pas cette vendetta ridicule. On a besoin d'alliés pour vaincre les loups-garous. On vient de neutraliser une centaine d'entre eux — et ils sont forts. Plus forts que les orcs. On a besoin de chaque soldat disponible pour virer ces monstres du trône. Les Éthéréens combattront à nos côtés, pas contre nous, et j'ai besoin que tu fasses de même.

L'air semblait changer tout autour de nous, la brise balayant l'hostilité. L'invasion et l'occupation des Royaumes par les loups-garous étaient une nouvelle inquiétante, probablement la seule chose capable d'éveiller l'intérêt du roi Serpentin.

Il fixait ses fils, mais son esprit semblait ailleurs. Il tenait machinalement les rênes de son cheval, ses pensées concentrées sur une contrée bien éloignée de l'endroit où nous nous trouvions.

– Les Éthéréens t'aideront à rétablir les Royaumes tels qu'ils étaient, dis-je. En échange, nous voulons signer la paix avec les Originels.

– Tu n'as pas droit d'avoir des exigences, dit froidement le roi Serpentin. Ta collaboration est la moindre des choses. (Il regarda à nouveau Cobra.) Quand on aura vaincu les loups-garous, je veux la souveraineté sur les Royaumes.

– Tu es déjà roi, Père, dit Cobra.

– Si tu veux que je pardonne aux Éthéréens et que je leur accorde une paix éternelle, c'est le prix à payer, déclara-t-il.

– Tu penses pouvoir combler l'absence de Mère par un pouvoir absolu ? s'étrangla Kingsnake. Ce sont deux choses comparables pour toi ?

Le roi Serpentin fixa son fils d'un regard froid.

– Rien ne pourra jamais la remplacer, Kingsnake. Mais ce sont mes conditions. On libérera les humains de la domination des loups-garous, et ensuite...

– Tu les asserviras, intervint Cobra. Ce n'est pas une libération.

– Les humains vivront normalement comme avant, déclara le roi Serpentin. Mais quand j'aurai besoin de sang, ils me le donneront. Mon règne est préférable à celui de ce chien barbare qui a plongé les Royaumes dans l'horreur.

– Pourquoi on ne peut pas vivre comme avant ? demanda Kingsnake. Sans les Éthéréens, on serait en paix...

– Parce que les humains peuvent se soulever à tout moment et franchir nos frontières, expliqua le roi Serpentin. Certes, ils sont moins forts que nous, mais ils sont plus nombreux. C'est mon prix. Accepte-le, ou bien bats-toi seul contre les loups-garous.

Les Originels étaient les vampires les plus puissants. Un combat serait bien plus difficile sans eux, d'autant plus que nous avions besoin de tous les soldats que nous pouvions trouver.

Les frères ne se parlaient pas à voix haute, mais ils échangeaient des expressions comme s'ils conversaient en silence. Après quelques hochements de tête, Kingsnake prit la parole.

– D'accord.

– Alors nos armées se retrouveront à Grayson avant de se mettre en marche, annonça le roi Serpentin. J'appellerai les Crotales à se joindre à nous depuis les montagnes. On se verra là-bas.

Il tira sur les rênes et dirigea son cheval vers son armée.

– En avant !

Ils tournèrent leurs chevaux dans la direction indiquée et partirent au galop, leurs silhouettes sombres s'estompant au fur et à mesure qu'ils s'éloignaient dans les vallées. Le bruit de mille sabots s'atténuait au fur et à mesure de leur course.

Je respirai à pleins poumons pour la première fois depuis que tout avait commencé, soulagée que mon peuple n'ait pas à combattre aujourd'hui. Nous avions déjà tant souffert. Nous n'avions pas besoin de nouvelles épreuves, surtout après avoir perdu notre immortalité elfique.

– Je suis désolé que mon père soit un tel enfoiré, me dit Cobra.

– C'est bon, répondis-je. Je sais comment ça se passe.

– Où est Larisa ? s'enquit-il.

– À Latour-Corbeau, répondit Kingsnake. Elle voulait rester pour s'occuper des blessés et retrouver les habitants qui ont fui dans la nature sauvage. Croc est avec elle.

– Je suis désolé, dit Cobra.

– Inutile, dit Kingsnake. Tout ira bien.

– Reposons-nous pour la journée, proposa Vipère. On retournera à Grayson au coucher du soleil. Kingsnake, tu peux prendre Larisa et nous rejoindre là-bas. Reine Clara, dis à ton armée de rallier la nôtre, et on partira ensemble.

– Appelle-moi Clara tout court.

Nous cavalâmes vers la forêt. Mes soldats étaient descendus de cheval et se détendaient, soulagés que l'attaque ait été évitée. Tout le monde se dispersa et retourna à ses occupations en tirant les chevaux par la bride.

Je mis pied à terre et quelqu'un emmena ma monture. J'avais à peine touché le sol que Cobra m'étreignit passionnément, son bras m'enlaçant la taille tandis que ses lèvres s'écrasaient sur les miennes.

Il me serra contre lui, ses mains se glissant dans mes cheveux pour les écarter de mon visage.

– Tu m'as manqué.

Je ne trouvais pas les mots, tant ce baiser était profond. Personne ne m'avait jamais embrassé de cette façon, pas même Cobra. Ma main se posa sur son poignet, et je plongeai mon regard dans ses yeux couleur terre.

– Je t'aime aussi.

Nous nous rendîmes directement dans la chambre. Nous posâmes nos épées côte à côte sur la table. Nos armures et frusques tombèrent sur le sol. Dès l'instant où nos corps furent réunis, tout se remit en place. C'était comme si le temps ne s'était pas écoulé, mais nos corps se fondaient l'un dans l'autre comme s'ils avaient été séparés pendant une éternité.

Cobra ne me demanda pas la permission avant de planter ses canines dans mon cou, mais il n'en avait pas besoin. Une délicieuse chaleur se propagea en moi, de mes doigts à mes orteils, et je me sentis flotter dans les limbes.

Les heures passèrent ainsi, aucun de nous ne parlant. Le soleil se déplaçait dans le ciel et modifiait les ombres dans la pièce. Pendant que ses frères dormaient et récupéraient de leur voyage, Cobra buvait à ma source après un long sevrage.

Il finit par être rassasié et se retirer. Des gouttes de sang maculaient l'oreiller. Nos corps s'enlaçaient sous les draps. Son bras m'entourait la taille, ma jambe était passée par-dessus sa hanche, ma féminité humide contre sa peau.

La fatigue se lisait dans ses yeux, mais il continuait à me fixer.

– Je serai là quand tu te réveilleras, murmurai-je, mes doigts effleurant ses lèvres, sentant la barbe drue qui avait poussé ces derniers jours.

– Je veux que tu sois là à mon réveil tous les jours de ma vie.

La question dansait dans ses yeux, mais il ne la posa pas verbalement, me laissant la possibilité de changer de sujet si je n'étais pas prête à répondre.

Mais ma réponse fut facile à donner.

– Je vais t'épouser.

Son expression concentrée se détendit immédiatement, et lentement ce sourire séduisant apparut sur son visage, un éclat dans ses yeux qui rivalisait avec le soleil d'une journée sans nuage. Personne ne m'avait jamais regardée de cette façon, comme si j'étais la clé de son bonheur.

– Et… je vais me transformer.

24

LARISA

Je marchai dans le village désert jusqu'à l'ancienne boutique d'apothicaire, qui avait été abandonnée après l'invasion des loups-garous. L'endroit regorgeait d'herbes et de médicaments, tous utiles pour les blessures et les maladies, mais vains contre la peste qui ravageait l'humanité.

Je rassemblai ce dont j'avais besoin et je retournai au château pour administrer les médicaments à quiconque montrait des signes d'infection, y compris le roi Elias. Plusieurs hommes étaient morts durant l'attaque, mais la plupart étaient seulement blessés. Alors que je m'affairais à les soigner, des souvenirs de mon ancienne vie à Latour-Corbeau me revinrent, lorsque j'étais la guérisseuse du village, la seule personne immunisée contre la peste.

Ce château était toute ma vie. Je changeais les draps dans les chambres, j'époussetais chaque meuble pour que l'endroit soit immaculé. Et je couchais avec le prince quand tout le monde dormait à poings fermés. Mais je n'étais plus cette personne, et j'avais du mal à croire que je l'avais été un jour.

Les soldats valides avaient été envoyés à la recherche des villageois qui avaient fui afin de les ramener au château maintenant que l'endroit était sûr. J'espérais qu'ils ne reviennent pas bredouilles, car Latour-Corbeau était dépourvu de vie sans eux.

Comment va-t-il ?

Je parlais à Croc par la pensée plutôt que par la parole, pour cacher le fait que je pouvais parler aux serpents. Ça pourrait terrifier les gens.

Ils ont contrecarré l'attaque. Et ils ont convaincu leur père de ssse joindre à eux dans la bataille contre les loups-garous.

Oh, quel soulagement.

Cobra et Vipère vont retourner à Grayssson avec leurs armées, ainsssi que les Éthéréens, pour ssse préparer pour la bataille.

Et Kingsnake ?

Il sss'en vient.

Bien.

Il a demandé de tes nouvelles plusssieurs fois.

Je n'en doute pas.

J'entrai dans la chambre du roi Elias. Il était au lit, le teint blême et gris, le front perlant de sueur. Il dormait presque en permanence, reprenant seulement ses esprits lorsque les antidouleurs cessaient de faire effet. Il sursauta quand je m'approchai de son lit.

– C'est moi, dis-je doucement. J'ai trouvé les remèdes que je cherchais...

Il repoussa la couverture, révélant la gaze enroulée autour de son torse et son épaule.

La plaie s'était améliorée. Nous avions pu combattre l'infection avant qu'elle ne s'installe. Au lieu d'être verdâtre avec du pus, elle était seulement enflammée. La peau avait aussi commencé à retrouver sa couleur normale.

– Tu guéris bien.

– Alors pourquoi j'ai aussi mal ?

Je versai le sérum dans une cuillère et je lui tendis.

– Ça va t'enlever la douleur et t'assommer pendant un bout de temps. Quand tu te réveilleras, tu devrais te sentir beaucoup mieux.

– Merci.

Il regardait le plafond, sans jamais croiser mon regard.

– On s'attaquera aux loups-garous quand on aura rassemblé nos forces, et on les délogera des Royaumes pour rendre aux humains leur vie normale. J'ai administré le remède à tout le monde ici, y compris toi, alors tu n'as plus à craindre la peste.

– Si jamais je survis...

– Tu vas survivre, Elias. La guérison pourrait prendre quelques jours encore.

Je resserrai son pansement de gaze.

– On dirait que ton mari et toi avez des problèmes.

La lourdeur revint dans ma poitrine.

– Ce sont des choses qui arrivent. Ça va s'arranger.

– Est-ce que... tu aimes être une vampire ?

– J'ai eu du mal à m'adapter au début, mais j'ai fini par l'accepter.

– Alors... tu t'es nourrie ?

– Oui.

Il posa les yeux sur moi.

– Ne t'inquiète pas, je n'ai pas envie de me nourrir de toi, Elias. Tu n'as pas l'air très appétissant.

Il soupira de soulagement.

– Kingsnake vient me chercher. On va retourner à Grayson avant l'attaque.

– Et nous, qu'est-ce qu'on fait ?

– Je doute que quiconque ici soit en position de se battre, malheureusement. Les soldats cherchent les villageois dans la forêt. J'espère qu'ils vont les trouver. Tu vas avoir besoin d'une infirmière quand je serai partie.

– Ne t'inquiète pas pour moi. Tu en as assez fait, Larisa. C'était mon rôle de défendre Latour-Corbeau... et j'ai échoué.

– Latour-Corbeau sera toujours ma maison, alors c'était aussi ma responsabilité.

Je posai la main sur son épaule, lui donnant de l'affection avant de m'éloigner.

– Je veux que tu saches... que j'ai regretté ma décision au moment où je l'ai prise.

Je retirai lentement ma main, sondant ses yeux.

– Oui, j'étais attiré par elle, mais mon attirance s'est vite estompée, continua-t-il. J'ai vite vu ce qu'elle était, une femme qui m'utilisait pour gravir les échelons de la société avec sa famille. Quand je lui parlais, elle avait les yeux vides comme si elle ne m'écoutait qu'à moitié. Si j'étais de mauvaise humeur, elle ne le remarquait même pas — parce qu'elle ne prêtait jamais attention à moi. Si elle avait été en vie aujourd'hui, je ne crois pas qu'elle se serait occupée de moi comme tu l'as fait. J'étais tenté par la couronne... mais cette couronne ne voulait rien dire en fin de compte.

Il détourna le regard, l'air honteux.

– J'aurais dû y renoncer pour toi. J'aurais dû renoncer à tout pour toi. Je ne sais pas trop pourquoi je te raconte ça...

Une réalisation me frappa, qui me laissa muette un instant.

– Tu veux tourner la page... parce qu'on sait tous les deux que c'est la dernière fois qu'on se voit.

Les soldats trouvèrent les villageois dans la forêt et les ramenèrent au bercail. Puis d'autres arrivèrent, ayant eu vent de la nouvelle que les loups-garous avaient été chassés du village. Au lieu de n'être qu'un dédale de rues désertes et de maisons vides, Latour-Corbeau se remplissait à nouveau des humains qui y avaient vécu pendant des générations.

Larisssa.

– Oui ?

Debout devant le château, je regardais le village fourmiller. Les torches étaient allumées, et le soleil avait entrepris sa descente à l'horizon. Bientôt, il ferait nuit. Ce qui signifiait que Kingsnake était en chemin et serait ici dans quelques heures.

Je sssouhaite parler.

Croc était par terre à côté de moi, la tête dressée pour observer le village.

– Je t'écoute.

Je me tournai vers lui, me frottant la peau et délogeant la crasse sous mes ongles avec un chiffon humide. Il y avait un bail que mes mains n'avaient pas été aussi sales, puisque je ne m'occupais plus des malades et des mourants.

J'ai esssayé de le convaincre de te le dire — mais il avait peur. Peur que tu le quittes et qu'il n'aurait pas d'autre choix que de te sssuivre. Il n'aurait pas quitté ssses frères et ssson père... et moi.

Je le fixai.

Je lui ai dit que tu resssterais. D'avoir foi en votre engagement.

– On dirait que tu le dénonces...

Son mensssonge n'était pas malicieux. Il voulait ssseulement protéger votre amour.

Je le fixais toujours.

Je ne peux pas resssentir ssson désarroi comme tu peux le faire, mais je peux le voir. Je le vois — et ça fait mal.

Kingsnake s'approcha de la cité.

Je quittai le château et marchai vers la muraille. Les gardes venaient d'ouvrir les portes, et il pénétrait dans Latour-Corbeau sur le dos de son étalon noir, un puissant cheval pour un puissant cavalier.

Lorsqu'un raz-de-marée d'émotions monta en lui, je sus qu'il m'avait repérée. Il descendit de son cheval et il s'approcha de moi, grand et redoutable dans son armure, ses yeux sombres m'agrippant comme des mains impatientes. Son intensité s'amplifia alors qu'il s'avançait, son affection m'enveloppant, m'étouffant. Il s'arrêta devant moi, mais ne me toucha pas. Il se contentait de me saluer avec les émotions qu'il me savait capable de ressentir.

– Tu le ferais pour moi ? demandai-je tout bas.

Il mit un moment à comprendre le fil de mes pensées, comme s'il ne s'attendait pas à ce que ces mots sortent de ma bouche. Il détourna les yeux un moment, inspirant profondément comme si la conversation le contrariait.

– Oui.

– Tu aurais des enfants avec moi ? Tu vivrais une vie avec moi ?

Il inspira de nouveau.

– C'est ce que tu as décidé ?

– Oui.

La déception le balaya, pas seulement dans ses yeux, mais aussi dans son cœur.

– Alors je n'ai pas d'autre choix... car je préfère vivre une seule vie avec toi que mille sans toi.

Elias avait refusé de renoncer à son pouvoir pour être avec moi. Mais pas Kingsnake. À ce moment, je sus que j'avais trouvé le bon.

– J'ai beau vouloir des enfants, je ne veux pas te perdre. On a passé le temps d'un clin d'œil ensemble. Je sais qu'une vie d'humain serait finie aussi vite.

La déception fut remplacée par un majestueux lever de soleil dans sa poitrine. Ses yeux s'éclaircirent légèrement alors qu'il me regardait.

– Pardonne-moi.

Je ne ressentais pas une once d'amertume. Pas une once de rancune. Je l'aimais plus que jamais.

– J'aimerais que tu puisses ressentir ce que je ressens chaque fois que je suis en ta présence.

Son cœur avait explosé au moment où il m'avait vue, et je voulais qu'il sache que mon cœur avait fait exactement la même chose.

– Bien sûr que je te pardonne.

25

COBRA

– Je dois me rendre à la Montagne pour rassembler mon armée, dis-je à Clara. C'est un voyage ardu, tu ferais mieux de rester ici.

Je ne voulais pas me séparer d'elle si tôt, la laisser à Grayson sans moi, mais elle avait besoin de se reposer avant la bataille. Son sang était plus revigorant que tout le sommeil du monde.

– Vipère sera à ta disposition.

Elle parut vouloir contester ma décision, mais elle réalisa probablement que c'était la solution la plus logique.

– Je t'épouserais bien maintenant, mais je veux que Kingsnake soit là.

– Tu veux te marier maintenant ? demanda-t-elle. On devrait peut-être attendre la fin de la Grande Guerre...

– Je ne survivrai peut-être pas à la Grande Guerre. C'est le seul moment dont on dispose. Je préfère ne pas le gâcher. Et je préférerais t'épouser en tant qu'humaine... puis te transformer après.

– Tu vas me transformer avant la bataille ?

– C'est la meilleure protection que tu puisses avoir. Ça fait des semaines que l'obélisque a été détruit. Ton éclat est plus terne qu'avant. Ta force diminue déjà.

Elle serait beaucoup plus forte en vampire, surtout contre des ennemis de taille géante.

– À moins que tu aies changé d'avis...

– Non.

Son rythme cardiaque était lent comme l'eau qui goutte d'un robinet défectueux.

– Mais tu ne peux pas mourir, Cobra. Condamnée à vivre une éternité sans toi... Je ne pourrais pas le supporter.

– Je ferai de mon mieux, ma chérie.

Je l'embrassai devant les doubles portes du palais en la serrant dans mes bras. Je ressentis une telle paix que c'était comme si le monde s'était arrêté. Pour la première fois de ma vie, j'avais une raison de vivre, supérieure à l'alcool et aux femmes sans visage.

Mais c'était aussi terrifiant, car maintenant j'avais quelque chose à perdre.

– Je t'aime.

Elle me regarda avec ses yeux verts, ses cheveux flottant au vent, et me retourna mes mots avec conviction.

– Je t'aime aussi.

J'empruntai le tunnel secret pour retourner à la Montagne. C'était le chemin idéal, car je n'étais pas exposé au soleil, mais il était étroit et peu de chevaux pouvaient y passer. Voyager à ciel ouvert était plus facile, surtout pour les claustrophobes.

Arrivé à la Montagne, je m'adressai à mon général.

– Je n'ai pas le temps de tout te raconter, mais prépare notre armée pour la guerre. Les loups-garous ont conquis les Royaumes, et on doit les reprendre. On part pour Grayson.

Il exprima sa surprise, mais ne m'importuna pas avec des questions.

– Entendu, Votre Altesse.

– Et relâche tous les humains. Ils sont libres d'aller et venir à leur guise.

Il était en train de s'éloigner, mais il pivota, n'en croyant pas ses oreilles.

– Qu'est-ce que tu as dit ?

– Relâche les proies.

– Mais c'est notre source de nourriture...

– Il y aura toujours des volontaires.

– Pour toi. Mais pas pour nous autres...

– Suis mes ordres, ou je trouverai quelqu'un qui le fera à ta place.

Une fois la bataille gagnée et la vie normale ayant repris son cours, j'emmènerais ma jeune épouse ici — et elle serait répugnée par la pratique. Même transformée en vampire, nous voir mettre en cage une ville entière dans nos murs lui semblerait barbare. Elle pourrait me quitter et je ne le supporterais pas.

– On trouvera une autre solution. Comme toujours.

26

CLARA

J'essayai la robe blanche à fines bretelles que la couturière me présenta. Elle s'ornait d'un décolleté profond et d'une fente haute sur une jambe, semblable à la robe que j'avais portée quand j'étais devenue reine. Devant le miroir, je me demandais à quoi je ressemblerais une fois que je serais comme eux. Pâle. Sans vie. Froide.

On frappa à la porte.

– Entrez.

Larisa passa la porte. Elle portait une robe noire et des bottes au lieu de l'uniforme qu'elle revêtait le plus souvent à Grayson.

– Mon Dieu, tu es ravissante, s'extasia-t-elle.

– Merci.

Nos regards se croisèrent dans le miroir. Je me forçai à sourire.

– Vous êtes arrivés quand, Kingsnake et toi ?

– Tôt ce matin. Il dort encore.

Elle s'avança dans la pièce pour me regarder de face, sans l'aide du miroir.

– Tu es magnifique. Je sais que Cobra ne tarira pas d'éloges quand il te verra.

– Oui, cet homme est un sacré bavard.

Larisa lâcha un petit rire.

– Je n'avais pas réalisé que tu te mariais.

– Cobra voulait célébrer les noces avant la bataille. Il voulait m'épouser avant... tu sais.

– Je suis désolée, je ne sais pas.

– Avant de me transformer... comme vous autres.

Je regardai à nouveau mon reflet dans le miroir.

Larisa me fixa pendant un moment, puis elle s'assit dans le fauteuil.

– Je sens de la tristesse dans ta voix.

– Ce n'est pas de la tristesse. C'est... je ne sais pas trop ce que c'est.

– De la peur.

Je la regardai dans les yeux.

– J'ai ressenti la même chose. Je n'étais pas sûre de vouloir être transformée, mais Kingsnake n'a pas eu le choix.

– Et depuis, tu as changé d'avis ?

– Oui, confirma-t-elle. Même si je pouvais changer le passé, je ne le ferais pas. J'espère que ça te rassure un peu.

– C'est le cas. Merci.

Le silence retomba. Je me regardai le miroir pendant un long moment.

– J'ai failli épouser un homme qui ne m'aimait pas. Aujourd'hui, j'épouse un homme que je connais depuis très peu de temps. Je me sens bien avec lui, mais je me demande si je ne cultive pas un espoir insensé.

Elle m'observa longuement en réfléchissant avant de répondre.

– L'amour ne se mesure pas au temps. Kingsnake et moi ne sommes ensemble que depuis peu, mais je sais que notre amour durera toujours. Cobra m'a fait des confidences. Alors crois-moi, je sais que son amour pour toi est véritable.

Mon cœur se serra comme un poing — et je savais que je devais chérir cette sensation, car elle disparaîtrait bientôt. Personne ne pourrait plus entendre mon battement de cœur... parce que je serais une morte-vivante.

– Tu prends un risque. Je le comprends. Mais si ça peut te rassurer, le processus peut être inversé.

Chaque muscle de mon corps se tendit à cette révélation.

– Explique.

– Je ne sais pas comment ça fonctionne. Je sais simplement que c'est possible. C'est probablement difficile et compliqué, mais c'est possible. Donc, si tu penses un jour avoir commis une erreur, il y a une porte de sortie.

– Et toi, tu ne l'as jamais envisagé ?

Elle me fixa un moment avant de répondre.

– Si. Brièvement. J'ai toujours voulu avoir des enfants, et ce n'est pas possible en tant que noctambule. Mais je préfère avoir Kingsnake pour l'éternité plutôt que de vivre une courte vie de famille avec lui.

– Alors, il a accepté de redevenir mortel lui aussi ?

– Oui. Mais ce n'est pas la bonne décision pour nous.

Je regardai à nouveau dans le miroir.

– Je pense que Cobra ferait la même chose pour toi si tu lui demandais.

J'aplatis mes paumes sur mon ventre et lissai la robe bien qu'elle n'ait pas le moindre pli.

– Je ne veux pas demander.

– J'espère t'avoir rassurée.

– C'est un grand changement. Un énorme changement. Se nourrir de sang... plus de lumière du soleil... la vision nocturne. C'est une façon de vivre très différente.

Elle acquiesça.

– Mais une fois qu'on a une raison de vivre, l'éternité est le minimum auquel on peut aspirer.

27

KINGSNAKE

J'approchai des portes de Latour-Corbeau, chevauchant au milieu des Éthéréens qui campaient à l'extérieur de la ville. Il n'y a pas si longtemps, nous nous étions battus sur ce même champ, les Éthéréens d'un côté, nous de l'autre. Puis la tête du roi Elrohir était tombée.

Aujourd'hui, les elfes étaient nos alliés.

L'armée de Cobra se découpait au loin, et à mesure qu'ils approchaient, leurs chevaux ralentissaient. Leur armée entière ne tiendrait pas à l'intérieur de la cité. Ils allaient donc devoir camper dans des tentes à l'extérieur eux aussi.

Cobra confia son cheval au maître d'écurie et s'approcha de moi, sans une trace de fatigue — comme si le voyage ne lui pesait pas, car il était ivre de bonheur.

Sa main s'abattit sur mon épaule.

– Mon frère.

Je lui claquai l'épaule à mon tour.

– On peut faire confiance à tes hommes pour se comporter civilement ? Avec les Éthéréens qui campent juste à côté, ça pourrait tourner au carnage.

– Ils se sont tous nourris avant le départ. Leur dernier repas avant qu'on relâche nos prisonniers.

– Tu as libéré ton troupeau de proies ? demandai-je, un sourcil arqué.

– Oui.

Je l'interrogeai du regard.

– Je doute que Clara approuve une telle barbarie après qu'on leur a demandé de détruire l'obélisque.

– Ces deux actes ne sont pas comparables, mais je comprends ton raisonnement.

– Comment elle va ?

– Larisa dit que sa robe est éblouissante.

Il sourit.

– Ce n'est pas la robe, mais la femme qui la porte qui est éblouissante. Et ce soir, elle sera toute à moi.

– Après ton mariage, il ne restera plus que Vipère à caser.

– Et il restera célibataire, affirma Cobra. Ce gars est trop rigide pour une femme, et pas dans le bon sens du terme.

Je ris. Il rit aussi.

– Toi et Larisa, ça va ?

– On a réglé nos différends.

– Une réconciliation sur l'oreiller comme je te l'ai suggéré ?

Il fit un clin d'œil.

– Fâchés ou pas, je la saute toujours.

– Alors peut-être que tu t'es amélioré.

Il me tapa à nouveau sur l'épaule, puis nous montâmes vers le palais.

– Père est arrivé ?

– Non.

– Je pense qu'il sera là demain. Je n'ai pas hâte de le voir.

– Moi non plus.

Ce serait étrange de se retrouver face à face, de se battre à ses côtés en tant qu'allié après son coup de poignard dans le dos. Je n'étais même pas sûr d'être capable de lui parler, encore moins d'accepter ses excuses s'il me les présentait.

Lorsque je retournai dans la chambre, Larisa était assise sur le canapé avec Croc et ils jouaient aux cartes.

– Pourquoi tu joues si tu perds toujours ? demandai-je.

Larisa posa sa carte et me regarda.

– Encore perdu.

– Désolé.

– J'essaie de progresser. Mais apparemment, Croc est un génie.

Elle posa le reste de ses cartes puis vint vers moi, vêtue d'une robe noire qui mettait en valeur son corps sexy. Ses yeux s'illuminèrent lorsqu'elle arriva tout près de moi, comme si elle ne m'avait pas vu depuis des jours et non quelques heures. Elle m'embrassa comme si j'étais l'amour de sa vie.

Je la serrai fort contre moi en lui pelotant les fesses.

Elle sourit contre mes lèvres avant de s'éloigner.

– Cobra est revenu ?

– Il vient d'arriver.

– On célèbrera le mariage ce soir ?

– Oui.

– Il faut attendre ton père ?

– Je ne pense pas que sa présence importe à aucun de nous.

Ses yeux s'assombrirent.

– Tu penses qu'il arrivera quand ?

– Demain. On laissera son armée se reposer et on lèvera le camp au crépuscule.

– À ce propos... dit-elle en croisant les bras sur sa poitrine. Je sais qu'on va avoir cette conversation, alors je préfère crever l'abcès maintenant. Je viens avec toi. Je ne vais pas rester les bras croisés à attendre ton retour.

– Larisa, tu as vu ces loups-garous de tes propres yeux...

– Oui, je n'ai pas pu me défendre à trois contre un, mais je peux gérer un seul loup-garou. Je ne demande pas à être en première ligne avec vous, mais à aider d'une manière ou d'une autre. Donne-moi un rôle, Kingsnake. La reine de Grayson ne devrait pas rester dans son palais pendant que son peuple risque sa vie.

– Mets ta fierté de côté pour le moment, ma chérie. Tu ne sais pas manier l'épée comme mes frères et moi. Et si tu meurs et que je vis… je mourrai aussi.

Au lieu de se mettre en colère, ses yeux s'adoucirent.

– Tu ne risques pas seulement ta vie, mais aussi la nôtre. Et ça n'en vaut pas la peine.

– Je comprends, mais je ne peux pas rester au château. Je dois bien pouvoir faire quelque chose d'utile. Et tous les humains qu'il va falloir évacuer pendant la bataille ? Je peux m'occuper de ça.

J'inspirai par le nez, agacé qu'elle insiste.

– Un groupe de soldats pourrait assurer ma protection. Ainsi que Croc.

– Si ça ne tenait qu'à moi, tu resterais ici, assise sur ton cul, et tu m'attendrais.

Elle me fixa durement.

– Mais je sais à quel point l'inaction t'insupporte.

Elle opina doucement.

– Je ne pourrai pas te protéger moi-même, ma chérie. Il faut que tu le comprennes. Je serai loin, dans une autre partie de la ville, tout comme Cobra et Vipère. Tu auras beau crier mon nom, je ne t'entendrai pas. Croc peut m'appeler, bien sûr, mais il y a des chances que je n'arrive pas à temps.

– Je serai prudente. Je me contenterai de mettre les humains en sécurité à l'extérieur de la muraille. Et si le danger arrive... je courrai.

– Tu me le promets ?

– Oui.

– Tu me promets que tu abandonneras nos hommes et les humains pour sauver ta peau ?

– Oui.

Ça ne me plaisait pas, mais c'était le seul compromis que nous trouverions.

– Alors j'accepte.

Mes crochets acérés et ma force capable de broyer des os asssureront sssa sssécurité, Kingsssnake.

Je n'en doute pas.

Les mains de Larisa se posèrent sur ma poitrine puis glissèrent vers le bas sur mon torse nu, se dirigeant vers mon pantalon.

– On dirait qu'on a du temps à tuer avant le mariage...

J'avais chaud et j'étais en nage après avoir travaillé toute la journée dehors à organiser le camp des Éthéréens dans les champs, puis dans mon bureau lorsque le soleil était au zénith, pour élaborer une stratégie d'invasion.

– Je n'ai pas pris de douche.

– Ça ne me dérange pas.

Ses doigts retroussèrent ma chemise, la remontèrent sur ma poitrine puis l'ôtèrent par le haut.

– Tu vas te salir de toute façon.

Le jet d'eau chaude de la douche ruisselait sur nos corps, traçant une rivière qui coulait entre les seins de Larisa et sur son ventre plat. Ses cheveux mouillés étaient plaqués contre sa peau et des gouttes tombaient du bout de son nez.

C'était la plus belle femme du monde. J'ignore comment j'avais pu ne pas m'en rendre compte la première fois que j'avais posé les yeux sur elle. Au lieu d'admirer sa beauté, je m'étais concentré sur sa désobéissance.

– Je peux te poser une question ?

– Oui.

– Tu savais depuis toujours qu'on pouvait ressortir des ténèbres... ou tu viens de l'apprendre ?

Je pensais que cette conversation était morte et enterrée, mais elle suscitait toujours son intérêt. Il n'y avait ni colère ni accusation dans ses yeux, alors je n'y vis qu'une simple curiosité.

– J'ai toujours pensé que c'était possible, mais qu'on ne savait pas comment.

– Pourquoi tu soupçonnais que c'était possible ?

– Des rumeurs... des histoires. Je ne l'avais jamais vu de mes propres yeux, mais ça semblait exister.

– Et ton père a découvert comment inverser le processus ?

– Oui.

– Comment on fait ?

Je la regardai, sentant un mur s'ériger dans mon cœur.

– Oh, je n'ai pas l'intention de le faire un jour, s'empressa-t-elle de me rassurer. Mais je suis curieuse de savoir comment il est possible de ramener l'âme dans le corps après une longue séparation. Ça doit être de la magie.

– Mon père ne m'a pas expliqué les détails. Il a dit qu'il avait capturé une sorcière sur ses terres, et elle a offert la magie en échange de sa liberté. Je ne connais pas non plus les détails du processus, et tant que je ne l'aurai pas réellement vu se produire, je ne peux rien en dire de plus.

– Quand j'ai discuté avec Clara, elle était nerveuse à propos de la transformation. Je lui ai dit que le phénomène pouvait être inversé.

– Tu penses qu'elle va le faire ?

– Oui. Ce n'est pas le sacrifice qui la fait hésiter. Je pense qu'au fond d'elle, elle redoutera toujours que Cobra la trompe comme son dernier amant. Et elle a besoin de savoir qu'il existe une issue de secours si ça arrive.

– Mon frère dit beaucoup de conneries, mais il est fidèle. Il préférerait de loin être trompé plutôt que de tromper quelqu'un, surtout quand il s'agit de la femme qu'il aime. Il ne fait aucun doute que son amour est sincère, même s'il est récent.

– Je sais.

– Quand ils seront mariés et qu'ils auront passé plus de temps ensemble, toutes ces craintes disparaîtront.

J'avais vu les craintes de Larisa s'estomper au fur et à mesure que notre relation se poursuivait, malgré mes transgressions. Après notre dernière dispute, sa confiance en moi semblait s'être approfondie. Maintenant, nous étions plus forts que jamais. Une fois les loups-garous vaincus et les Royaumes libérés, une paix éternelle s'installerait, et j'attendais avec impatience ce moment avec elle. Je nous imaginais assis à l'ombre d'un arbre, à contempler l'océan se fracasser contre le rivage, Croc enroulé dans les branches au-dessus de nos têtes.

Elle plongea ses yeux dans les miens, et un sourire subtil apparut sur ses lèvres.

– Je n'en doute pas.

28

CLARA

Je portais ma robe de mariée, un bouquet de fleurs dans les mains, les premières fleurs que je voyais à Grayson. La ville était construite en pierre et en bois, avec des serpents gravés dans les fondations et autour des fenêtres. L'herbe, les arbres et les montagnes entouraient le bastion, mais les fleurs n'étaient nulle part en vue. Je savais que Cobra avait envoyé ses hommes en cueillir dans la nature sauvage pour que je puisse tenir quelque chose me rappelant Evanguard.

Kingsnake apparut devant moi.

– Cobra a un message pour toi.

– Ah bon ? Je vais le voir d'une minute à l'autre.

– Il dit que s'il avait un cœur, il battrait à la même vitesse que le tien.

J'étais à l'autre bout du palais, mais il entendait mon pouls, sans doute parce que j'étais le seul être vivant dans les parages.

– Pas de peur, mais d'excitation, ajouta Kingsnake. Es-tu prête ?

J'opinai.

– Beaucoup de choses ont changé dans les derniers mois. Quand j'ai rencontré Cobra, j'étais fiancée à un homme que je n'aimais pas, car celui dont j'étais amoureuse m'avait trahie. Et maintenant je suis ici... sur le point d'épouser un vampire... et d'en devenir une moi-même.

Le menton baissé vers moi, il étudiait mon visage, les pensées à la surface de ses yeux.

– Je sais que Larisa t'a confié ses craintes. Tu n'es pas seule à avoir des doutes et des peurs. Si ça peut te consoler, je sais que si les rôles étaient inversés, Cobra ferait le sacrifice sans réfléchir. Et je sais qu'à partir de maintenant, il sera prêt à tout pour toi, même à mourir.

Je hochai la tête, sachant que Cobra était tout ce que je croyais qu'il était.

– Larisa a aussi lutté contre la solitude. Elle ne semblait pas avoir de relations ni être capable d'en développer. Mais mes frères sont devenus les siens — et ce sera la même chose pour toi.

– Merci, Kingsnake.

Il tendit le bras.

Je m'y accrochai et nous prîmes le sentier menant à la falaise. Vipère attendait sur le chemin, et prit mon autre bras au passage. Ensemble, nous marchâmes le long du sentier alors que mon cœur papillonnait dans ma poitrine. Puis je le vis.

Vêtu de son uniforme de roi, il était immobile comme une statue, les yeux rivés sur moi. Certains diraient que je me dirigeais droit vers la mort, que je me jetais dans les ténèbres éternelles, mais en admirant le visage sublime de Cobra, je savais que l'avenir me réservait bien plus.

Il restait focalisé sur moi, le souffle coupé devant ma beauté.

Puis son sourire se dessina sur ses lèvres, et il poussa un sifflement alors que je m'approchais.

– La vaaaache.

Ignorant ses frères, il prit ma main et m'attira vers lui. Il me positionna devant lui et son autre main trouva la mienne.

– T'es prête, bébé ?

Son sourire charmeur me vrilla l'estomac, faisant disparaître toutes mes peurs. Plus il me fixait et plus mes insécurités s'envolaient. Ses yeux m'enveloppaient dans la chaleur de son amour. Je me sentais magnifique alors qu'aucun homme ne m'avait dit que j'étais belle de ma vie. S'il était la récompense, alors j'étais prête à faire tous les sacrifices du monde.

– Oui... je suis prête.

J'avais les jambes enroulées autour de sa taille et les bras pendus à son cou alors qu'il me portait dans le couloir, l'embrassant aussi passionnément qu'il m'embrassait, ma robe de mariée traînant par terre sur notre chemin.

Une fois devant la chambre, il entra et referma la porte d'un coup de pied avant de me porter jusqu'au lit. Il traitait ma robe comme un obstacle et n'hésita pas à tirer sur le tissu délicat, n'arrêtant devant rien pour me déshabiller. Il baissa les bretelles sur mes épaules, puis fit sauter les boutons pour me l'enlever.

Il enleva sa chemise par la tête et baissa son pantalon à toute vitesse, envoyant valdinguer ses chaussures. L'une d'elles traversa la pièce et renversa une lampe, mais il fit comme si de rien n'était. Il libéra son chibre impatient avant de s'emparer de mes cuisses et de me tirer vers lui à la hussarde, laissant mes fesses dépasser légèrement au bord du matelas. Il se guida vers ma fente et s'y enfonça dans un mouvement leste, lâchant un gémissement de satisfaction en sentant ma moiteur.

Je gémis aussi. C'était la sensation la plus divine au monde.

Il passa un bras derrière mon dos et me redressa vers lui, soutenant son poids de l'autre main en se penchant légèrement vers moi. Il me donna de puissants coups de reins, les yeux rivés sur moi pour me regarder les savourer.

Putain, ce que je les savourais.

Il semblait vouloir relever le défi de me donner le meilleur sexe de ma vie pour notre nuit de noces, car il faisait tout le boulot pour me procurer du plaisir et me faire jouir le plus vite possible.

J'avais mouillé de plus belle en voyant sa poitrine de marbre, et je ne mis pas de temps à éprouver exactement les sensations qu'il voulait que j'éprouve, une chaleur torride entre les jambes, une béatitude qui m'envoyait au septième ciel.

Il me poussa plus haut sur le matelas et emboîta nos corps, le bras ancré derrière un de mes genoux alors qu'il se penchait davantage vers moi, rapprochant nos visages en donnant ses coups de boutoir, sa queue enduite de ma cyprine.

Je pris son visage en coupe d'une main et je tournai la tête, exposant ma gorge et les cicatrices de ses morsures précédentes. Ce serait la dernière fois qu'il goûterait mon sang sur sa langue. Il allait devoir trouver une nouvelle proie après cette nuit... et j'allais devoir me nourrir pour la première fois.

Il serra mes cheveux d'un poing et enfonça les crocs dans ma chair, la perçant et causant une douleur qui se transforma rapidement en plaisir des plus exquis. Il aspira mon sang dans sa bouche, et alors que je faiblissais, je me relaxai également.

Nos corps continuèrent de bouger en rythme, perdus dans le plaisir suprême. Il se recula et rétracta les crocs. La goutte de sang à la commissure de ses lèvres était le seul indice qu'il s'était nourri. Il réduisit l'espace entre nos bouches et m'embrassa, et je goûtai mon propre sang sur sa langue.

– Je t'aime.

Il le dit contre mes lèvres en allant et venant en moi, sa queue un peu plus dure maintenant que mon sang avait assouvi sa faim.

Je passai les doigts dans ses cheveux courts.

– Je t'aime aussi.

Au fil des heures, nous fîmes l'amour plusieurs fois, nous arrêtant de temps en temps pour reprendre notre souffle. Il faisait encore sombre à l'extérieur, et les autres vampires se préparaient pour la guerre alors que nous étions perdus dans les vapes de l'amour. Nous étions allongés l'un à côté de l'autre, la tête sur l'oreiller, son corps dur contre le mien.

Il s'était endormi à un moment donné, mais maintenant il était bien éveillé, à me regarder comme s'il ne se lasserait jamais de le faire.

– Je n'aurais jamais cru avoir une femme, mais je savais que si j'en avais une un jour, elle serait sexy. Et tu es foutrement sexy.

Mes lèvres se retroussèrent et je lâchai un petit rire.

– *Tu* es sexy.

À mort. Voire trop beau pour moi.

– Évidemment. T'en as de la chance.

Je pouffai.

– Mais j'en ai encore plus, ajouta-t-il en posant un baiser sur mon épaule et me serrant contre lui.

– Ça t'arrive d'être sérieux ?

– Juste avec toi, dit-il, son regard s'intensifiant, m'enveloppant de nouveau de son amour. Tu es bien plus que ta belle gueule, chérie. Je suis tombé amoureux de ça. (Il posa la main sur mon cœur.) Et de ça. (Il pressa mon biceps.) Tout le reste, c'est du bonus.

Je caressai sa poitrine, là où son cœur serait s'il battait toujours. Avant, quand j'imaginais à quoi ressemblerait mon mari, ce n'était pas Cobra. C'était un Éthéréen, un elfe qui me donnerait des enfants et qui m'aiderait à diriger mon peuple. Mais maintenant, Cobra me semblait le seul choix possible, un homme que le destin avait mis sur mon chemin.

– T'es prête ?

Sa question me ramena à la réalité, la prochaine étape de notre union. J'aurais besoin de temps pour assimiler ma nouvelle nature, et les heures suivantes étaient critiques pour la transformation.

Comme je ne dis pas oui sur-le-champ, ses yeux fouillèrent les miens.

– Personne ne t'oblige à faire quelque chose que tu ne veux pas faire, bébé. On va trouver une solution.

– Non... je suis prête.

– On ne dirait pas.

– C'est un moment important. Donne-moi une minute.

Il m'étudiait toujours, semblant se demander s'il devait continuer.

– Ça va. Je t'assure.

Il me fixa encore un instant, puis il ouvrit le tiroir de sa table de chevet et il en sortit une fiole de verre. Il y avait un peu de venin au fond, transparent avec une teinte jaunâtre.

– Bois ça.

Je pris la fiole et je l'ouvris.

– Une fois que tu l'auras bu, il n'y aura pas de retour en arrière possible. Le venin pourrait te tuer.

J'observai le liquide dans la fiole avant de le regarder de nouveau.

– D'accord.

Je renversai la tête en arrière et je descendis le venin d'un trait, toussant dès que j'eus fini, car j'avais l'impression d'avaler de la fumée.

Cobra porta son poignet à sa bouche et se mordit, perçant sa chair avec les crocs. Puis il l'approcha de ma bouche pour me faire boire, et le sang goutta sur le lit, tachant les draps. Au lieu d'être rouge écarlate comme le mien, son sang était noir. Il attendit que je m'approche de mon plein gré, une fois que je serais prête.

Je pris son avant-bras et je l'attirai vers mes lèvres. Ma langue entra en contact avec son sang, puis je suçai, aspirant le liquide noir dans ma bouche. Le goût était semblable à l'huile et l'acide, avec des notes de terre, une expérience inouïe.

Il m'étudia, ses yeux s'assombrissant alors qu'il me regardait boire son sang.

Quand j'en eus bu assez, il retira son poignet.

– Maintenant, dors. À ton réveil, tu seras ma femme — et la reine des Vampires Cobras.

29

KINGSNAKE

Mon père arriva avec son armée.

Les Originels montèrent leur camp à côté des Crotales dans les champs. Il y avait longtemps que les vampires ne s'étaient pas ralliés contre un ennemi commun. Avant l'arrivée de Larisa dans ma vie, les Éthéréens ne nous avaient pas attaqués depuis des siècles. Des vies étaient perdues à chaque bataille, mais comme aucun de nos peuples n'en sortait vainqueur, les attaques s'étaient faites de plus en plus rares.

Mais maintenant, nous avions un nouvel ennemi.

Je repérai mon père alors qu'il entrait dans Grayson, dans l'armure et le heaume qu'il portait lorsqu'il avait marché sur Evanguard. C'était un homme large et musclé, un homme auquel j'avais toujours voulu ressembler. Heureusement, j'avais hérité de la compassion et de la sympathie de ma mère. Sinon, je serais aujourd'hui le barbare qu'il était devenu.

Il me trouva des yeux bien avant de m'atteindre, et la longue marche qui suivit sembla durer une éternité. Même avant qu'il arrive devant moi, je savais à son regard que notre conversation imminente serait tendue.

Il s'arrêta en face de moi.

Nous nous fixâmes en silence quelques instants.

Puis il parla le premier.

– On va partir quelques heures avant le coucher du soleil. Si on voyage à toute vitesse, on devrait arriver à destination à minuit, et si on gagne la guerre haut la main, on n'aura pas à craindre la lumière du jour.

C'était exactement ce à quoi je m'attendais, mais j'étais quand même déçu.

– Alors, on va faire semblant que tu ne m'as pas poignardé dans le dos ? C'est ce que tu comptes faire, ignorer la situation ?

– On est à l'aube de la guerre, et c'est à ça que tu penses ?

– On pourrait tous les deux mourir demain. Comment tu peux ne pas y penser ?

– Kingsnake...

– Ça va. Je ne sais pas pourquoi je m'attendais à des excuses ; tu n'es même pas désolé. Mettons-nous au boulot et élaborons une stratégie.

Je me détournai et me dirigeai vers l'escalier, abandonnant notre conversation et toute chance de réconciliation.

– Kingsnake.

Je m'arrêtai, même si j'aurais dû continuer.

– Fils.

Ne te retourne pas. Ne te retourne pas. Ne t'avise pas de le faire.

Au sommet des marches du palais, je vis Larisa émerger et me chercher des yeux d'un air affolé.

Car elle ressentait ma détresse.

Son regard s'arrêta sur moi, puis elle jeta un coup d'œil à mon père derrière moi, comprenant immédiatement la situation. Ses yeux retrouvèrent les miens, remplis de tristesse, puis elle se retourna et regagna le palais.

Son visage me donna la force de me retourner.

– J'ai priorisé ma vengeance plutôt que ta relation...

– *Notre* relation.

– Tu aurais dû savoir que ce secret n'aurait jamais pu rester caché...

– J'aurais dû savoir que mon père n'emporterait pas mon secret dans la tombe. Croc était profondément en désaccord avec ma décision. Il est aussi loyal à Larisa qu'à moi. Mais jamais il ne m'aurait fait une chose pareille. Tu es mon père, et tu as exploité ma faiblesse pour tes propres intérêts.

– Je savais qu'elle ne te quitterait pas...

– Tu ne la connais pas. Tu ne connais pas notre relation. Tu n'as aucune idée de ce qui serait arrivé.

– Je vois qu'elle est toujours ta femme, Kingsnake. Il n'y a pas eu de mal...

– Parce que ma femme m'aime plus que tu ne l'as jamais fait. Si Mère était encore en vie, elle aurait honte de toi. Je suis désolé que tu l'aies perdue. La seule compassion que j'ai pour toi provient de mon imagination. Parce que si je perdais Larisa, je serais inconsolable — et pas temporairement. Éternellement. Mais je me souviens de l'esprit de Mère aussi bien que toi, et je sais qu'elle voudrait qu'on tourne la page et trouve la paix. Elle ne souhaiterait pas cette soif inextinguible de sang et de vengeance. Elle ne voudrait pas que tu sacrifies ta relation avec ton fils pour tuer des innocents, d'autant que leur mort ne la ramènera pas. Tu as perdu ta relation pour obtenir gain de cause — et tu ne peux pas arranger les choses.

Il resta silencieux, immobile comme une statue, et sûrement tout aussi vide.

– Je ne suis plus ton fils. On est des alliés — rien de plus.

Père, Vipère et moi étions dans le bureau à attendre que Cobra se joigne à nous.

Vipère était coi, comme s'il ne voulait pas compromettre sa loyauté envers moi en adressant la parole à Père, ce qui n'était pas nécessaire à mon avis.

La porte s'ouvrit. Larisa entra avec Croc autour des épaules et se posta à mes côtés. Elle se concentra sur l'énorme carte déroulée sur le bureau, ignorant mon père autant que moi.

Croc siffla hargneusement en le regardant.

Sssssssss.

Mon père le fixa, l'air impitoyable.

Croc.

Tueur de ssserpents. Traître de sssang.

– Ton animal de compagnie va nous poser problème, Kingsnake ? demanda mon père.

Croc se percha sur le dos de Larisa, dressant la tête et sifflant de plus belle.

Sssssssssssss.

– Ce n'est pas un animal de compagnie, dit Larisa. Ne lui parle pas comme ça.

Mon père ignora ma femme et garda les yeux sur moi.

– Tu trouves approprié que ta nana...

– *Ma femme,* m'énervai-je. Et en tant que reine de Grayson, il est approprié pour elle de faire ce qu'elle veut.

Croc siffla de nouveau.

Ssssssssssssssssss.

Mon père me toisa avant de regarder la carte.

La porte s'ouvrit, et Cobra entra, Clara dans son sillage. Elle avait changé depuis la dernière fois que je l'avais vue. Sa peau, qui avait toujours été claire, était blanche comme neige. Ses yeux verts étaient maintenant virides, ressemblant à deux petites forêts. Elle avait remplacé son armure éthéréenne par une armure de vampire Cobra, noir et or.

Nous la fixâmes tous.

Cobra sourit de toutes ses dents.

– Le vampirisme lui va bien, hein ?

Personne ne parla, l'atmosphère toujours tendue à cause de mon père.

Je passai à autre chose.

– Les loups-garous soupçonnent peut-être notre arrivée. Lorsqu'ils réaliseront que les forces qu'ils ont envoyées à Latour-Corbeau ont été éliminées, ils sauront que les humains se sont ralliés aux vampires ou aux Éthéréens. Ils n'auraient jamais pu triompher sinon, ce que les loups-garous déduiront sûrement. Alors, ils ne seront pas réellement surpris de nous voir arriver.

– Mais je doute qu'ils aient anticipé que les Éthéréens ont forgé une alliance avec nous, fit remarquer Vipère. C'est tout simplement inconcevable, puisque nos peuples sont en guerre depuis des millénaires. Ils seront surpris, et quand ils réaliseront qu'on arrive, ils n'auront pas eu le temps de se préparer pour le massacre.

– Si toutefois les humains ne se battent pas à leurs côtés, dit Cobra. La victoire devrait être rapide.

– Mais s'ils se battent à leurs côtés, ajoutai-je, ça change tout.

– Mais comment ils auraient pu forcer les humains à se battre ? demanda Cobra incrédule. Dès qu'on arrivera, ils se retourneront contre eux.

– À moins que les loups-garous aient empoisonné leur esprit, dis-je. Qu'ils leur aient fait croire qu'un souverain vampire est bien pire qu'un souverain lycanthrope.

– C'est un peu exagéré, remarqua Cobra. Surtout qu'on ne les a jamais vraiment dérangés.

– Pourquoi on marcherait sur eux sinon ? demandai-je. Par pure bonté de cœur ?

– Kingsnake a raison, dit mon père. Pourquoi on risquerait notre vie pour eux ?

– Parce qu'on est les suivants sur la liste des loups-garous, répondit Cobra. Les vampires et les humains viennent de s'allier.

– On doit être parés à toute éventualité, dit Vipère. Présumons que les humains se battront contre nous, et s'ils ne le font pas, alors la bataille sera d'autant plus facile.

Clara prit la parole.

– Les loups-garous sont des créatures vicieuses. On ne s'est pas souvent frottés à eux, mais ils sont particulièrement immondes. J'ai déjà rencontré leur roi, et c'est un homme sinistre. Il est capable de tout pour convaincre les humains de se plier à leur volonté. Comme de leur dire que s'ils ne se battent pas pour les loups-garous, tous les soldats perdront leur femme ou leur premier-né.

C'était barbare, mais probable.

– Alors attendons-nous au pire, conclut Vipère en s'approchant de la carte et y disposant trois pièces d'échec. J'ai assez d'explosifs pour ces endroits. On fait exploser la muraille, et nos armées entrent dans la ville par les passages créés.

– Pourquoi ces endroits en particulier ? s'enquit Cobra.

– Parce que ces rues mènent directement au château, répondis-je en passant le doigt sur la carte pour lui montrer. Trois chemins directs vers notre destination. Le roi des Loups-garous va rester assis sur le trône et attendre que la bataille finisse. On le tue, et les autres s'enfuiront.

Cobra acquiesça de la tête.

– Excellent plan.

– Vipère et moi allons mener nos hommes par le premier passage créé. Cobra va mener les siens par le deuxième. Et Serpentin va mener les Originels et les Crotales par le troisième.

Trop fâché pour l'appeler mon père, je choisis de l'insulter en faisant abstraction de notre lien de sang.

– Larisa sera responsable d'évacuer les humains. Clara, tu veux l'aider ?

– Je vais mener mes hommes avec les vampires Cobras, répondit-elle. Ma place est au combat. Je me suis entraînée toute ma vie.

Je regardai Cobra.

Il ne s'y opposa pas.

– Alors on a un plan. Préparez-vous à partir dans quelques heures.

Je tendis nos affaires au palefrenier avant de m'approcher du cheval de Larisa. Je m'assurai que la selle était attachée correctement. Quelques mois auparavant, un de mes hommes était tombé de sa monture et s'était brisé la nuque, car la selle n'était pas bien fixée. Je ne l'avais jamais oublié, et je vérifiais toujours depuis, commençant par celle de Larisa.

Cobra était à côté de moi, à ranger ses armes dans la fonte.

– T'es nerveux ?

– Non. Toi ?

– Non.

– Alors pourquoi tu demandes ? dis-je en me tournant vers lui.

– Pour voir si tu serais honnête — et tu ne l'es pas.

Il me fit face, vêtu de son armure, son casque accroché à la selle derrière lui.

– On a gagné toutes les batailles précédentes. On va gagner celle-là.

– Vipère a toujours dit que l'arrogance est ce qui tue.

– J'essaie de te remonter le moral.

– Je ne m'inquiète pas vraiment pour moi, dit-il en se rapprochant. Je m'inquiète pour ma femme... ça me fait encore bizarre de l'appeler comme ça. Je l'ai vue se battre, et elle est douée. Pas autant que moi, mais quand même. Mais là, je m'inquiète.

– Je sais ce que tu ressens.

– Je lui demanderais bien de rester ici, mais je sais qu'elle refusera. Elle ne veut pas paraître faible devant son peuple. Si elle ne les mène pas au combat, qui le fera ? Ce n'est pas nous qu'ils suivront.

– Tu es tombé amoureux parce qu'elle est forte. Tu ne peux pas lui demander de rester ici.

– Ouais, je sais. Mais maintenant je dois surveiller ses arrières en plus des miens. Je n'ai jamais fait ça avant. Je ne me souciais que de ma gueule.

J'ignorais quoi dire. Rien ne le consolerait.

– T'as de la chance que Larisa ait accepté de rester derrière l'armée.

– Elle n'a pas les habiletés de Clara. C'est encore une novice. Elle est têtue, mais pas déraisonnable.

Cobra prit ses gants et les enfila.

C'est là que je remarquai son annulaire nu.

– Tu as choisi de ne pas porter de bague.

– Les bijoux, ce n'est pas mon truc. Ça rend difficile le maniement de l'épée.

– Et Clara ?

– Elle n'en porte pas non plus.

C'était un choix intéressant, mais je ne les jugeai pas.

– Je n'ai pas besoin d'une alliance pour que les femmes sachent que je suis marié.

– Alors comment elles le sauront ? demandai-je.

– Parce que ma main sera sur son cul.

La puissance nourricière

Il empoigna le pommeau de la salle et se hissa sur son cheval.

Clara entra dans l'écurie au même moment, portant l'armure que Cobra lui avait fournie, ce qui lui conférait un air royal.

Il la regarda attacher ses armes, puis monter sur sa jument blanche.

Larisa entra ensuite, magnifique dans son armure noir et rouge, mon éternel compagnon enroulé autour des épaules. Ses cheveux sombres dansaient dans la brise, et sa cape voletait derrière elle. Cette femme avait capturé mon cœur à tout jamais.

Ses yeux trouvèrent les miens lorsqu'elle sentit mes pensées, mon admiration.

– Tout va bien ?

– Tu sais que je vais bien.

– Je veux dire, avec ton père.

– Mes frères peuvent continuer leur relation avec lui. Mais moi non.

Au lieu de sembler soulagée, elle eut l'air mécontente.

– Rien n'a changé entre nous...

– Là n'est pas la question.

– Je sais que ce qu'il a fait était mal, mais c'est ton père...

– Il ne s'est pas excusé.

Elle resta silencieuse.

– Il n'est pas désolé. Il se fout de m'avoir fait du mal. Il se fout de tout. Il a choisi d'ignorer la situation et de trouver des excuses.

Elle ne trouvait toujours rien à dire.

– Je ne veux plus en parler.

– Tu vas le laisser s'asseoir sur le trône si on gagne ?

La mort serait la seule chose qui l'arrêterait au point où il en était, et je n'allais pas franchir cette limite.

– Je me fiche de ce qu'il fera.

Larisa

Nous étions beaucoup trop nombreux pour tous emprunter la même route vers les Royaumes. Certains d'entre nous passèrent par le passage secret sous la montagne ou par les Bois de la Mort, tandis que d'autres prirent le chemin le plus dangereux sur la montagne. L'hiver étant maintenant derrière nous, la neige ne les entraverait pas, et le trajet serait beaucoup plus facile.

Nous atteignîmes les vallées et le village de Latour-Corbeau, le royaume le plus proche de Grayson, et nous continuâmes notre chemin. Il y avait de plus petits villages et royaumes à l'extérieur de la ville principale, mais Magnion était la capitale, là où le roi Orion régnait sur la région entière. Il y a longtemps, ces royaumes avaient renoncé à leur souveraineté et s'étaient installés derrière la muraille nouvellement construite pour assurer leur protection. Il y avait d'autres rois, mais leur titre ne servait qu'à préserver leur lignée. En réalité, il était insignifiant, car un seul grand roi gouvernait tous les habitants.

J'étais certaine que le roi Orion était mort aujourd'hui. Le roi des Loups-garous n'aurait pas tardé à le tuer après avoir envahi ses terres. Sans doute l'avait-il décapité et avait mangé sa tête pour terroriser la population.

La muraille était visible au loin, plus haute que la plupart des châteaux, impénétrable de l'extérieur. Ma vision nocturne me permettait de voir dans l'obscurité totale sur de longues distances. Nous pouvions les distinguer, mais eux ne voyaient rien du tout.

Nous allions devoir faire exploser la muraille pour entrer, mais les loups-garous devaient sans doute se contenter de l'escalader avec leurs griffes — comme des rats.

Vipère approcha son cheval de celui de Kingsnake.

– Je vais installer les explosifs et demander aux hommes de les faire détoner en même temps. Puis on va devoir se séparer en trois groupes et tous être prêts à foncer dans la cité une fois la voie libérée.

– Compris, dit Kingsnake.

– On va avancer à pied pour éviter de se faire repérer.

Vipère descendit de cheval, rassembla ses hommes et son matériel, puis s'en alla.

Le moment décisif arrivait.

Kingsnake rejoignit Cobra et leur père.

– Séparons nos armées. Une fois que les murs s'éboulent, on fonce. Ceux qui sont à cheval passent les premiers pour écarter les gens de notre chemin.

– Compris, opina Cobra. Bonne chance, frérot.

Kingsnake lui rendit la pareille.

– Bonne chance, frérot.

Leur père s'éloigna à cheval sans dire un mot.

Kingsnake porta son attention sur moi.

– J'ai besoin que tu t'éloignes maintenant, ma chérie.

C'était l'heure de nous séparer.

Je restai sur mon cheval en le fixant, ignorant quoi dire.

Kingsnake était vide de toute émotion, à croire que c'était une journée comme les autres.

Je le soupçonnais d'avoir vidé son esprit pour moi, pour m'assurer qu'il n'y avait rien à craindre.

Mais je m'inquiétais quand même.

– Sois prudent, s'il te plaît.

– Tu sais que je le serai.

Je ne pouvais pas l'étreindre sur mon cheval. Ni l'embrasser. Seulement le fixer.

– Je t'aime.

Une vague d'émotions le balaya, comme chaque fois que je prononçais ces mots.

– Je t'aime aussi, ma chérie.

Je tirai sur les rênes de mon cheval et me dirigeai vers l'arrière des troupes, loin des rangs de soldats, loin de mon mari, le roi qui mènerait notre peuple à la victoire... ou à la défaite.

Je restai à l'arrière avec la petite armée que Kingsnake avait déployée pour me protéger. Croc était enroulé autour de mes épaules, et regardait droit devant lui alors que nous attendions la détonation des explosifs.

– As-tu peur ?

Non.

– Tu crois qu'il va s'en sortir ?

Kingsssnake a survécu à de nombreussses batailles.

– Mais est-ce que les batailles étaient comparables à celle-ci ?

C'est la première fois que les loups-garous sssont nos ennemis.

– Et ça ne te fait pas peur ?

J'ai confianssse. Et tu le devrais aussi.

Soudain, la terre trembla alors que la première bombe projeta des pierres dans les airs. Tout arriva si vite, mais j'eus l'impression d'assister à la scène au ralenti. Les pierres semblèrent s'immobiliser dans le ciel un instant avant de retomber lentement par terre. Puis les deux autres bombes détonèrent simultanément dans une explosion assourdissante. Le bruit effraya mon cheval, qui tourna sur lui-même et piétina le sol, affolé.

– Ça va, mon joli, dis-je en tirant la bride pour l'immobiliser.

Je vis les armées foncer dans l'obscurité, trois groupes de soldats éthéréens et vampires infiltrant la ville pour tuer quiconque se mettrait en travers de leur chemin. Je me tenais à une distance sûre de la bataille, protégée par ma propre cavalerie, mais la scène était tellement stressante que j'étais soulagée que Kingsnake m'ait demandé de rester derrière.

– Nous y voilà…

Ouuuh !

Ouuuh !

Ouuuh !

Comme des loups hurlant à la mort, les cris des lycanthropes déchirèrent la nuit.

30

KINGSNAKE

À dos de cheval, mes hommes et moi entrâmes à toute allure dans les rues de la cité. Dès la première explosion dans la muraille, des cors retentirent dans la nuit pour signaler notre invasion. Les archers s'empressèrent de sortir leur arc et de nous tirer dessus alors que nous nous déversions à l'intérieur.

J'avais dépassé la portée de leurs flèches, aussi je continuai mon chemin à toute vitesse, fonçant droit sur le château tout au fond du royaume. Mon père, Cobra et moi nous rendions directement au donjon pour éliminer le roi des Loups-garous et mettre fin à cette bataille le plus vite possible, afin de limiter au maximum le nombre de vies perdues. Vipère et Clara dirigeaient nos soldats pour affronter les loups-garous et les humains.

Comme ils n'étaient pas préparés pour notre attaque, l'infanterie ennemie mit du temps à venir à la rencontre de nos soldats. Mes gardes et moi avions fait beaucoup de chemin à cheval déjà, croisant au passage des humains affolés qui hurlaient avant de se réfugier à l'intérieur. J'espérais que

Cobra et ses hommes progressaient dans la cité avec autant de facilité que moi.

Nous approchions du château lorsque les loups-garous apparurent, d'énormes créatures avec des yeux noirs luisant au clair de lune. Ils affluaient vers le donjon pour le protéger, ce qui confirma mes soupçons.

Le roi des Loups-garous se trouvait à l'intérieur.

Je descendis de ma monture et je gravis l'escalier quatre à quatre, mes hommes derrière moi. Mon épée était dégainée et je la faisais tournoyer avec mon poignet, prêt à déchiqueter la fourrure et la chair. Les loups-garous se postèrent devant la porte du donjon en grognant.

D'autres vampires déferlèrent derrière moi ; les loups-garous étaient coincés.

Une impasse s'ensuivit, brève, car la bataille éclata.

Deux loups-garous se précipitèrent sur moi, et j'esquivai un coup de patte qui m'aurait envoyé m'écraser contre une colonne. Je lacérai la cheville de l'adversaire à ma droite et il tituba de côté, me donnant le temps de trancher le cou de l'autre.

– Visez leurs chevilles !

Leurs jambes pliaient dans le sens contraire des nôtres, et leur taillader l'arrière de la cheville leur faisait carrément perdre l'équilibre.

Les vampires et les loups-garous s'écroulaient tout autour, formant des tas de cadavres alors que mes hommes et moi continuions à nous battre pour pénétrer dans le château où se tapissait le roi, trop lâche pour sortir se battre.

D'autres apparurent sur les murs du château, et l'un d'eux sauta sur moi.

Je fus projeté au sol et mon épée me vola des mains. La bête féroce m'écrasait la poitrine, m'empêchant de bouger. Il me regarda en grognant, sa salive dégouttant sur mes plates d'armure comme la pluie alors que son haleine chaude me balayait.

Je sortis ma dague et je me mis à le poignarder dans la jambe sans relâche, mais il resta sur moi en hurlant, prêt à m'arracher la tête.

Puis une épée lui transperça le cœur. Il s'immobilisa et s'effondra par terre à côté de moi.

Je n'eus qu'à voir la lame et son manche or serti de malachite noire pour savoir à qui elle appartenait. Je me relevai et j'extirpai l'épée de la bête, puis je me retournai, voyant Cobra à quelques mètres de moi, un amas de corps autour de lui. Je lui lançai son arme, et il l'attrapa d'une seule main.

– Merci.

– C'était moins une.

Il se retourna et reprit la bataille.

Un autre loup-garou sauta d'une tour du château, mais cette fois, je l'évitai avec un roulé-boulé. Je lui plantai ma lame dans la cheville, et au lieu d'une simple balafre, je la tranchai carrément.

Il hurla comme un chien, incapable de garder l'équilibre. Il tomba à la renverse et un autre vampire lui enfonça son épée dans le cou.

Le danger immédiat était passé, les loups-garous protégeant le donjon ayant été vaincus. Lorsque je me retournai pour regarder la ville, je vis les vampires se battre à la fois contre les humains et les loups-garous dans les rues, tandis que des archers sur les toits tiraient des flèches dans la foule.

Cobra courut vers moi.

– On doit défoncer la porte et entrer dans le château.

– Je croyais que les humains se retourneraient contre eux.

– Peut-être qu'ils le feront une fois que le roi sera mort, dit Cobra avant de crier à nos hommes : Abattez cette colonne !

Elle était faite de bois, un acajou épais gravé d'images de cerfs et d'ours, car les humains avaient toujours été obsédés par la chasse.

Les vampires travaillèrent ensemble pour couper le bois jusqu'à ce que le pilier s'effondre comme un arbre abattu.

– Allons-y.

Nous ramassâmes le bélier de fortune et nous mîmes à l'écraser contre la porte.

Elle ne bougea pas, à croire qu'il s'agissait d'un mur de pierre.

Nous continuâmes les coups de boutoir, en vain.

Mon père apparut, l'armure tachée de sang d'avoir massacré les loups-garous et les humains qui s'étaient mis en travers de son chemin. Réalisant vite notre intention, il ordonna à ses hommes de nous venir en aide. Il s'installa à l'avant du bélier et nous aida à défoncer la porte.

Enfin, elle bougea — un peu.

– Encore ! hurla mon père.

Nous continuâmes d'enfoncer le pilier de bois contre la porte alors que d'autres surveillaient nos arrières. Après plusieurs minutes, nous avions réussi à fragiliser les gonds et à entailler le bois.

Enfin, la porte céda en se détachant de ses charnières.

– En avant !

Mon père entra le premier avec ses hommes, et des flèches ricochèrent aussitôt sur son armure, car des assaillants nous attendaient dans le château.

Nous nous déployâmes à l'intérieur tandis que les archers humains postés tout autour faisaient pleuvoir les flèches sur nous. Les pauvres n'étaient que chair à canon, car les vampires se ruèrent sur eux et les abattirent sur-le-champ, créant un nouveau cimetière.

– Séparons-nous.

Mon père emmena ses hommes d'un côté.

– Allez.

Je fis un signe de tête à Cobra, et nous prîmes ensemble une direction différente. Des lustres bas éclairaient les pièces, où se trouvaient d'épais tapis bleu et marron, des portraits du roi en train de chasser et des âtres si grands qu'on pourrait y faire rôtir un sanglier entier.

Nous nous avançâmes dans les pièces vides jusqu'à ce que nous arrivions près d'une porte double, encore plus haute que celle qui nous bloquait l'accès au château plus tôt.

– Ça doit être la salle du trône, dit Cobra. Cette mauviette se cache.

Je fis le tour de la pièce pour voir s'il n'y avait pas un autre moyen d'entrer, mais il n'y avait que des murs en bois. Plus haut vers le plafond se trouvaient des vitraux, mais ils étaient à plusieurs mètres au-dessus de nos têtes, inaccessibles.

– On va devoir défoncer cette porte aussi.

Grrrrrrrrrrrrrrrr !

Nous nous retournâmes au bruit, qui provenait de l'entrée.

Cobra me regarda.

– C'est une embuscade.

– Ils nous ont coincés, dis-je en me tournant vers les hommes. Bloquez le chemin avec tout ce que vous pouvez trouver. Archers, préparez vos arcs.

Les loups-garous entrèrent dans la pièce, plus d'une trentaine, et nous avions à peine assez de place pour les affronter.

Puis les grandes portes s'ouvrirent et d'autres loups-garous se ruèrent sur nous.

– Merde, fit Cobra. Ça craint.

J'attaquai ceux qui arrivaient par-derrière tandis que nos hommes s'occupaient de ceux qui se ruaient depuis l'avant du château.

Cobra reçut un bourre-pif si puissant qu'il s'écroula au sol. Il lâcha son épée, et lorsqu'il essaya de la ramasser, un autre loup-garou l'éloigna d'un coup de pied.

Je n'avais qu'une seconde pour réagir. De toutes mes forces, j'enfonçai ma lame dans le ventre de mon adversaire, et ses entrailles se déversèrent. Je pris ma dague et je la lançai dans l'œil du monstre qui s'apprêtait à tuer mon frère. Puis j'abattis l'autre avec mon épée, et il s'effondra par terre.

Cobra en profita pour ramper jusqu'à son épée, la ramasser et se retourner juste à temps pour poignarder une bête qui l'attaquait par-derrière. La lame lui transperça la colonne vertébrale, et il mourut sur le coup.

– Merci.

– On est quittes.

Un loup-garou plus fort que tous les autres s'empara de moi et me projeta contre le mur à l'autre bout de la pièce. Je volai par-dessus la mêlée et je m'écrasai si fort sur le bois que mon armure se déforma légèrement. Je glissai par terre, le souffle coupé.

– Roi des Vampires.

Le roi des Loups-garous faisait trois mètres de haut, dépassant tous les autres, avec une fourrure noire comme la nuit alors que celle de ses semblables était grisâtre.

– Seigneur des Ténèbres. Et bientôt, Seigneur de la Mort.

Je me relevai, mon épée à la main, refusant de montrer de la faiblesse même s'il m'avait manipulé comme une poupée de chiffon.

Cobra luttait contre deux loups-garous en même temps, essayant de m'atteindre, mais incapable de se libérer.

Le roi des Loups-garous me toisa de ses yeux noirs.

– Tu croyais que je l'ignorais ? ricana-t-il en s'approchant. Tu crois que Latour-Corbeau est assez forte pour vaincre mon armée seule ? Non, je savais que tu arrivais, Kingsnake — et tu aurais dû le deviner.

Je fis tourner mon épée autour de mon poignet en marchant de côté, prêt à l'attaquer lorsqu'il me sauterait dessus. Le cou et les chevilles étaient leurs faiblesses, mais celui-ci serait plus difficile, car il était plus grand que les autres... et plus fort.

– Tu veux jouer ?

Il prit une position défensive, repliant les oreilles et montrant les crocs.

– Je veux tuer.

– Je t'en prie.

Il fonça sur moi, à la vitesse de l'éclair.

Je n'eus même pas le temps de réagir que je traversai la pièce de nouveau, cinq mètres dans les airs, avant de m'écraser contre un autre mur. Mon armure se déforma de plus belle et je m'effondrai contre le carrelage.

Un rire maléfique s'échappa de sa gueule. Il me regardait alors que les vampires et les loups-garous s'entretuaient autour de nous, leurs cadavres s'empilant.

– Kingsnake !

Cobra essayait de se libérer, mais un loup-garou l'attaqua par-derrière et il fut contraint de se défendre, ne pouvant pas venir à mon secours.

Merde, j'allais peut-être mourir.

Le roi des Loups-garous s'avança.

– Aucun vampire ne peut me tuer.

Je m'étais redressé et je fixais mon adversaire qui me dépassait d'un mètre, avec une masse musculaire bien plus importante que la mienne. Il me lançait comme si je ne pesais rien, comme si mon armure était faite de plumes.

– Tu croyais être l'exception ? demanda-t-il en riant.

Il jouait avec moi, sachant que le combat n'était pas équitable. Je n'avais aucune chance de le vaincre, alors pourquoi ne s'amuserait-il pas un peu ? Il s'avança, me retranchant de tous les autres.

– Je vais t'arracher la tête et la planter sur une pique pour que tout le monde la voie, y compris cette proie que tu as épousée.

Je me sentais malade, pas seulement à cause de ma mort imminente, mais aussi du chagrin que je laisserais derrière. Mais je n'allais pas le supplier de m'épargner. Je n'allais pas non plus demander de l'aide à Croc. Il était trop loin d'ici, et impuissant devant ce monstre.

Je devais me battre.

Je pris mon poignard et je le lançai le plus rapidement possible, visant le cœur du loup-garou.

Plus rapide que moi, il leva l'avant-bras et la lame s'enfonça dedans. Il la regarda en tournant le bras dans un sens et dans l'autre, étudiant le sang qui dégouttait sur sa fourrure. La plaie était sans conséquence pour lui. Absolument insignifiante.

Il me regarda de nouveau.

– Ça chatouille.

Il extirpa la dague et la balança par terre.

Les lycanthropes ne pouvaient pas parler lorsqu'ils étaient sous forme de loup, mais étrangement, celui-ci en était capable, ce qui le rendait d'autant plus terrifiant.

Il fonça sur moi et, par miracle, je l'esquivai et parvins à lui lacérer le flanc.

Mais il s'empara aussitôt de moi et me lança de nouveau, me jetant violemment contre le mur de l'autre côté de la pièce.

Je m'écroulai une fois de plus, et c'est à ce moment que je reconnus les blessures sous mon armure. Ce monstre allait me rosser jusqu'à ce que je ne tienne plus debout, que je sois trop souffrant pour bouger, puis il allait m'arracher la tête et manger mon cadavre.

Il n'y avait aucune issue.

Croc. Je me redressai à grand-peine, ramassant mon épée. *Dis à Larisa que je suis désolé... et que je l'aime.*

Nooooon !

Je fermai mon esprit pour ne pas avoir à entendre sa tristesse. Pour ne pas avoir à écouter le message que Larisa m'enverrait en retour. Serrant fermement la garde de mon épée, la tête haute, je fis face à mon adversaire, refusant de baisser les bras avant d'être mort.

– Tu as l'échine plus solide que je croyais, dit le loup-garou. Ce qui est dommage, parce que je vais la broyer.

Il me donna un coup de patte et je l'évitai, en profitant pour lui planter mon épée dans le flanc. Mais mon attaque ne le ralentit pas, et il m'attrapa dans sa grosse patte avant de me lancer de nouveau contre le mur.

Cette fois, je m'affaissai au sol et je ne bougeai plus.

Ma lame était toujours plantée dans sa chair, et il la laissa là, la portant comme un insigne d'honneur.

Il s'avança, ses pas audibles contre le sol malgré la bataille autour de nous.

Je me relevai tant bien que mal, tremblant, les os brisés. Je glissai, et mes genoux heurtèrent le carrelage.

– Je me sens presque mal, ricana-t-il en montrant les crocs.

Je me forçai à me relever, préférant mourir debout qu'étendu par terre. Mais il me fallut toute mon énergie, toute ma force pour ne pas m'affaisser de nouveau et le laisser en finir avec son supplice.

Il m'attrapa par le torse et me souleva, me tenant dans les airs à croire que je ne pesais rien du tout. Puis il serra la patte autour de mon cou et ma mâchoire, ses griffes faisant couler mon sang alors qu'il se préparait à me charcuter.

– Un dernier mot avant de mourir, roi des Vampires et Seigneur des Ténèbres ? railla-t-il ; il se moquait de moi alors que j'étais au seuil de la mort.

– Va te faire foutre.

Il grogna, s'apprêtant à me tordre le cou.

Puis il hurla et me lâcha.

Je tombai sur le carrelage, et relevai la tête pour voir mon sauveur, espérant que ce n'était pas Croc et Larisa.

– Ne touche pas à mon fils.

Dans son armure noire ornée d'un serpent d'or sur la poitrine, mon père enfonça sa lame dans le genou du loup-garou, puis dans son ventre. Il ne disposait que du court instant où le monstre était si distrait par l'attaque-surprise qu'il avait la garde baissée.

Je me redressai avec difficulté et je pris ma dague, usant de mes dernières forces pour le poignarder là où je pouvais.

Le roi des Loups-garous souleva mon père et le balança contre le mur comme il l'avait fait avec moi.

Je lui plantai ma lame dans la cheville, encore et encore, déchiquetant la chair et les tendons.

Grrrrrrrrrrrrrrrrrr !

Il hurla comme l'animal blessé qu'il était et tomba sur le côté, le sang s'écoulant de la plaie.

La blessure n'allait pas le tuer, alors je sautai sur lui et je m'emparai de ma lame encore plantée entre ses côtes. J'empoignai la garde et je vis ses yeux s'écarquiller de terreur. Avant qu'il puisse me repousser d'un coup de patte, j'extirpai la lame, puis je la lui enfonçai dans le cou, transperçant l'échine reliant sa tête au reste de son corps.

Il se ramollit, mort instantanément.

Maintenant que c'était fini, j'étais trop épuisé pour continuer. Je m'effondrai par terre, souffrant le martyre de mes blessures. Mes côtes étaient brisées, mon bras, ma jambe... tout. La bataille continuait autour de moi, l'entrechoquement des lames, les cris de terreur alors que les vampires et les loups-garous perdaient la vie au combat.

Mon esprit commença à s'engourdir. Mes yeux se fermèrent.

– Fils.

Je sentis une main contre ma poitrine, puis des doigts chauds contre ma peau froide.

– Fils, reste avec moi, dit-il en me secouant.

J'ouvris les yeux de nouveau, mais momentanément.

– Je suis désolé pour ce que j'ai fait.

J'entendis les mots, mais mon esprit était trop engourdi pour que je m'en soucie.

– Je t'aime, fils.

Mes yeux se fermèrent. Et ne se rouvrirent plus.

31

LARISA

Croc ne chercha pas à me dissuader.

Je partis au galop en direction du château, esquivant les combats qui faisaient rage dans les rues. Les loups-garous attaquaient les vampires Serpents-rois et Cobras. Les armures blanches des Éthéréens parsemaient le sol, témoignant de toutes les vies perdues. Partout, ce n'était que cris, hurlements et rugissements.

Nous étions à mi-chemin lorsque les hurlements débutèrent.

Ouuuh !

Ouuuh !

Ouuuh !

Des loups-garous se tenaient sur les toits et au sommet du château et hurlaient à la mort pour que les autres les entendent. Cela devait signifier quelque chose dans leur langage, car ils se mirent à s'enfuir en courant dans les rues en direction de la porte principale. Les combats cessèrent faute de combattants. Ils passèrent à côté de mon cheval sans même me calculer.

Le roi des loups-garous est mort.

– C'est ce que tu as compris ?

Je comprends à leur fuite qu'il s'agit d'une reddition.

Je continuai à galoper sur le chemin du château, serrant les rênes de toutes mes forces.

– Tu arrives à le contacter ?

Non.

Des larmes brûlantes coulèrent de mes yeux, sachant que le pire était arrivé. Kingsnake ne m'aurait jamais envoyé ce message à moins que ce ne soit la fin. Il ne me torturerait pas s'il lui restait le moindre espoir de survie.

Je sautai de mon cheval en arrivant en bas des marches et je courus dans le château.

– Kingsnake !

Je traversai les pièces vides, jonchées des cadavres de loups-garous et de vampires, sans distinguer mon mari parmi eux.

– Kingsnake !

– Ici ! cria Cobra.

J'accélérai ma course, Croc ondulant derrière moi.

Je faillis trébucher en franchissant la porte.

– Où est-il ?

Cobra affichait un visage grave, aussi pâle que l'hiver. Clara était derrière lui, les bras croisés sur la poitrine, évitant délibérément mon regard.

– Où est-il ?

Les larmes jaillirent et inondèrent mes joues. La terrible vérité semblait écrite sur leurs visages.

– Il a combattu le roi des loups-garous et il a triomphé, mais...

– Oh non...

Je plaquai la main sur ma bouche pour étouffer mes sanglots.

– Il a pris des coups violents...

– Tu étais où, bon sang ? craquai-je. Pourquoi tu ne l'as pas aidé ?

– J'ai essayé... mais je n'ai pas pu, répondit-il d'une voix qui ne tremblait pas.

– Tu n'as pas assez essayé.

– Il respire encore, Larisa. Il pourrait s'en sortir... ou pas. Je n'en sais rien.

– Il est... il est encore vivant.

– Oui.

Croc avait déjà disparu, glissant sur le carrelage vers un autre endroit de la pièce. Je suivis Cobra jusqu'au corps de Kingsnake gisant au sol, le visage tellement ensanglanté qu'il était méconnaissable.

Son père se trouvait là. Il lui enlevait la plate de poitrine, si endommagée qu'elle semblait avoir été piétinée par les sabots de mille chevaux.

Je m'effondrai à genoux à côté de lui, voyant son torse monter et descendre lentement, comme s'il souffrait d'une indicible douleur.

Son père ne dit rien. Il ne me regarda pas. Il pleurait.

Je saisis la main de Kingsnake.

– Je suis là...

Des larmes silencieuses coulèrent sur mes joues.

Son père posa sa main sur son épaule.

– Courage, fils.

Croc s'enroula autour de ses épaules, reposant la tête sur l'un des bras de Kingsnake. Il ferma les yeux, et deux larmes jaunes coulèrent des coins.

Nous restâmes là ensemble, priant tous pour que l'homme que nous aimions nous revienne.

Nous l'avions transporté jusqu'à une chambre vide à l'étage, car nous ne pouvions pas le ramener à Grayson dans cet état. Je restai à son chevet avec Croc, le nourrissant de sang et le tenant à l'œil pour m'assurer qu'il continuait de respirer.

Je n'avais pas dormi depuis trois jours.

J'avais trop peur de me réveiller... et qu'il ne soit plus là.

Son père et ses frères venaient lui rendre visite. Ils restaient plantés devant le lit à regarder son visage endormi. Ils ne me parlaient pas. Je ne leur parlais pas. Je me sentais déjà veuve.

Cobra entra dans la pièce, ne portant plus son armure et son uniforme, mais des vêtements civils. La bataille était gagnée depuis des jours. Les loups-garous avaient regagné leurs tanières. Les humains avaient nettoyé la cité que nous avions détruite et libérée. La vie continuait, mais pas pour moi.

Cobra tira une chaise et s'assit à côté de son frère. C'est ainsi que se passaient toutes les visites — en silence. Il fixait ses mains sur ses genoux et ne regardait même pas Kingsnake.

– Le roi des loups-garous mesurait trois mètres... il était plus lourd que douze bœufs réunis...

– Je ne veux pas le savoir.

– Il s'est battu vaillamment. Si ça avait été moi... je n'aurais pas tenu aussi longtemps.

– Arrête.

Il leva le menton et me regarda.

– Il est toujours là, Larisa. S'il a tenu aussi longtemps... je pense qu'il va s'en sortir.

– S'il te plaît, ne me donne pas de faux espoirs.

– L'espoir est exactement ce dont on a besoin. Je trouve qu'il a meilleure mine, dit-il en se tournant vers son frère.

Le changement était difficile à percevoir pour moi, parce que je le fixais à chaque instant de la journée.

– Tu as regardé s'il a des os cassés ?

– Je... je ne veux pas savoir.

– Tu veux que je vérifie ?

– Laisse-le tranquille.

Si son corps pouvait guérir, cela se produirait naturellement. Je ne voulais pas l'examiner et lui causer plus de douleur. Je ne voulais rien faire qui puisse interférer avec sa guérison.

Cobra se tut.

– Je suis désolée... pour mes propos.

J'avais rendu Cobra responsable de l'état de Kingsnake, et ce n'était pas juste.

– J'étais simplement bouleversée...

– Je comprends, Larisa, dit-il d'une voix vide. J'aurais dû faire plus d'efforts.

– Tu l'aurais aidé si tu avais pu.

– J'aurais préféré que ce soit moi plutôt que lui... qu'il vive ou qu'il meure.

Je pressai mes mains l'une contre l'autre alors que la douleur m'envahissait. Je regardai mes doigts, me forçant à garder la tête froide.

– Qu'est-ce qui se passe dehors ?

Si je ne changeais pas de sujet, j'allais m'effondrer.

– Mon père est devenu le roi des Royaumes. En échange de leur libération, il les gouvernera. Leur vie va reprendre comme avant, mais il y aura encore des sacrifices. Un gage de reconnaissance éternelle pour ce qu'on a accompli ici.

– Les humains ne devraient pas être gouvernés par un vampire...

– Je suis d'accord. Mais je ne suis pas assez motivé pour l'arrêter. Personne ne s'oppose à lui.

Kingsnake empêcherait le règne sacrificiel de son père... s'il le pouvait.

32

KINGSNAKE

Le roi des Loups-garous grogna.

– Je suis désolé pour ce que j'ai fait.

Il grogna de plus belle.

– Fils, reste avec moi.

Il passa ses griffes sur mon corps, m'arrachant la tête. Je la vis rouler sur le sol en me regardant avec une expression horrifiée.

Je me redressai brusquement et fixai un mur sombre, haletant, mes vêtements trempés de sueur. Il me fallut plusieurs secondes pour comprendre que je me trouvais dans une chambre. Les rayons de lune entraient par la fenêtre ouverte. Je n'avais aucune idée de l'endroit où je me trouvais, mais je savais que j'étais en vie.

Kingsssnake, je suis là.

Croc se redressa sur le lit, ses yeux jaunes semblables à deux flammes de bougie dans l'obscurité. Il ne glissa pas sur mon corps pour se rapprocher de moi, par peur de me toucher.

– Larisa...

Je la cherchai et la vis endormie dans la chaise à mon chevet.

Elle n'a pas dormi depuis quatre jours.

– Je suis vivant...

Oui.

Croc dut réveiller Larisa, car elle sursauta et ouvrit brusquement les yeux, cherchant les miens. Quand nos regards se croisèrent, elle poussa un soupir si profond qu'on aurait dit qu'elle avait nagé en apnée jusqu'à ce que ses poumons réclament de l'air. Elle se leva du fauteuil et s'approcha de moi. Ses mains étreignirent mon visage tandis que des larmes coulaient sur ses joues.

Mes yeux s'embuèrent en la voyant pleurer pour moi, réalisant toute la peine que j'avais causée.

– Je suis désolé...

– Tout va bien. Tu es ici.

Elle approcha son visage du mien et déposa un baiser sur mon front aussi délicatement que possible, à croire que j'étais fragile comme du verre.

– Tu es ici avec moi.

Je me redressai sur les oreillers que Larisa m'avait apportés, conscient mais toujours en grande souffrance. Lorsque je bougeai ma jambe, je grimaçai en réalisant qu'elle était cassée. Tout comme mon épaule. Tout comme mes côtes. J'avais beau aller mieux qu'il y a cinq jours, je ne voyais pas la différence.

Vipère fut le premier à me voir. Il s'approcha de mon lit et tendit la main vers mon épaule, mais au dernier moment, il se ravisa. Il retira sa main avant de me toucher.

– Comment te sens-tu ?

– Très mal.

Je n'avais jamais été aussi mal, du moins physiquement.

Croc était roulé en boule à mes côtés. Il ne m'avait pas quitté un seul instant.

Larisa s'était rendormie dans le fauteuil après avoir prévenu tout le monde que j'étais réveillé.

Vipère jeta un coup d'œil à sa petite silhouette recroquevillée dans le siège.

– Je devrais peut-être revenir plus tard.

– Je crois qu'elle est complètement assommée, dis-je. C'est la première fois qu'elle s'autorise à dormir profondément en cinq jours.

Il hocha la tête.

– Oui, elle est dans un sale état.

Vipère n'avait jamais été doué pour les mots, et ça ne s'arrangeait pas.

– Je n'ai jamais eu aussi peur.

– Je sais.

– Je ne savais pas ce qui allait se passer.

– Je suis surpris d'être en vie, pour être honnête.

Quand j'avais fermé les yeux pour la dernière fois, je pensais que c'était la fin.

– Qu'est-ce qui s'est passé ?

– Larisa ne t'a rien dit ?

– On n'a pas beaucoup parlé...

C'était plutôt des regards et des larmes. Il y aurait eu des ébats amoureux si j'en avais été capable.

– Les loups-garous ont fui les royaumes après que tu as tué ce chien. Père s'est emparé de la couronne en déclarant que l'assujettissement des peuples représentait une contrepartie équitable à leur libération. Leur mode de vie ne changera pas tant qu'ils le paieront pour son sacrifice.

– Pourquoi ça ne m'étonne pas ?

– Comment le roi des Loups-garous a-t-il pu devenir si grand ?

Je n'arrivais pas à croire que j'avais tenu aussi longtemps.

– Aucune idée. Vous les avez poursuivis ?

– On les a laissés partir. On était plus concentrés sur toi.

J'acquiesçai en signe de compréhension.

– Il va te falloir du temps avant de pouvoir bouger.

– Je sais. Mais je suis en vie... alors je peux être patient.

Larisa prit une douche et se changea. C'était la première fois qu'elle s'autorisait à s'occuper d'elle-même parce qu'elle avait trop peur de me quitter. Elle avait enfilé une robe et coiffé ses cheveux bruns. Elle me nourrissait régulièrement de fioles de sang, des dons des humains que nous avions libérés.

Elle m'apporta des médicaments contre la douleur, des potions qu'elle utilisait à Latour-Corbeau. Elle les mélangea avec le sang qu'elle me donnait pour masquer le goût, et quand ils firent effet, je me détendis enfin. La douleur constante m'empêchait de dormir, mais une fois qu'elle l'eut chassée par ses potions, je pus enfin me reposer.

Je posai la question qui me taraudait.

– Pourquoi mon père n'est pas venu me rendre visite ?

Elle s'assit dans le fauteuil à mon chevet. Elle n'osait pas se mettre sur le lit parce qu'elle craignait de toucher accidentellement un os brisé et de me faire mal.

– Il n'était pas sûr que tu voulais lui parler. Je lui ai dit que je le préviendrais si tu demandais à le voir.

Je la fixai, ressentant à la fois de la colère et de l'affection pour mon père.

– Il ne voulait pas te contrarier pendant ta convalescence.

– Je veux le voir.

– D'accord.

Elle se leva et sortit de la chambre.

Croc se redressa pour croiser mon regard.

Tu te sssens mieux sssi tu veux le voir.

Sans doute.

Je le broierai sssi tu le sssouhaites.

Ce ne sera pas nécessaire, Croc.

Il se remit en boule.

Un peu plus tard, mon père entra. Larisa avait dû volontairement partir ailleurs pour nous laisser seuls. Dans son uniforme royal, il s'approcha, son regard affectueux remplaçant sa froideur habituelle. Il posa la main sur ma nuque et me serra comme lorsque j'étais enfant, à l'un des rares endroits où je n'étais pas blessé.

– Tu as l'air d'aller beaucoup mieux.

– Je parais mieux que je ne me sens. Mes os sont encore cassés.

– La guérison prend du temps. Ton corps doit guérir bien d'autres traumatismes que des os cassés.

Il me lâcha et s'assit dans le siège libéré par Larisa. Les jambes croisées et les mains jointes devant lui, les coudes appuyés sur les bras du fauteuil, il m'observa en silence.

Je l'observai en retour.

– Merci... de m'avoir sauvé.

– Ne me remercie pas, fils.

– Tu as été blessé ?

– Une égratignure par rapport à toi.

– Je l'ai vu te jeter contre le mur.

Il haussa les épaules.

– Je n'ai pas retrouvé mon niveau d'avant, mais ça va venir. En tout cas, ça en valait la peine. Ta vie est plus précieuse que la mienne ne le sera jamais.

J'ignorais qu'il pensait cela. Il n'exprimait jamais d'affection à mon égard, que ce soit physiquement ou verbalement.

– Je suis content que tu ailles bien, dis-je.

Il sonda mon regard pendant un moment.

– Tu le penses vraiment ?

J'acquiesçai de la tête.

– Tu me pardonnes ?

– Je te pardonne.

Il inspira d'un coup sec, puis expira lentement.

– Merci.

– Vipère m'a dit que tu t'es octroyé les Royaumes ?

– En effet.

– Tu penses que c'est judicieux ?

– Peu importe. C'est l'accord qu'on a passé.

– Si tu gouvernes les Royaumes, alors le continent entier est le territoire de vampires.

– À juste titre.

Il se détendit dans le fauteuil, ses mains agrippant les bords des accoudoirs maintenant que nous parlions affaires.

– On a nos royaumes, Père. On ne pourrait pas laisser les humains en paix ?

– Ce sont les Éthéréens qui ont détruit la paix en les empoisonnant. Je peux protéger les humains des loups-garous. Je peux seulement prendre ce dont on a besoin. Je peux empêcher une attaque des vampires. Garde toujours tes amis près de toi et tes ennemis, encore plus près.

Rien de ce que je dirais ne le ferait changer d'avis, alors je laissai tomber.

– Vipère et Cobra ont commencé à distribuer le venin. Tu devrais voir la file d'attente...

– Il y en a assez pour tout le monde ?

– Ce n'est pas sûr. Même si ce n'est pas le cas, la plupart des humains seront maintenant immunisés, c'est l'essentiel. Certains mourront, mais les plus forts survivront. La maladie finira par disparaître. Tout ira bien dans le monde, une fois que tu seras guéri.

Je restai cloué au lit pendant des semaines.

Des semaines.

Je n'avais jamais été immobilisé aussi longtemps par une blessure. Ou plutôt, des blessures. Il m'aurait été facile de craquer, mais je me souvenais de l'instant où j'avais réalisé que j'allais mourir. L'instant où j'avais dit à ma femme pour la dernière fois que je l'aimais. La douleur que j'avais ressentie à ce moment-là était infiniment plus insupportable que celle que je ressentais maintenant.

C'était rien en comparaison.

J'étais assis sur le lit et je jouais aux cartes avec Croc. Larisa bouquinait dans le fauteuil.

Croc posa sa dernière carte.

— La vache, tu es vraiment doué.

J'te l'avais dit.

Il passait sa langue d'avant en arrière.

— Il triche, déclara Larisa sans lever les yeux de son livre.

Mensssonges.

Je pris les cartes et les remis sur le tas avant de les battre. Mes os brisés s'étaient réalignés et solidifiés, mais des douleurs tenaces m'indiquaient que j'avais besoin de plus de temps avant de pouvoir enfiler mon armure et quitter la chambre.

On fait une nouvelle partie.

— Tu m'as battu trois fois de suite.

Et alors ?

— J'ai pas envie de perdre une quatrième fois.

T'as qu'à progressser.

Je posai les cartes sur la table de nuit.

Croc s'enroula sur lui-même et me lança un regard déçu.

Larisa ferma le livre et le posa sur la table de nuit.

– Tu supportes mieux ta convalescence alitée que je le pensais.

– Je préfère être alité que mort.

Ses yeux s'adoucirent.

– Tu m'étonnes.

– Quand j'ai cru que j'allais mourir... je m'en voulais de te laisser seule. Alors être cloué au lit est un moindre mal.

Mon armure étant trop endommagée pour la réparer, on m'en fabriqua une nouvelle. Noire et rouge, avec des serpents noirs sur les pièces rouges et des serpents rouges sur les noires. Polie et brillante, elle ne portait aucune trace d'anciennes batailles. Une nouvelle armure pour un nouveau départ.

Je me regardai dans le miroir une fois que toutes les parties furent ajustées. J'avais minci, trois semaines passées au lit ayant fait fondre mes muscles. Mais une fois que je reprendrais mon entraînement habituel, ils reviendraient.

– Comment tu te sens ? demanda Larisa derrière moi, son corps masqué par le mien.

J'avais mal partout, mes os brisés me faisaient encore souffrir et certaines douleurs ne disparaîtraient sans doute jamais.

– En pleine forme.

Je me tournai vers elle pour lui montrer que j'étais l'homme puissant de ses souvenirs, et non l'infirme qui avait été cloué au lit.

Ses yeux s'illuminèrent et elle pencha légèrement la tête. Elle s'approcha de moi et enroula ses bras autour de mon cou pour m'embrasser. Sur la pointe des pieds, elle tendit le cou pour atteindre ma bouche.

Je glissai les bras autour de son corps et la soulevai à la hauteur de mes lèvres pour qu'elle puisse m'embrasser à pleine bouche.

Elle cessait enfin de me traiter comme un morceau de verre fragile risquant de se briser au moindre contact. Elle m'étreignait comme un homme guéri, comme l'homme fort que j'étais avant d'être battu à mort. C'était une sensation extraordinaire.

Nous étions censés quitter les Royaumes et rentrer chez nous, mais maintenant que je la tenais dans mes bras en l'embrassant, je nous dirigeai droit vers le lit et je la laissai tomber sur les draps.

Croc sortit immédiatement de la pièce et ferma la porte avec sa queue.

Larisa portait son costume de voyage. J'enlevai ses bottes et je fis glisser son pantalon sur ses fesses jusqu'à ses chevilles. Je déboutonnai mon pantalon juste assez pour libérer ma bite, les plates de l'armure m'empêchant de le descendre davantage. Mais j'avais suffisamment d'amplitude dans mes mouvements pour la tirer vers moi et m'enfoncer en elle, me trouvant enfin réuni avec la femme que j'aimais.

Elle haleta comme toujours lorsque je la pénétrais, ses mains cherchant mes hanches alors qu'elle repliait ses genoux.

Mes mains saisirent sa taille, mes pouces se rejoignant au milieu de son ventre, et je donnai un vigoureux coup de reins, savourant enfin une des meilleures raisons de vivre. Je la regardais dans les yeux en la prenant, la revendiquant comme ma femme.

Elle se balançait avec moi, le souffle court, et enfonçait ses ongles dans ma chair en s'accrochant à moi.

– Kingsnake…

33

LARISA

Nous retournâmes à Grayson, le royaume nuageux en bord de mer où une brise fraîche soufflait en permanence. Maintenant que j'étais vampire, je pouvais apprécier le climat à sa juste valeur. Il me permettait de profiter des journées aussi bien que des nuits, tout en protégeant ma peau des rayons néfastes du soleil.

Maintenant que la plupart des humains étaient immunisés contre la maladie, les vampires n'avaient plus à se serrer la ceinture. La guerre était finie, mais les humains s'offraient encore volontiers à nous, et encore plus de proies se manifestèrent après la mort du roi des Loups-garous. La plupart voulaient s'offrir à Kingsnake, mais il les envoyait tous à quelqu'un d'autre.

Pour la première fois, la vie était simple… paisible.

J'ignorais presque quoi faire de ma peau.

Kingsnake et moi reprîmes notre lune de miel, qui avait été interrompue par le sabotage de son père, et nous ne quittâmes nos appartements qu'une semaine entière après notre retour à Grayson pour nous assurer du bien-être des habitants.

Il s'était remis sur pied, ne gardant que quelques cicatrices de son expérience de mort imminente. Nous étions dans son bureau, où il travaillait à la grande table de bois, et j'étais assise dans le fauteuil près du feu. J'avais un bouquin dans les mains, et Croc était enroulé en colimaçon sur le tapis devant la cheminée, comme un chien qui se prélasse au soleil.

– Kingsnake ? dis-je en fermant mon livre.

En entendant ma voix, il ne se contenta pas de répondre de son bureau. Il me rejoignit dans le coin salon, s'assit sur le canapé et prit la carafe de scotch sur la table basse. Il remplit son verre sans m'en offrir et but une gorgée.

– Oui, ma chérie ?

– Tu crois qu'il est sage de laisser ton père régner sur les Royaumes ?

Il fixa le feu un instant.

– Je me demandais quand tu aborderais le sujet.

– Ça m'inquiète.

– Même si je suis en désaccord, et c'est le cas, je n'y peux rien.

– Tu pourrais lui demander.

– Je lui ai clairement fait part de mon opinion. Tout comme mes frères, dit-il en me regardant de nouveau. Après les batailles qu'on a menées, je n'ai pas l'énergie de l'affronter. Je suis désolé de te décevoir, mais j'en ai marre de me prendre la tête avec mon père.

Je posai les yeux sur le feu.

– S'il abusait les habitants ou qu'il faisait des choses abominables, ce serait une autre histoire. Mais quiconque prend le trône sera toujours une personne corrompue. Ce sera toujours quelqu'un qui fait passer ses propres besoins avant ceux des autres. Si ça se trouve, il réduira le fossé entre les humains et les vampires.

Je relevai les yeux vers lui.

– Je veux la paix tout autant que toi.

– Alors, vivons en paix. Et si un problème survient, on le gérera à ce moment-là.

On toqua à la porte.

– C'est ouvert, dit Kingsnake.

Cobra entra, suivi de Clara. Ils étaient tous les deux prêts à partir d'après leur tenue.

– L'heure est venue de rentrer à la Montagne, dit Cobra. J'ai hâte de montrer son nouveau royaume à ma reine, et à ses sujets qui ont décidé de se joindre à nous dans les ténèbres.

Kingsnake se leva et marcha vers son frère dans l'entrée.

– Et les Éthéréens qui ont décidé de rester humains ?

– Ils vont retourner à la forêt, répondit Clara. Maintenant que le roi Serpentin a eu ce qu'il voulait, je parie qu'il va les oublier. Et espérons que les loups-garous ne les trouvent jamais.

Je m'approchai de Kingsnake et je fis face à mon beau-frère et ma belle-sœur.

– Je suis triste que vous partiez.

– Moi aussi, dit Clara avec un sourire tendre. Mais on ne sera pas très loin.

– On viendra vous rendre visite, ajouta Cobra. Mais on n'a pas eu de lune de miel à proprement parler...

– J'ai compris, dit Kingsnake prestement, ne voulant pas plus de détails.

Clara et moi nous serrâmes dans les bras.

– À bientôt, dis-je.

– À bientôt.

Elle me pressa une dernière fois avant de me lâcher, puis elle serra Kingsnake.

Nous nous étreignîmes tous les quatre, nous disant au revoir après tout le temps passé ensemble.

– On peut en parler plus tard, dit Cobra, mais ça me trotte dans la tête depuis un moment...

– Aurelias.

Kingsnake sembla mal à l'aise, comme si un poids lui alourdissait la poitrine.

Cobra opina.

– Ouais.

– J'y pense aussi, avoua Kingsnake. Je croyais qu'il serait rentré à l'heure qu'il est.

– Moi aussi, dis-je. Peut-être qu'il n'a pas pu trouver de bateau.

– Alors on devrait aller le chercher, dit Clara. Si c'est votre frère, c'est le mien aussi.

– C'est un bon gars, dis-je. Il est juste un peu brut de décoffrage...

– Alors c'est décidé, dit Kingsnake. On prendra la mer et on partira à la recherche d'Aurelias.

Cobra hocha la tête.

– Retrouvez-nous à la Montagne dans une semaine. On partira pour les Chutes du Croissant et on prendra la mer ensemble. Vipère peut s'occuper de nos royaumes pendant notre absence.

Kingsnake opina.

– Excellent.

Cobra et Clara sortirent, nous laissant seuls dans le bureau.

– Tu crois qu'il va bien ? demandai-je, aimant Aurelias comme j'aimais Vipère et Cobra.

– Oui, répondit Kingsnake. Enfin, je crois...

Tout est bien qui finit bien pour Kingsnake et Larisa, mais l'aventure d'Aurelias au pied des falaises ne fait que commencer. Son récit arrive bientôt, dans lequel nous assisterons à son histoire d'amour avec nulle autre que la fille de Huntley et Ivory. Ça va être trooooop bon. Restez à l'affût.

Printed in France by Amazon
Brétigny-sur-Orge, FR